rowohlt

Norbert
Zähringer

Bis zum Ende der Welt

Roman · Rowohlt

1. Auflage Juli 2012

Das Zitat auf S. 176 stammt aus: Meyers Handbuch
über das Weltall, bearbeitet von Karl Schaifers
und Gerhard Traving, Mannheim 1973.
Satz aus der Galliard PostScript
bei Pinkuin Satz und Datentechnik, Berlin
Druck und Bindung CPI – Clausen & Bosse, Leck
Printed in Germany
ISBN 978 3 498 07668 9

Bis zum Ende der Welt

I

Nach dem Tod ihrer Großmutter hatte Anna Tschertschenko keinen Menschen mehr auf der Welt, sah man einmal von ihrem Vater ab, einem einbeinigen Säufer, den sie das letzte Mal bei ihrer Abiturfeier einige Jahre zuvor gesehen hatte, zu welcher er nur erschienen beziehungsweise herangehumpelt war, um sich kostenlos volllaufen zu lassen.

Sie beerdigte die Großmutter zwischen ihrer Mutter und dem Großvater, einem Oberst der glorreichen Sowjetarmee, der als junger Mann an der Eroberung Berlins teilgenommen hatte und dann – bevor man ihn nach Kasachstan versetzte – eine Weile lang Aufseher im Kriegsverbrechergefängnis Spandau gewesen war. Während er niemals etwas von der Schlacht um Berlin berichtet hatte, war die Zeit in Spandau zu einem unerschöpflichen Quell von Schauergeschichten geworden, die er seiner Enkeltochter, als sie noch klein war, in den dunklen Nächten des Winters zu erzählen pflegte.

Noch ganze zwei Wochen ging Anna nach der Beerdigung in die Pädagogische Hochschule, besuchte die Seminare «Grundlagen der Astrometrie» und «Deutsch für Fortgeschrittene», aber dann begannen die Semesterferien, und sie zog sich nicht wie sonst unter den strengen Blicken ihrer Großmutter in das eigens für sie geschaffene Studierzimmerchen zurück, um für ihre Abschlussprüfung zu lernen.

Vielmehr war es so, dass ihr die kleine Wohnung, in der es immer noch, obwohl die alte Frau nun schon bald einen Monat tot war, nach Kohlsuppe mit Fleisch roch, auf einmal unendlich weitläufig und leer vorkam und sie sich kaum Schlimmeres denken konnte, als allein in dieser winzigen, fensterlosen Kammer neben der Waschmaschine über den Büchern zu sitzen. Natürlich hätte sie sich in das Wohnzimmer mit den schweren, an die Wände gehängten Teppichen aus der Zeit in Kasachstan setzen können, auf das Sofa, auf dem sie die letzten zehn Jahre geschlafen hatte. Aber auch davor graute es ihr aus irgendeinem Grund fast ebenso sehr wie vor der Vorstellung, das Schlafzimmer wieder zu betreten, jenen Ort, an dem die Großmutter einst den Großvater und sie schließlich die Großmutter gefunden hatte. Es war, als ob die Zeit selbst zu Ende gegangen wäre. Als ob es nichts mehr zu tun gäbe.

Anfangs flüchtete sie in die Universitätsbibliothek und saß bis spätabends vor den aufgeschlagenen Lehrbüchern im Lesesaal, ohne dass es ihr gelang, mehr als auch nur eine Seite am Stück zu lesen. Kaum war sie am Ende einer Seite angelangt, hatte sie den Anfang schon wieder vergessen, der Text schien sich vor ihr aufzulösen. Wenn jemand, den sie zufällig kannte, an ihrem Platz vorbeikam und vorschlug, das Lernen für heute seinzulassen und stattdessen etwas trinken zu gehen, ging sie mit. Irgendwann geschah das, was man wohl *den Halt verlieren* oder, wie es in einer Nacht ein Matrose formulierte, *keinen Fuß mehr an Land haben* nennt, und sie verbrachte immer mehr Zeit in Kneipen oder auf Partys, wurde hineingezogen in die nächtlichen Schattenspiele der Clubs, wachte auf in Betten, in die gestiegen zu sein sie sich nicht erinnern konnte.

Der Tag und die Nacht verschwammen in unheilvollem Zwielicht. Sie begann, das Gefühl für die Zeit zu verlieren, während das kleine Erbe, das ihr die Großmutter hinterlassen hatte, zusammenschmolz wie ein Haufen dreckigen Schnees in der Frühlingssonne am Straßenrand.

Eines Morgens (oder war es bereits Mittag?) kam sie nach einer sehr, sehr langen Party nach Hause, öffnete die Wohnungstür und hörte ein seltsames Geräusch. Ta-tok-ta-tok machte es. Ta-tok. Sie musste etwas nachdenken, bevor ihr klar wurde, was es war: Ihr Vater wanderte mit seinem Holzbein in der Wohnung umher, auf der Suche nach Trinkbarem. Endlich habe er sie gefunden, erklärte er leutselig, und nun würde er gerne ein wenig teilhaben – an den Ersparnissen seiner toten Schwiegermutter.

So endete die Zeit der Partys und Clubs, und es begannen jene Wochen, in denen sie die Wohnung nur zum Einkaufen und Wodka-Beschaffen verlassen durfte. Sie musste für ihren Vater kochen und mit ihm und seinen Freunden, die nun, da sich in mehrfacher Hinsicht eine neue Quelle aufgetan hatte, häufiger kamen, auf dem Sofa sitzen, auf dem sie nicht mehr schlafen konnte, da dort schon die Männer schliefen, die manchmal nach ihr langten, denen sie aber meistens durch das Abräumen der Gläser oder das Holen der nächsten Flasche in die Küche entkam, wo für sie fortan eine Matratze auf dem Boden unter dem Fenster bereitlag. Manchmal, bevor sie das Licht löschte, konnte sie von dort aus beobachten, wie eine Kakerlake ihre Fühler zunächst abwägend in den Luftstrom über dem Dielenboden hielt, bevor sie sich auf ihre allabendliche Strecke von der Heizungsverkleidung bis unter den röhrenden, alten Kühlschrank machte, das Licht meidend und mit Bewegungen, die gleichzeitig schnell und unscheinbar waren, als wollte das Tierchen unter allen Umständen verhindern, dass von seiner Existenz irgendjemand etwas mitbekam.

Und auf einmal gab es Ratten. Es hatte vorher nie Ratten gegeben in der Wohnung ihrer Großmutter, aber auf einmal waren sie da, zwei Ratten, die sie ab und an des Nachts in dem zerbeulten Kehrichteimer unter der Spüle im Müll wühlen hörte, wo sie ein freudiges Quieken ausstießen, als hätte eine der beiden etwas Besonderes gefunden und hielte es der anderen zur staunenden Betrachtung hin. Über solchen Gedanken schlief Anna spät ein, denn sie achtete darauf, nie auch nur ein Auge zu schließen, bevor der letzte der saufenden Kumpane laut schnarchend im Wohnzimmer zusammengesunken war.

Einmal freilich passierte es doch. An jenem Abend hatten sich ihr Vater und seine Freunde kurz und heftig der Rattenjagd hingegeben, hatten mit Stock und Klappspaten eines der Tiere verfolgt, das leichtsinnigerweise vor dem Löschen des Lichtes durch den Flur gehuscht war. Die Jagd blieb erfolglos, die Ratte kauerte hinter dem Küchenschrank, was Anna zwar wusste, aber nicht verriet. Schließlich gaben es die Männer auf und widmeten sich wieder ihrer Lieblingsbeschäftigung, dem Trinken. Zu müde, um wach zu bleiben, hatte Anna auf einem Stuhl in der Küche zu dösen begonnen, hatte ihre Arme auf dem Tisch verschränkt und ihren Kopf daraufgelegt, war immer tiefer in das Dickicht uralter Träume gezogen worden und eingeschlafen.

Sie wachte erst auf, als der Mann sie bereits von hinten umschlungen hatte und mit einer Hand unter ihrem T-Shirt nach ihren Brüsten grapschte. Schlaftrunken versuchte sie sich zu befreien, doch der Mann hob sie, etwas Unverständliches brabbelnd, hoch. Sie wollte schreien, doch gelang ihr nur ein Keuchen, so fest hatte sie der Kerl gepackt. Er bugsierte sie in Richtung der Matratze und stieß sie dorthin. Durch das Fenster darüber tauchte der Schein einer alten Straßenlaterne die Küche in bleiches Licht. Der Mann baute sich vor ihr auf: Er trug ein Unterhemd, eine alte Armeehose, keine Schuhe oder Socken. Er öffnete seinen Hosenlatz und holte ein schlaffes, seltsam käsig glänzendes Glied heraus, das er dann eine Sekunde lang, leicht wankend, betrachtete, bevor er es mit seinen Händen bearbeitete, wobei er weiterbrabbelte und Anna anstarrte. Anna griff hinter sich, konnte aber nichts anderes finden als eine verbogene Aluminiumgabel. Als sie die Gabel fest umfasst hatte, bereit, sie ihrem Gegenüber sonst wohin zu stoßen, sah sie etwas Graues über den Boden auf die Füße des Mannes zurennen, kurz auf dem Spann seines rechten Fußes verharren, bevor er aufschrie, fluchte und schließlich wild danach zu treten begann, ohne es zu erwischen. Durch den Lärm wachten die übrigen Trunkenbolde auf, standen mit blödem Grinsen im Türrahmen und fragten ihren Freund, was er da mache. «Ratten jagen natürlich», sagte er. «Mit offener Hose?», fragte Annas Vater, und der Mann, der eben noch seinen Schwanz massiert hatte, verzog sich, seinen Gürtel schließend, wortlos nach nebenan.

Anna wusste, dass das nur ein Aufschub war. Und dass ihr Vater seinen Freund nur deswegen so feindselig angestarrt hatte, weil er der Anführer war und es bleiben wollte.

Abzuhauen habe gar keinen Sinn, sagte ihr Vater am nächsten Morgen, denn er werde sie sowieso überall finden, früher oder später, und sie könne sich wohl denken, was er tun müsste, wenn er sie fände, nachdem sie ihn im Stich gelassen hätte.

Als der Schneehaufen immer weiter zusammengeschmolzen war, erinnerte sich ihr Vater an ein paar andere Freunde, die Geld und Verbindungen hatten, *vornehme, saubere Freunde*, wie er sich ausdrückte, die man ja auch mal einladen oder gemeinsam besuchen könne, die würden einem vielleicht bei einem Engpass aushelfen, aber dann dürfe sie sich nicht mehr so anstellen, sondern solle ruhig netter sein, wirklich nett und nicht so zickig.

Tags darauf öffnete er einem Mann die Tür, den Anna noch nie gesehen hatte. Ihr Vater führte ihn in die Küche, rief ihren Namen. Sie machte gerade den Abwasch, griff nach dem Geschirrtuch, trocknete sich die Hände ab und drehte sich um.

Er war jünger als Anna, gerade kein Kind mehr. Er hatte kurzgeschorenes dunkles Haar, war mittelgroß und breitschultrig. In seinem T-Shirt und den Trainingshosen sah er nicht sonderlich vornehm aus, aber wesentlich sauberer als die Saufkumpane ihres Vaters, die zwar auch Trainingshosen trugen, dies aber nur aus Bequemlichkeit taten oder weil sie gar keine anderen mehr hatten und es sich in diesen Hosen, gefälschten Markenhosen – die irgendwo in China von Menschen, die das falsche Bild gemalt, das falsche Lied gesungen oder einfach die falsche Geschichte erzählt hatten, zusammengenäht worden waren –, so sonderbar gut saufen und vor dem Fernseher einschlafen ließ. Der Junge hingegen wirkte, als würde er tatsächlich in seinen Hosen etwas trainieren, als käme er geradewegs aus einer Trainingshalle, einem Fitnessstudio, einem Sportstadion, einem Boxring oder wäre auf dem Weg dorthin. Er trug eine Hüfttasche, und in dieser Hüfttasche musste etwas Schweres verstaut sein, denn sie wurde vor seinem Bauch vom Gewicht des Inhalts nach unten gezogen.

Er sagte nicht hallo. Er sagte gar nichts. Aus den Tiefen seiner Trainingshose zog er ein Handy, klappte es auf und fotografierte sie. Er kontrollierte das Bild, und bevor sie etwas sagen konnte, steckte er das Telefon wieder ein, nickte ihrem Vater zu und ging.

An jenem Abend wunderte sich Anna. Sie wunderte sich auf eine Weise, wie es Forscher oder Wissenschaftler tun, wenn sie etwas entdeckt haben, das sie gar nicht suchten, dessen Existenz sie sich gleichwohl nicht so recht erklären können. In einer Schublade im Küchenschrank hatte sie ganz hinten ein altes, gerahmtes Foto gefunden: Es war in den verschneiten Bergen aufgenommen worden, vor einer Ewigkeit. Ihr Vater stand auf Skiern und hielt sie im Arm, und er lächelte sie an, und sie lächelte zurück. Sie war vielleicht zwei Jahre alt. Und sie wunderte sich genauso wie ein Gelehrter, wenn der einen Lichtjahre entfernten Stern beobachtet, fragte sich, was passiert war, zwischen dem Damals – dem Moment, in dem das Licht sich auf den Weg gemacht hatte, Teilchen und Welle zugleich – und dem Jetzt.

Die Stunde vor der Dämmerung war immer die stillste gewesen, schon als sie noch gar nicht auf der Welt gewesen war und ihre Mutter, während Annas Großmutter noch schlief, am Ende einer ruhelosen Sommernacht hinter dem geöffneten Fenster dem einzigen Geräusch lauschte, das zwischen den Wohnblocks zu hören war – dem Klang des Sozialismus. Denn was sei der Sozialismus anderes als ein

Dach über dem Kopf, war Annas Großvater nicht müde geworden zu sagen – und Elektrizität? Sechs dicke Hochspannungsleitungen, getragen von zwei nicht besonders hohen Strommasten, zerteilten die Wohnanlage, und war es still genug – das Lärmen der Kinder, die blechernen Stimmen der amerikanischen Fernsehserien, das Grölen der Trinker und das Schimpfen ihrer Weiber verstummt –, dann konnte man auch jetzt noch das sonore, tiefe Summen hören, das Summen des Sozialismus, das nur ein einziges Mal ausgesetzt hatte, im Jahr vor Annas Geburt, als es ein großes Unglück gegeben hatte, von dem ein Freund ihrer Mutter, ein Feuerwehrmajor, mit versengten Fußsohlen, ausgefallenen Haaren und so schlimmem Durchfall zurückgekehrt war, dass er drei Wochen später starb, was ihre Mutter damals sehr traurig gemacht haben musste, andererseits, sagte sie Anna einmal, wenn der Feuerwehrmajor nicht so krank aus Prybjat zurückgekommen wäre, dann wäre sie vielleicht niemals mit ihrem Papa zusammengekommen, und das wäre doch ungleich trauriger, so werde halt das Glück der einen mit dem Pech der anderen bezahlt, man könne es sich nicht aussuchen.

Unter dem Strommast, dessen Leitungen die Milchstraße kreuzten, blieb Anna einen Augenblick stehen und lauschte dem Summen der Hochspannung, die Hunderte von Kilometern entfernt erzeugt wurde. Nichts weiter war zu hören, nur dieses Geräusch. Ihr kam es vor wie das Summen der Vergangenheit, der Nachhall der Kindheit, wie man ihn manchmal in besonderen Momenten hören, spüren und riechen kann. Und die Vergangenheit, so hatte ihr Großvater, der Bewacher von Spandau, ihr einmal gesagt, tue nichts lieber, als einen einzuholen.

Es war Zeit, sich einen kleinen Vorsprung zu verschaffen. Behutsam, um ja keinen Lärm zu machen, ließ sie das Holzbein in den Müllcontainer gleiten, bevor sie ging.

Natürlich hatte sie die Geschichte von «Miss Popo» gehört, einer Frau, die mal Tamara, mal Elena oder Olga hieß. In allen Fällen handelte es sich um eine junge Frau, die entweder eine große Nase oder abstehende Ohren hatte, immer aber ein betörendes Hinterteil. Deswegen hatte man sie auf einer der unzähligen und allen möglichen Motti folgenden Wahlen zur «Miss Popo Ukraina» – zur Frau mit dem schönsten Hintern der Ukraine – gekürt, allerdings war sie dann bei der Welt-Popo-Wahl im Finale einer Mexikanerin unterlegen. Wie immer bei solchen Geschichten kannte jeder diese Tamara, Elena oder Olga über mehrere Ecken, und jeder schwor, dass das Erzählte von vorne bis hinten wahr sei, so auch Annas Kommilitonin aus dem Astrometrie-Seminar, auf deren Bett im Studentenwohnheim sie jetzt saß.

«Also damit, dass die dicke Mexikanerin sie mit ihrem breiten Arsch buchstäblich aus dem Rennen gestoßen hatte, also – damit fing das ganze Unglück so richtig an. Sie hatten ihr nämlich vorher versprochen, dass sie einen Model-Vertrag bekommen würde, aber wie das so ist, stellte sich dann heraus, dass sie nur in einer Dauerwerbesendung für irgendeinen Fetischfummel auftreten durfte, wobei man sie immer nur vom Hals abwärts zeigte, wegen ihres dicken Zinkens, verstehst du, und das Ganze sogar für fast kein Geld, denn das meiste bekam der Typ, der diese Misswahl organisiert hatte. Danach dauerte es nicht lange, und sie war wieder genauso abgebrannt wie vorher, und außer ein paar Kerlen, die mit ihr so komische Filmchen drehen wollten – kannst dir ja denken, was für Streifen das gewesen wären –, interessierte sich auch niemand mehr für ihren Hintern. Was macht ein armes Mädchen da? Es sucht sich einen reichen Mann. Miss Popo geht zu einer Partnervermittlung, die Kiewer Mädchen wie uns an reiche, nicht mehr ganz so frische Ausländer vermittelt. Das heißt: Sie geht nicht nur zu *einer* Agentur. Sie geht zu fünf, sechs, sieben verschiedenen. Wusstest du, dass die ihr Geld mit den Adressen verdienen? Fünfzehn Dollar kriegen sie für eine. Sie verkaufen den Kerlen aus dem Westen die Adressen, und wenn ein Mädchen nur hübsch genug aussieht, verkaufen sie die Adresse tausendmal. Sie haben gar kein Interesse daran, dass die Mädchen schnell einen abkriegen, oder es ist ihnen egal, denn sollte ein Mädchen tatsächlich heiraten, kann man die Adresse zum Foto ja trotzdem noch verkaufen, so lange jedenfalls, bis sich jemand beschwert.

Die Agenturen veranstalten dann solche Gruppentreffen, bei denen in einem Hotel zwei Dutzend Mädchen auf ein halbes Dutzend Männer treffen. Ein Drittel von den Damen sind Professionelle, und ein weiteres Drittel wären gern welche oder haben es nur auf den Champagner abgesehen, aber das letzte Drittel, na ja, die suchen vielleicht wirklich den Mann fürs Leben. Also. Alle müssen sie sich in einer Reihe aufstellen, dann gehen sie eine nach der anderen zu diesen Herren an einen Tisch und haben eine Viertelstunde Zeit zum Reden. Das heißt – eigentlich sollen sie gar nicht so viel reden. Sie sollen ihre Beine zeigen, ihre Hintern, ihre Titten. Es geht zu wie auf einem Sklavenmarkt.»

Annas Kommilitonin zog ihre Zigaretten hervor, öffnete

mit dem Feuerzeug eine Flasche Bier und prostete ihr zu, bevor sie fortfuhr:

«Eine Viertelstunde, man stelle sich das vor, eine Viertelstunde nur, die über die Zukunft entscheidet, über das ganze Leben. Gut, nehmen wir mal die Kerle aus, die nur was für eine Nacht suchen, dann gibt es im Wesentlichen zwei Gruppen: zum einen die alten Knacker – meistens Deutsche. Von den ganz alten, ich meine die, bei denen das Gebiss klappert und der Sabber aus den Mundwinkeln läuft, waren ein paar schon mal hier in Kiew – kannst dir ja denken, *wann*. Merk dir: Wer mit einem germanischen Opa mitgeht, der muss sich seine Erbschaft sauer verdienen. Denn egal, ob der Deutsche eine Reise macht, ins Theater geht oder sich eine Frau kauft – das oberste Gebot lautet: Bezahlt ist bezahlt. Du kannst dich schon mal drauf einrichten, dass du fortan den Abwasch machen und seinen kleinen, schrumpeligen Pimmel wichsen musst, während er dir seine Kriegsgeschichten erzählt: ‹Damals in den Prybjat-Sumpfen, damals am Dnjepr, ach, all die toten Kameraden … könntest du mir erst meine Tränen und dann meinen Adolf trocknen?›

Die andere Gruppe sind die Gestörten. Typen zwischen 30 und 50, von denen einige ganz charmant sind und manchmal auch ein dickes Bankkonto haben. Natürlich kannst du jetzt fragen, warum sie bei sich zu Hause keine Frau abbekommen, sondern dafür bis in die Ukraine fahren müssen. Gute Frage! Der Haken ist nämlich, dass die was an der Waffel haben. Und wenn das bedeutet, dass sie noch in die Hosen machen oder abends ein Schlafliedchen brauchen, hast du Glück gehabt.

Bei so einer Fleischbeschau lernt Miss Popo einen Mann

Anfang fünfzig kennen. Er sei Bauunternehmer, sagt er zu ihr, komme eigentlich aus England, lebe und arbeite aber im sonnigen Portugal. Er ist wirklich nett, interessiert sich auch für mehr als nur ihren Popo, beachtet die große Nase gar nicht. Vielleicht weil er selbst einen dicken Bauch hat, ja – einen Makel hat er, der Kerl ist ein Koloss, aber was soll's, denkt sie, wenn von nun an das Leben ein einziger langer Urlaub ist? Die beiden finden Gefallen aneinander. Bevor sich das Paar dann glücklich auf den Weg nach Westen macht, geschieht etwas Seltsames: Miss Popo findet im Gepäck ihres Liebsten die Adressen und Fotos von einem halben Dutzend weiteren Agenturmädchen. Als sie ihn darauf anspricht, kriegt er einen Wutanfall, und zum ersten Mal sieht Miss Popo sein wahres Gesicht. Aber vielleicht nicht lange genug. Vielleicht hat sie ihn tatsächlich ein bisschen lieb und will nicht wahrhaben, was sie da gesehen hat. Wie dem auch sei – ebenso schnell, wie er auf hundertachtzig gewesen ist, beruhigt er sich wieder, entschuldigt sich und erklärt, dass er ja nicht habe wissen können, dass er die Frau seines Lebens gleich auf Anhieb finde. Nie habe er zu träumen gewagt, dass er noch zu solchen Gefühlen fähig sei, wie er sie jetzt für Miss Popo empfinde. Undsoweiterundsofort. Das hätte sie eigentlich misstrauisch machen sollen. Doch sie will, dass er es ehrlich meint, verstehst du? Sie will glauben, dass ihr endlich einmal jemand im Leben etwas wirklich Nettes gesagt hat, ohne Hintergedanken. Dass endlich mal was klappt. Gut ausgeht. Wollen wir das nicht alle?»

Sie zündete sich eine Zigarette an, trank einen Schluck Bier und sah dann nachdenklich aus dem Fenster des kleinen Zimmers, in dem Anna die nächsten Wochen wohnen konnte. Das Fenster ging auf einen gelbgrauen Hinterhof hinaus. Zwischen zwei zerbeulten Mülltonnen huschte, Schatten suchend, eine Katze.

«Also, sie verloben sich noch im Kiewer Hotel mit großem Tamtam, und alle anderen Mädchen weinen, und schon geht sie mit ihm nach Portugal. Dort wohnen sie in einer Ferienanlage, die der Unternehmer selbst gebaut hat. Tagsüber liegt sie am Pool, abends kommt der dicke Prinz müde, aber zufrieden nach Hause. Doch nach und nach ist das Leben für sie nicht mehr so toll. Sie würde gerne mal aus der Ferienanlage raus, aber der Prinz hat Angst vor Banditen, die Touristen ausrauben, und außerdem, sagt er, spreche sie die Sprache doch auch noch gar nicht richtig. Die anstehende Heirat verzögert sich immer wieder, angeblich wegen irgendwelcher fehlenden Papiere. Er nimmt die Schlüssel für die Garage, in der der Zweitwagen steht, immer mit. Und auch, was die romantische Liebe angeht, ändert sich was. Es stellt sich heraus, dass er mehr auf die harte Tour steht, der Fettsack. Und dann hat er eines Abends so ein Seidentuch und die Idee, dass sie es auch mal mit ein wenig Strangulieren machen könnten – aber das ist ihr dann wirklich zu viel. Sie sagt nein und auf das Nein ein richtiges Nein! Da steht ihr Traumprinz gar nicht drauf. Sie kriegen mächtig Streit, er haut ihr eine runter.

Von da an ist ihr Leben die Hölle. Er droht ihr für den Fall, dass sie abzuhauen versucht, mit dem Tod. Nun gibt es in dem riesigen Haus einen Keller. Und in dem Keller gibt es einen Raum, der immer abgeschlossen ist. Oft hat sie ihn dorthin gehen sehen, weiß, wo er den Schlüssel versteckt, hat sich aber nie etwas dabei gedacht, vielmehr geglaubt, er holt dort Wein oder so was. Aus welchem Grund auch immer, ob aus Langeweile oder Neugier oder weil sie eine Ahnung hat, auf jeden Fall stibitzt sie sich eines Tages den Schlüssel und geht in den Keller. Und sie findet tatsächlich ein großes Weinregal und nimmt sich eine Flasche und gönnt sich aus Bosheit erst mal einen guten Tropfen. Dann entdeckt sie, dass da noch was ist in dem Keller – eine große Tiefkühltruhe. Du wirst nicht glauben, was dadrin war: unter anderem eines der Mädchen, deren Fotos Miss Popo im Hotel gefunden hatte. Körperteile – Arme, Hände, Finger, Ohren, Köpfe –, feinst säuberlich zerlegt und in Gefrierbeuteln abgepackt! Doch, doch, es ist *wahr*! Ich hab's von jemandem, der sie *gekannt* hat! Also, kurzum: Der Traumprinz war, nein – *ist* ein Serienkiller. Miss Popo kriegt einen hysterischen Anfall, rennt in den Garten und klettert über die zwei Meter hohe Mauer aufs nächste Grundstück. Dort ist aber niemand. Der Pool leer, das Haus verrammelt. Wie in einem Albtraum. Da rennt sie quer über dieses Grundstück und klettert wieder über eine Mauer, völlig außer sich, und steht auf einem Grundstück mit ordentlich gemähtem Rasen und Swimmingpool und zwei alten Leutchen, die Portwein schlürfen und kein Wort von dem verstehen, was Miss Popo, die kaum etwas anhat, ihnen sagt. Und so klettert sie noch über einige andere Mauern an einigen anderen verwirrten britischen und holländischen Rentnern vorbei, bis sie an einen gerät, den es stört, dass sie da in Tanga und T-Shirt vor seinen kleinen Enkelkindern über seinen frischgemähten Rasen hüpft. Er ruft die Polizei. Die Dorfgendarmen nehmen sie mit auf die Wache, eine junge, bis auf die Nase eigentlich bildhübsche, aber kreischende Fremde, und auch sie verstehen kein Wort und bringen sie dann am Abend in die Provinzhauptstadt, und dort gibt man ihr ein Bett und holt am nächsten Tag einen Dolmetscher, und der übersetzt die Geschichte mit dem Traumprinzen und der Tiefkühltruhe, und die Polizisten fahren zu dem Bauunternehmer, und der glotzt sie fassungslos an, erklärt, die kleine ukrainische Nutte habe ihm Geld geklaut, das undankbare Luder, und dann zeigt er ihnen den Keller mit der Tiefkühltruhe, in der natürlich nichts ist außer tiefgefrorenem Fisch. Und Miss Popo steht daneben und kriegt den nächsten Kreischanfall, und der Traumprinz sagt: ‹Schaffen Sie mir dieses Weib aus den Augen, ich will sie nicht mehr.›»

Annas Mitstudentin machte sich ein neues Bier auf, drückte die Zigarette aus.

«Der Rest ist schnell erzählt. Die einen sagen, die Portugiesen hätten Miss Popo abgeschoben und sie habe sich wieder bei einer Agentur gemeldet, aber diesmal bei so einer, wo die Mädchen nur für eine Nacht vermittelt werden. Die anderen sagen, sie sei den Polizisten ausgerissen, habe sich dann als Bardame, als Tänzerin, als Model durchgeschlagen, sei durch halb Europa getingelt und schließlich in einem Ort, der sich Castrop-Rauxel nennt, in einem billigen Puff gelandet. Und der Kühltruhenkerl läuft immer noch frei herum! Sitzt wahrscheinlich gerade vor seinem Computer und schaut sich Bildchen von jungen, saftigen Mädchen für seine Sammlung an. Deswegen – also, wenn du meinen Rat hören willst, lass das sein. Warum willst du weg von hier? Schon richtig, wir leben von der Hand in den Mund, aber das halbwegs anständig. Ich hänge jedenfalls an meiner Heimat. Wir Mädchen, wir müssen zusammenhalten, verstehst du? Bleib hier, ich hör mich mal um, vielleicht kannst du später woanders unterkommen. Die von diesen

Agenturen versprechen dir das Blaue vom Himmel, aber am Ende liegt doch nur ein Massenmörder oder ein Zuhälter auf dir drauf.»

Die Partnervermittlung hieß «Transeuro Wedding» und befand sich in einem kleinen Büro in einer Seitenstraße des Kreschatik. Die Frau, die sie führte, hatte am Telefon auf Anna den freundlichsten Eindruck gemacht, und nun saß sie mit hochtoupierten Haaren hinter ihrem Schreibtisch und lächelte Anna einladend an.

Anna setzte sich auf einen Stuhl ihr gegenüber, und sie gingen gemeinsam den Fragebogen durch.

«Du bist also Lehrerin? Für Geographie und Deutsch?»

«Ich studiere noch. Bin fast fertig.»

«Das ist egal. Wenn du fertig wärst, bekämst du trotzdem keine Arbeit als Lehrerin. Also können wir auch gleich reinschreiben, dass du schon Lehrerin bist.» Die Vermittlerin strich etwas durch und kritzelte dann etwas daneben. «Kinder?»

«Nein.»

«Aber du magst Kinder? Du willst gerne welche?»

«Kann sein.»

«Du magst Kinder, glaube mir. Und wenn dich einer fragt, dann sagst du immer: Ich liebe Kinder, ich kann gut mit Kindern. Du musst nicht jedes Mal sagen, dass du selbst welche haben willst, das kannst du von Fall zu Fall selbst entscheiden, aber es ist immer gut zu sagen, dass man sie mag. Was machst du sonst so, hast du Hobbys?»

Anna zuckte mit den Achseln. «Ich geh gerne in Clubs, tanzen und so ...»

Die Vermittlerin verzog das Gesicht. «Das ist doch kein richtiges Hobby, oder?»

«Was ist ein richtiges Hobby?»

«Das ist etwas, was man in seiner Freizeit macht, aber nicht um das Leben zu genießen, sondern um es zu vergessen. Es ist so eine Art zweites Leben, ein kleines Glück, das die Mühen des Alltags vergessen lässt. Die Männer aus dem Westen lieben und pflegen ihre Hobbys. Sie sammeln exotische Pflanzen, Fische, alte Schallplatten oder Spielzeugeisenbahnen. Sie kochen, puzzeln, züchten Hunde und seltene Fische. Es hält sie jung, verhindert, dass sie melancholisch werden und zum Wodka greifen. Deshalb sind sie so erfolgreich.»

«Musik hören und lesen vielleicht.»

«Weißt du, wie viele Mädchen es in meiner Kartei gibt, auf deren Kärtchen steht: ‹Hallo! Ich heiße Sowieso, meine Hobbys sind Musikhören und Lesen›? Hast du nicht noch was Besseres? Irgendwas? Es reicht schon, wenn es nur ein bisschen ungewöhnlich ist, damit du ins Gespräch kommen kannst.»

Anna dachte an das Astrometrieseminar. «Astronomie.»

«Astronomie? Gar nicht schlecht. Das heißt, du kannst die Zukunft vorhersagen und so was?»

«Nein, die Zukunft vorhersagen ist Astrologie. Astronomie ist –»

«Von mir aus. Aber sollen wir das so reinschreiben – Astronomie? Klingt ein wenig sperrig für den ersten Satz. Besser so: Ich heiße Anna. Ich kann gut mit Kindern umgehen und schaue mir gern die Sterne an.»

Der Deutsche hieß Gerhard Laska und kam aus Berlin. Nachdem sie in einem armenischen Restaurant zu Abend gegessen hatten, liefen sie den Kreschatik bis zum Anfang. Dann hatte er die Idee, an der Philharmonie vorbei hinauf zum «Bogen der Freundschaft» zu gehen, einem kolossalen Denkmal aus Titan, das man anlässlich des 60. Jahrestags der Gründung der Sowjetunion hatte aufstellen lassen. Mittlerweile mochte sich kaum jemand gerne an dieses Ereignis erinnern, doch war der Blick von dort oben überwältigend, man sah den alten Handelsbezirk Kiews und –

«Das da unten ist der Dnjepr», sagte Laska, doch seinem Tonfall nach begeisterte ihn das gar nicht sehr.

«Ja, ist Dnjepr», bestätigte Anna. Na toll, dachte sie, jetzt geht es gleich mit den Kriegsgeschichten los. Dabei schien ihr dieser Mann gar nicht *so* alt zu sein. Aber Hitler, dachte sie, soll ja bereits Fünfjährige in eine Uniform gesteckt haben.

Der Deutsche blickte längst woandershin. Er starrte in den Himmel. Anna beobachtete ihn aus den Augenwinkeln. Er war etwas kleiner als sie, schlank und wirkte sportlich. Dass er bereits Rentner war, erkannte man an seinen weißen, kurzgeschorenen Haaren, die sich von der Stirn aufwärts zu einer Halbglatze gelichtet hatten. Er trug eine Brille und eine billige Uhr. Überhaupt sah er ziemlich durchschnittlich aus, und im Gegensatz zu den anderen «Interessenten» ging ihm das übliche Bei-uns-zu-Hause-ist-alles-anders-(sprich: besser)-Getue völlig ab. Sie versuchte sich daran zu erinnern, wie alt er war, aber es fiel ihr nicht mehr ein. Sechzig? Fünfundsechzig? Siebzig? Die Vermittlerin hatte abgeraten.

«Er ist viel zu alt für ein so junges, attraktives Mädchen

wie dich. Du kannst jüngere haben. Du willst an sein Geld? Dafür ist er wiederum zu jung. Der macht es noch zwanzig Jahre – zwanzig Jahre, die seine Verwandten darauf verwenden werden, sein Vermögen vor dir in Sicherheit zu bringen, und dann», säuselte sie mit übertriebenem Pathos, «bist du verblüht, mein Aschenbrödel, musst du die gläsernen Schuhe zum Pfandleiher bringen und einen Job als Bardame in einem billigen Puff in Castrop-Rauxel annehmen. Außer natürlich» – hier machte die Vermittlerin eine vieldeutige, auch irgendwie gezierte Bewegung mit ihrer goldberingten rechten Hand – «du gehörst zu dieser ganz besonders ausgebufften Sorte Mädchen, die, wie man so sagt, über Leichen gehn.»

«Wo ist dieser Puff noch mal?»

Da baute sich die Vermittlerin vor ihr auf, spitzte die übertrieben rot angemalten Lippen und sprach ihn nochmals aus – den Namen des Ortes, der allein schon von seinem Klang her nichts anderes als ein Synonym für Hölle sein konnte:

«Castrop-Rauxel.»

«Was sehen Sie?»

Anna schaute ihn an. Er hatte den Kopf in den Nacken gelegt und lächelte leicht, aber irgendetwas an seiner Frage roch nach Hinterlist, nach Heimtücke.

«Was ich sehen?»

«Ja. Was sehen Sie am Himmel?»

Im Märchen von Aschenbrödel ist es nur ein gläserner Schuh, der fehlt. In der Wirklichkeit ist es manchmal mehr, manchmal weniger. Anna dachte nach. «Kapella, im Sternbild –», sie suchte nach einer passablen deutschen Übersetzung – «Wagenfahrer.»

«Wir nennen es Fuhrmann», sagte Laska. «Und daneben?»

«Persej.»

«Perseus, ja.» Jetzt endlich wandte er sich vom Himmel ab und sah sie an. «Wissen Sie, die meisten Frauen, mit denen ich hier bislang ausgegangen bin, hatten immer Dinge auf ihren Kärtchen stehen, die gar nicht stimmten.» Er nickte, wie um sich selbst beizupflichten. «Verstehen Sie mich bitte nicht falsch», fuhr er fort, «aber sie sagen zum Beispiel, sie lesen gerne, aber dann schauen sie doch nur in Modemagazine. Oder sie behaupten von sich, dass sie ‹neugierig auf alles Neue› sind, aber wenn man ihnen dann wirklich etwas –», er stockte einen Augenblick, suchte nach dem richtigen Wort, «Ungewöhnliches zeigt, fangen sie an zu gähnen.»

Etwas Ungewöhnliches – der Knilch meint wahrscheinlich ungewöhnliche Sex-Praktiken. Anna überlegte, bei welchen sie gerade noch mitmachen würde.

«Was hat zu tun mit Sternen?», fragte sie.

Er zwinkerte ihr zu. «Alles.»

«Da haben sich so ein paar Typen nach dir erkundigt», sagte das Mädchen, das im Wohnheim das Zimmer neben ihr hatte.

«Was für Typen?»

«Üble Typen. Alle besoffen. Ich hab nichts gesagt. Dass du jetzt hier wohnst oder so. Ihr Anführer – vor dem konnte man richtig Angst bekommen. Das Gruseligste an ihm war, mhm, also, vielleicht glaubst du mir das jetzt nicht, aber der hatte so ein Stück aus einem alten Treppengeländer – als Bein.»

Am übernächsten Abend fragte Laska, ob Anna ihn nach Deutschland begleiten wolle. Zunächst nur für ein paar Wochen. Eine Art Urlaub. Zum Kennenlernen.

«Kennen Sie Castrop-Rauxel?», fragte sie ihn.

Er runzelte die Stirn. «Nein, kenne ich nicht. Bin nie da gewesen.»

«Gut.»

2

Am Flughafen nahmen sie ein Taxi. Es war schon Abend, und als sie die Autobahn kreuzten, ging die Sonne hinter dem Geländer einer Betonbrücke unter, groß und schwer wie ein sterbender Roter Riese im All. Ihren Kopf an das Seitenfenster gelehnt, vertrieb Anna die Gedanken an das, was sie zurückgelassen hatte. Sie schaute in die Dämmerung hinaus, die sich auf die Straßen senkte, und versuchte die Leuchtreklamen zu entziffern – wie der Abspann eines Films in fremder Sprache huschten sie an ihr vorbei. Sie fragte sich, wohin sie gehen würde. Sie hatte nicht vor, länger bei diesem Laska zu bleiben als unbedingt nötig. Mal sehen, wie viel Geld sie ihm würde abnehmen können, ohne ihm allzu nahe zu kommen. Und dann würde sie im Dickicht der Stadt verschwinden. Na gut – eine kleine Schonfrist würde sie ihm wohl gönnen müssen. Immerhin hatte er sich bisher unerwartet anständig benommen. Er hatte nicht darauf gedrängt, dass sie in sein Hotelzimmer kommt, hatte keinen Versuch gemacht, sie zu küssen oder zu umarmen, er hatte ihr nicht an den Hintern gefasst, er hatte ihr in der Hotelbar nicht Dutzende Cocktails ausgegeben, um ihr irgendwann in einem unbeobachteten Moment zwischen die Beine zu greifen. Im Taxi saß er vorne.

«Wir fahren durch die Stadt», sagte er unvermittelt.

«Ja.»

«Wir hätten auch die Autobahn nehmen können, aber ich dachte, du willst vielleicht die Stadt sehen.»

«Schön.»

Laska sagte dem Fahrer etwas, und der Fahrer fragte etwas zurück, schüttelte dann den Kopf und murmelte vor sich hin. Aus dem Funkgerät drang eine Frauenstimme, abgehackt und schrill, «Gneisenaustraße ... Revaler Straße ... Mierendorffplatz ... Tour zum Ostbahnhof ... Landsberger Allee» – fremde Orte in der Dämmerung.

Der Fahrer sprach von «viel Verkehr». Anna wunderte sich. Die Straßen waren voller Autos, aber es war kein Vergleich zu Kiew, wo man manchmal eine halbe Stunde auf der Stelle stand, bevor es dann, aus unerfindlichen Gründen, doch weiterging.

Sie bogen auf eine breite Allee ein, und einen Augenblick lang fühlte sich Anna wie zu Hause. Der Boulevard erinnerte sie an den Kreschatik. Aber es waren nur wenige Menschen auf den Bürgersteigen zu sehen.

So fuhren sie eine Weile, trieben im Feierabendverkehr an einem Gebäude vorbei, das «Kosmos» hieß, so viel konnte sie lesen. Ihr kam der Gedanke, dass diese beiden da vorne sonst wohin mit ihr fahren könnten, und sie würde es nicht einmal bemerken.

«Wie heißt die Straße?»

«Die hier? Karl-Marx-Allee.»

«Früher mal Stalin-Allee», ergänzte der Fahrer.

«Und was war Kosmos?»

«Kosmos?»

«Das Haus.»

«Ach das – ein altes Kino. Steht jetzt leer, glaube ich.»

«Events», sagte der Taxifahrer mürrisch, «die machen da jetzt Events, so heißt das heute.»

Sie bogen an einer großen Baustelle ab, dahinter erstreckte sich der Alexanderplatz. Sie konnte sich daran erinnern, dass es ein deutsches Buch gab, das so hieß, aber sie hatte vergessen, wer es geschrieben hatte. Jetzt fuhren sie offenbar Richtung Westen, kamen an einer Kirche und einem Museum vorbei, dann an der Oper, an der Universität, an Banken und Autosalons. Schließlich ging es nicht mehr weiter. Auf einem Platz, umgeben von alten und neuen Häusern, hielt der Fahrer an.

«Fahren Sie außen rum und sammeln Sie uns bitte auf der anderen Seite wieder ein», sagte Laska, stieg aus und öffnete ihr die Tür. «Gehen wir ein Stück.»

Der Anblick war ihr vertraut. Oft hatte sie als Kind die Schwarz-Weiß-Fotografie betrachtet: ihr Großvater, der junge, schneidige Leutnant Konew, wie er, die Mütze schief auf dem Kopf, neben einem kleinen Cabriolet vor dem Brandenburger Tor steht und lachend eine Zigarette raucht. Im Hintergrund, aber noch vor dem Bauwerk, zwei ausgebrannte Laster, ein zerstörter Panzer und dazwischen ein paar alte Frauen und Männer, die Steine zur Seite räumen. Weil die Sonne hoch im Rücken des Fotografen stand und die Aufnahme überbelichtet war, sah es so aus, als wäre jenseits des Tores nichts.

Eine Viertelstunde später lag das Tor hinter ihnen, und sie fuhren, wie es Anna schien, wieder aus der Stadt hinaus.

«Wohin fahren wir?»

«Nach Kladow.»

«Das ist Berlin?»

«Ja», antwortete Laska, «gehört zu Spandau. Das war

mal das Ende der Welt. Vorher kommt noch Gatow. Dahinter fing früher die Ostzone an.»

Laska wohnte im letzten einer Reihe von Häusern, die man entlang einer schmalen Straße in den Wald gebaut hatte. Die Straße führte noch ein Stück weiter auf ein altes, geschmiedetes Tor zu, das mit einer rostigen Kette und einem dicken, plump wirkenden Vorhängeschloss gesichert war. Zwanzig Meter davor hielt das Taxi vor Laskas Haus, einem zweistöckigen Bau, der, wie Anna schätzte, gut dreißig Jahre alt sein mochte. Als sie ausgestiegen waren, deutete sie auf das geschmiedete Tor am Ende der Straße und fragte:

«Wo geht dort hin?»

«Nirgendwohin.» Laska zögerte, dann fügte er hinzu: «Früher konnte man bis runter an die Havel gehen. Dort steht so eine Art Gutshaus. Da war mal ein Erholungsheim drin. Für junge Mütter, glaube ich. Aber das ist schon lange zu.»

Sein Haus kam ihr vom ersten Moment an seltsam vor. Sofort nachdem sie eingetreten waren, fiel ihr der Geruch auf: Es roch, als wäre die Zeit stehengeblieben. Fußboden, Türen, Decken, Wände wirkten nur auf den ersten Blick sauber – auf den zweiten entdeckte Anna, dass nicht nur die Ecken lange keinen Staubwedel oder Besen mehr gesehen hatten. Und dann war da die Einrichtung selbst. Sie hatte keine Ahnung, wie es im Westen früher in den Häusern ausgesehen hatte, aber die Möbel im Wohnzimmer – zum Beispiel eine auberginefarbene Couchgarnitur mit einem in Messing gefassten Glastisch davor – schienen jahrzehntealt. In einer schwarzen Schrankwand stand ein riesiger, eingestaubter Röhrenfernseher, der den Eindruck erweckte, als könnte er mit einem lauten Knall zerbersten, sobald ihn jemand wieder anschaltete. Und dann war da noch etwas: ein Gefühl von Abwesenheit, das Anna kaum beschreiben konnte, ein Gefühl, als wäre jemand hier gewesen und eines Tages einfach verschwunden.

Laska seufzte. «Ja also, das isses», sagte er und sah sich dabei in seinem Haus um, als hätte er es selbst zum ersten Mal betreten. «Ich bin nicht mehr so oft hier. Das heißt – hier unten. Das Haus ist eigentlich viel zu groß. Für einen allein, meine ich.»

Er drehte sich um und ging in die Küche, die vom Wohnzimmer abging. Anna sah durch die offene Tür, wie er in den Schränken nach etwas suchte, hörte Gläser klirren, ihn leise vor sich hin fluchen. Als er zurückkam, hielt er ein Tablett in der Hand, darauf zwei Gläser und eine Flasche Wasser.

«Ich habe nur Wasser da», erklärte er, «ach ja – es gibt auch Bier.»

Sie stellte sich vor ihn, versperrte ihm den Weg, betrachtete ihn. Was hatte sich dieser Mann eigentlich gedacht? Dass sie hierherkam und sofort in den Supermarkt marschierte, um seinen Kühlschrank aufzufüllen? Er wusste doch nicht erst seit gestern, dass eine Frau kommen würde, oder? Er brauchte eine Putzfrau, eine Haushaltshilfe, so viel war klar. Sie beschloss, die Anstandszeit, die sie bei ihm bleiben würde, die Schonfrist, drastisch zu verkürzen. Und Sex kam in dieser Muff-Bude schon gar nicht in die Tüte, buchstäblich nicht. Sollte er sich seinen Adolf schön alleine schrubben.

«Bier», sagte sie, «und danach Restaurant.»

Sie gingen in ein Restaurant in der Spandauer Altstadt. Laska hatte eine Weile überlegen müssen, welches Restaurant in Frage käme. Nach und nach wurde ihr klar, dass er, sah man einmal von seinem Besuch in Kiew ab, seit Jahren keine Frau mehr irgendwohin ausgeführt hatte.

Zuvor hatte er ihr noch ihr «Zimmer» gezeigt, einen kleinen Raum unter der Dachschräge, in dem neue, aber schlichte, helle Möbel standen: ein Bett, ein Schrank und ein schmaler Schreibtisch samt Stuhl. Es sah aus wie in einem Hotel, als ahnte Laska, dass sie nur auf der Durchreise war. Na ja, immer noch besser, als gleich mit ihm das Bett teilen zu müssen, dachte sie. Das Einzige, was an dem Zimmer merkwürdig anmutete, war der Teppich: Er zeigte eine Kraterlandschaft, auf der ein paar Astronauten in einem roten Phantasiemobil herumfuhren. Mit ihrer blau-weißen Rakete waren sie unmittelbar unter dem Schreibtisch gelandet: ein kleiner Dicker und ein großer Dünner. Natürlich waren beide Amerikaner, obwohl das Gefährt eher an russische Kosmonauten denken ließ. Es ähnelte sehr dem automatischen Lunochod, einem ferngesteuerten Roboter, den ihr Großvater, dessen letzte Dienststelle vor der Pensionierung das ferne Baikonur gewesen war, ihr einst auf einem Foto gezeigt hatte.

Beinahe passgenau war der Kinderteppich über den braunen Nadelfilz gelegt worden. Lediglich an der Seite, an der das Bett stand, unter der Dachschräge, sah man einen schmalen Streifen des ursprünglichen Bodenbelags. Der Teppich war nicht neu. Er musste schon Jahrzehnte dort liegen. Hier und da fand sie Konturen von Flecken, die man irgendwann mit geduldigem Aufwand wieder zu entfernen versucht hatte, Stellen, an denen die Krater und Hügel, die grau-gelb leuchtenden Findlinge ausgeblichen und lichter wirkten. Durch die verblasste Farbe hatte der Teppich einen eigenen Charme gewonnen – er erinnerte Anna an Höhlenmalerei. Sie legte ihre Koffer auf das Bett und setzte sich auf den Stuhl. Für einen Moment war ihr Geist vollkommen leer, wie bei jemandem, der im Traum aus einem Flugzeug gefallen ist und erkannt hat, dass es keine Rettung gibt. Dann zog sie sich um.

«Du willst so in das Restaurant gehen?», fragte Laska.

«Ja», sagte sie, «ich will. Warum?»

«Nun, es kommt mir etwas … knapp vor.»

«Ich mag knapp.»

«Man kann auch irgendwie durchsehen.»

Sie stemmte die Hände in die Hüften, hob ganz leicht ihre rechte Augenbraue und sagte nichts.

«Der Sommer», fügte er hinzu, «ist ja auch eigentlich schon vorbei.»

«Wenn du mal bist in Ukraine im Winter, weißt du, dass Sommer für mich noch lange nicht vorbei. Wohin gehen wir?»

«Es ist ein österreichisches Restaurant. Also, schon etwas besser, aber auch nicht zu vornehm.» Er starrte sie an. «Da kommt man auch in Jeans rein.»

«Österreich – das ist, wo Berge hoch und Schnitzel groß?»

«Ich war schon länger nicht mehr da.»

«Gut. Wir gehen.»

Das Schnitzel ragte beinahe über den Tellerrand. Erst als es vor ihr stand, war Anna aufgefallen, was für einen gewaltigen Hunger sie hatte. Laska hatte nur eine Suppe bestellt. Kleine graue Fleischbällchen schwammen in der Brühe, er aß kaum davon, stattdessen beobachtete er Anna.

Er war nicht der Einzige. Von der Sekunde an, in der sie das Restaurant betreten hatten, ruhten auf ihr die Blicke von Frauen wie von Männern, von Gästen wie von Kellnern. Selbst der ältere Herr am Nachbartisch, ein dünner, klapprig wirkender Mann mit schlohweißem Haar, dessen Gabel vor jedem Bissen einige Sekunden lang über dem Teller zitterte, schaute verstohlen zu ihr herüber, bis es seiner Frau auffiel und sie ihm, seiner Mimik nach durchaus schmerzhaft, mit ihrer Gabel in den Handrücken stach.

Als sie das halbe Schnitzel gegessen hatte, sagte sie zu Laska: «Was ist mit Familie?»

«Ich bin alleinstehend.»

«Du hast mir schon erzählt.»

«Viel mehr gibt's da auch nicht zu erzählen.»

«Was ist mit Frau?»

«Ich bin Witwer.»

«Wann ist gestorben?»

«Was ist mit deiner Familie? Was ist mit deinen Eltern, deiner Mutter, deinem Vater?»

«Mutter tot, Großpapa und Großmama tot und Vater auch irgendwie tot.»

«Irgendwie?»

«Jeder darf haben ein Geheimnis. Ich Vater, du Frau. Okay?»

Er schwieg.

«Was ist mit Kindern?»

«Mein Sohn ist aus dem Haus. Und das ist er schon lange. Wir haben kaum Kontakt.»

Sie schüttelte den Kopf. «Sohn ist Geheimnis Nummer zwei. Du musst verraten. Hat Kinder?»

«Weiß- oder Rotwein?»

Bei ihrer Rückkehr war es dunkel. Laska fuhr einen alten Volvo, dessen Keilriemen jedes Mal quietschte, wenn er langsam in eine Kurve bog. Als sie vor seiner Einfahrt hielten, bat er sie, vorher auszusteigen, weil die Garage vollgestellt sei.

So stand sie allein auf der Straße, während er den Wagen einparkte. Der Mond war im ersten Viertel und beschien das schmiedeeiserne Tor. Sie tat ein paar Schritte darauf zu. Etwas hatte sich verändert. Zunächst fiel ihr nicht auf, was, doch dann stellte sie fest, dass die Kette, die um die Gitterstangen der beiden Torflügel gewickelt war und mit dem Vorhängeschloss gesichert wurde, anders lag: Jetzt hingen zwei Enden unter dem Schloss herab. Jemand hatte das Tor geöffnet und es nur nachlässig wieder verschlossen.

«Hallo?», rief Laska von der Garage aus. Und dann vorsichtiger: «Anna, kommst du?»

Und wenn ich nun nicht käme, dachte sie, was machst du dann?

Kaum waren sie im Haus, bat er sie nach oben. «Ich will dir etwas zeigen.»

Sie war auf der Hut.

«Wir müssen uns beeilen», fügte er hinzu.

Er ging die Treppe hinauf, und sie dachte über mögliche Ausreden nach.

«Na, komm schon», rief er.

Sie seufzte, dann folgte sie ihm.

Als sie auf dem oberen Treppenabsatz stand, ging plötzlich das Licht aus. Das Zimmer, das ihrem – dem Zimmer mit dem Astronautenteppich – gegenüberlag, bewohnte Laska. Die Tür war nur angelehnt, sie hörte ihn etwas hin und her räumen, sah ihn aber nicht gleich. Langsam gewöhnten sich ihre Augen an die Dunkelheit, und aus dem Zwielicht schälten sich Schemen heraus: An einer Seite entdeckte sie ein großes Bett, an der anderen einen Schrank. Ein klobiger Tisch stand am Fenster, neben einer offenen Balkontür. Laska hievte irgendetwas hinaus, auf die Terrasse. Als er draußen war, bauschte sich hinter ihm der Vorhang. Dann fiel der Stoff wieder zur Seite, und sie sah vor dem nur etwas helleren Mantel der Nacht seine Umrisse im Türrahmen. Er kam ihr fremd vor. Irgendwie größer. Sie spürte Angst in sich aufsteigen und das Verlangen, aus dem Zimmer, aus dem Haus zu rennen. Hatte sich Miss Popo nicht genauso gefühlt, als sie zum ersten Mal mitbekam, wer der Mann, den sie heiraten wollte, wirklich war? Laska sagte nichts. Etwas hielt er in der Hand, es sah aus wie ein Knüppel. Klack! Plötzlich floss schummriges rotes Licht daraus hervor. Eine Taschenlampe – aber er hatte eine Folie vor den Reflektor geklebt, sodass sie nur rotes Dunkelkammerlicht abgeben konnte. Langsam strich der purpurne Schein über das Bett.

Noch im Restaurant hatte sie begonnen, Vertrauen zu ihm zu fassen. Nicht dass ihr das gefallen hätte, aber es war eben so. Vielleicht weil sie, auch wenn sie versuchte, nicht daran zu denken, völlig allein war. Ein wenig tat er ihr auch leid. Sie spürte, dass in seiner Vergangenheit etwas schiefgelaufen sein musste. Dass er schon lange darauf wartete, mit jemandem zu sprechen. Für einen Augenblick war sie sich ganz sicher gewesen, dass er sie in Wirklichkeit nur deshalb zu sich geholt hatte, um etwas zu klären, um etwas abzuschließen, um eine Geschichte zu Ende zu bringen, die nichts mit ihr zu tun hatte. Und da hatte er ihr noch etwas mehr leidgetan, denn es war klar, dass er Zeit brauchen würde, um mit der Sprache herauszurücken. Doch dann wäre sie nicht mehr da. Aber jetzt? Das rote Licht kroch ihre Beine hoch.

«Komm schon», drängte Laska, «er kann nicht ewig warten.»

Verdammt, schoss es ihr durch den Kopf, was mache ich, wenn es *zwei* sind? «Wer wartet da draußen?», fragte sie scharf.

Laska zuckte leicht zusammen, er neigte den Kopf zur Seite. «Der Mond.»

Die Geschichte vom Mann im Mond

Der Mann im Mond habe ihm das Leben gerettet, hatte der Oberst seiner Enkeltochter immer erzählt, und auf die Frage, wie er das gemacht habe, der Mann im Mond, hatte Konew geheimnisvoll geantwortet, dass der Mann im Mond ihn einmal gewarnt habe vor einer Sache, die so grausig gewesen sei, dass er es ihr nicht erzählen könne, ganz abgesehen davon, dass er es ihr auch nicht erzählen dürfe; und da ihr Großvater in diesem Augenblick einen Lidschlag lang sein jungenhaftes Lächeln verloren hatte, wagte es Anna nicht, trotz aller drängenden Neugier, ihn weiter danach zu fragen.

Als sie älter war und ihr Großvater missmutig die Berichte in den Zeitungen las, die davon handelten, dass die arbeitslosen Bewohner von Leninsk, seine jüngeren Kameraden, denen er fünf Jahre zuvor mit einer großen Abschiedsfeier Lebewohl gesagt hatte, nicht mehr bezahlt wurden und dazu übergegangen waren, Kabel und Elektronik aus den verrotteten Abschussrampen und den nicht mehr benötigten Raketen zu reißen, um sie auf irgendeinem Trödelmarkt nahe der kasachisch-usbekischen Grenze zu verscheuern, da erfuhr sie, lediglich aus einem beiläufigen Satz, dass der Mann im Mond Yangel hieß.

Doch auch das war noch nicht die ganze Geschichte. Die ganze Geschichte erzählte ihr Großvater in seinem letzten Sommer, nachdem ihm, beinahe achtzigjährig, ein Lungenflügel entfernt worden war und der Arzt sich zu der Bemerkung hatte hinreißen lassen, es sei ein Jammer: Wenn er frühzeitig mit dem Rauchen aufgehört oder besser gar nicht erst damit angefangen hätte, wäre er jetzt munter wie ein Sechzigjähriger, so aber – es gebe keinen Grund, die Augen vor dem Unvermeidlichen zu verschließen – seien seine Tage gezählt.

Da lachte der Oberst und wollte gar nicht mehr damit aufhören.

«Mein lieber Doktor», begann er schließlich, «Ihre Diagnose mag für die meisten Ihrer Patienten, die in meiner Lage sind, zutreffen, und auch wenn sie ihnen nichts mehr nützt, kann ich verstehen, dass man, wenn man so viele aussichtslose Fälle hat wie Sie, zu einem Zyniker wird, der den Todeskandidaten kurz vor dem Abkratzen noch ein gehörig schlechtes Gewissen macht. Oder haben Sie mit Ihrer Bemerkung eine eher pädagogische Absicht verfolgt? Wollten Sie damit meiner wunderschönen Enkeltochter hier einen Schrecken einjagen, sodass sie nie auch nur auf die Idee kommt, einen Glimmstängel anzurühren? Dann seien Sie bedankt, ich bin ganz Ihrer Meinung, Nikotin ist Gift, machen Sie weiter so, warnen Sie die Jungen!

Was aber nun mich alten Furz betrifft, der ich in den vergangenen fast acht Jahrzehnten doch mehr als eine gute Gelegenheit zum Abkratzen hatte, ohne mir vorher noch dummes Zeug anhören zu müssen, so lassen Sie sich gesagt sein – ich bin ein Einzelfall. Ich bin der Fehler in Ihrer Statistik. Wenn ich nämlich, wie Sie mir eben sagten, frühzeitig mit dem Rauchen aufgehört oder gar nicht erst damit angefangen hätte, dann wäre ich, und zwar nicht ‹wahrscheinlich› oder ‹möglicherweise›, sondern mit absoluter, mit hundertzehnprozentiger Sicherheit, bereits vor über vierzig Jahren gestorben.»

Damals, vor über vierzig Jahren, in seinen ersten Tagen auf dem Weltraumbahnhof, träumte Major Konew wieder von Berlin, wandelten wieder die sieben deutschen Gespenster durch seinen Schlaf und machten sich lustig über seine neuerliche Versetzung. Es war ein verrücktes Echo der verrückten Zeit in der verrückten Stadt, das er, nach einem ruhigen, fast ereignislosen Jahr in Moskau, gar nicht mehr erwartet hatte. Andererseits – war nicht allein die Fahrt durch die kasachische Steppe unter dem wolkenlosen Himmel, dieses völlige Fehlen von Hügeln, Wäldern oder größeren Ortschaften, ja die Abwesenheit selbst kleinster topographischer Abwechslungen, wie sie eine Hecke oder eine Obstwiese sein können, war nicht das Verschwinden der Landschaft an sich Grund genug, dass auch die Wirklichkeit auf eine Traumebene entschwand? Das viel zu blaue Blau der Himmelskuppel erinnerte den Major daran, wie er als Kind in einem Schwimmbad auf dem Zehnmeterturm gestanden und, entgegen dem Rat seines Vaters, nach unten geblickt hatte. Sie waren die Ersten im Bad. Kein anderer Schwimmer oder Springer hatte bislang Unruhe ins Wasser gebracht. Auf dem Boden des Beckens gab es keine Markierungen. Es war blau gekachelt, und mit den gut sieben Metern Wasser darüber war das für den kleinen Jungen damals ein bodenloser Abgrund. Er sprang trotzdem, aber das Grauen des Abgrundes wurde er nie wieder los. Bis er nach Kasachstan kam. In der ersten Zeit befiel ihn, jedes Mal wenn er sich mittags auf das Dach der Kommandantur legte, ein Schwindel, sobald er hinauf zum Himmel blickte. Ihm war, als könnte er fallen. Als wäre da oben der Abgrund. Und es sollte ein weiteres Jahr dauern, bis ihm Sonja, seine spätere Frau, zeigte, dass über ihm kein Abgrund war, sondern das Fenster zum anderen Ende der Welt.

Dass der Ort, an den er versetzt wurde, offiziell gar nicht existierte, tat sein Übriges. Denn lange bevor man dem Startplatz den Namen Baikonur gab, hatte er nur eine Nummer. Und da nur wenige davon wissen durften, da man selbst ihm, dem verdienten Bewacher der Gespenster von Spandau, zunächst falsche Marschbefehle zugestellt hatte, sodass er sich auf dem Papier an einem ganz anderen Ort in der Union befand, hatte der Major bald das Gefühl, zu verschwinden oder aber, gemäß den Gesetzen der Quantenmechanik, an zwei Orten gleichzeitig zu sein.

Es gab die Stadt und den Fluss. Es gab Häuser und Straßen und Hallen und Licht und Lärm in der Nacht. Vor allem das gab es: Tag und Nacht brannte irgendwo Licht, schien immer irgendwo jemand wach zu sein, der die begonnene Arbeit fortführte, einen Fehler ausmerzte oder ihn durch den nächsten ersetzte. Und so blieb ihm in diesen frühen Tagen und Nächten das eigentliche Ziel der Reise – die Sterne – verborgen.

Er arbeitete nicht. Er kontrollierte. In Spandau hatte man sein besonderes Talent erkannt, das darin bestand, den

Menschen ein schlechtes Gewissen sofort anzusehen. So waren die Versuche der Gespenster gescheitert, Dinge, meist lose Blätter oder Schulhefte, auf denen sie sentimentale Erinnerungen an das Leben, bevor sie Gespenster wurden, abgefasst hatten, nach draußen, also in die Gegenwart zu schmuggeln. Jedem vermeintlichen Kurier hatte Konew an der Nasenspitze oder anderen physiognomischen Eigenheiten angesehen, dass er kurz davor war, etwas Verbotenes zu tun, das ihn vielleicht nicht in Teufels Küche, aber doch in den Gulag bringen konnte, was, wie Konew dem einen oder anderen Leugner zu erklären versuchte, letztlich schlimmer sei. Meistens allerdings hatte nur ein Blick genügt, den Kameraden oder Bediensteten vor Unüberlegtem zu bewahren. Aber er konnte nicht überall sein. Vor allem konnte er nicht immer da sein. Und so probierten die Gespenster das, was ihnen bei Hauptmann Konew nicht gelang, noch einmal bei den anderen – den Franzosen, Briten und Amerikanern.

Immer mehr hatte sein Dienst in Spandau die Züge einer westlich-dekadenten Sisyphusarbeit angenommen. Und dann war da auch noch die verbotene Liebe. Die verbotene Liebe zu einer Deutschen saß dem Leutnant nicht nur im Nacken, sie steckte in Glied und Gliedern, und als er zum Hauptmann befördert wurde, tat sie es mehr denn je. In dem Bewusstsein, dass es ihnen nicht besser, sondern schlechter ergehen werde als Romeo und Julia, harrte er des Tages, an dem seine verbotene Liebe, hoppladihopp, auffliegen würde – was zweifellos Militärgericht und Lager bedeutet hätte. Darum war er dem neuen, unsympathischen Kommandanten fast dankbar, als der ihm eines Tages die Last des Geheimnisses abnahm und die Versetzung antrug.

Selbst hätte er nie danach zu fragen gewagt. Einen so prestigeträchtigen Posten wie den eines Gespensterwächters in Spandau gab man nicht ohne besonderen Grund auf. Es hätte Verdacht erregt. Der Genosse Generalleutnant hingegen tat so, als könnte es sich Konew überlegen, dabei hatte er schon seit längerem den Plan gefasst, Konews Posten einem seiner Neffen zuzuschieben, und mit dem Generalstab alles abgesprochen.

«Bald bist du in Moskau, ach», sagte der Generalleutnant, «ich wünschte, das wäre ich auch.» Was er freilich, aus verschiedenen Gründen, nicht wünschte.

Konew hatte nicht gewusst, dass die Gespenster in ihm so etwas wie einen Freund gesehen hatten. Erst als er sich im Gefängnisgarten von ihnen verabschiedete, merkte er, dass sie sein Weggehen bedauerten. Alle, bis auf den verrückten Piloten natürlich, der abseits der anderen vor seinem unbestellten Beet hockte.

«Was heult ihr hier so rum?», fragte er laut, «der nächste Iwan wird auch nicht anders sein.»

«Ach, seien Sie doch still!», zischte der Bankier.

«Heulsusen!», rief der Pilot.

«Ich hör da ja schon gar nicht mehr hin», entschuldigte sich der Architekt.

«Heil dir im Siegerkranz!», schrie der Pilot und begann, auf den Radieschen des Pfadfinders herumzutrampeln.

Trotz der gelegentlichen Traumauftritte der Spandauer Gespenster war Konew froh, in der Steppe zu sein. Beim Stab in Moskau, auf den endlosen Fluren, wo die Luft von Bürokratie und Intrigen zu flimmern schien, hatte er sich alles andere als wohlgefühlt.

In Baikonur machte er wieder das, was er schon in Berlin gemacht hatte: Er plante die Zugänge zum Gelände, er kontrollierte den Dienst der Wachen und versuchte, mögliche Schwachstellen im System – bei Mensch und Material – zu finden, bevor sie zu einem ernsthaften Problem wurden. Das war das Schöne daran: Selten, fast nie war er gezwungen, ein Verhör samt all seinen unangenehmen Begleiterscheinungen durchzuführen. Deswegen war er so beliebt.

Manchmal, wenn er dienstfrei hatte, fuhr er ein paar Kilometer in die Steppe hinaus und betrachtete von dort das sonderbare Gebilde, das aus der Ebene emporwuchs. Am markantesten waren die Starttürme. Wie riesige, stählerne Blütenkelche ragten sie in das blaue Blau.

Nie würde er den Tag vergessen, an dem er die erste Rakete abheben sah. Zusammen mit seinen Soldaten war er neben ihr hergegangen, als sie sich auf den Schienen im Schritttempo zur Abschussrampe bewegte. Mickrig und schwach war er sich vorgekommen angesichts des Kolosses neben ihm. An der Rampe richtete sich das Ungetüm langsam auf, wurde von den Blütenblättern des Startturms sorgsam umschlossen. Eine gewaltige Grube unter der Betonrampe, die aussah wie der Schlund zur Hölle selbst, sollte das Feuer der Triebwerke aufnehmen.

Und dann der Moment der Zündung: Ein tiefes Grollen, begleitet vom Zischen eines Drachen, rollt über die Ebene. Der Kelch hat sich geöffnet. Ein, zwei Lidschläge lang verharrt die Rakete feuerspeiend über dem Abgrund, der sich mit Rauch und Flammen füllt. Dann steigt sie bedächtig, fast behutsam empor, wird schneller und schneller, und während die Luft noch vibriert von ihrem Tosen, hat sie sich schon dem Griff der Erde entwunden.

«Soso, ‹dem Griff der Erde entwunden› – Sie hätten Poet werden sollen, Genosse Oberst», sagte der Arzt. «Aber was hat das alles mit dem Rauchen zu tun?»

Konew seufzte. Dann sah er seine Enkeltochter an. «Soll ich das wirklich erzählen?»

Sie nickte.

Er schloss die Augen.

«Ich habe den Start des Sputnik gesehen. Habe die Hunde gestreichelt, bevor sie auf Nimmerwiedersehen ins All geflogen sind. Und später habe ich Gagarin auf seinem Weg zu seinem winzig kleinen Raumschiff Wostok 1 begleitet. Das waren, wie man so sagt, Sternstunden der Menschheit. Wobei die Hunde nie gefragt wurden, ob sie überhaupt mitfliegen wollten.

Die meisten Raketen, die wir hochgeschossen haben, hatten jedoch in Wirklichkeit den Zweck, den Tod zu bringen. Auch an jenem Tag. Es war eine Rakete, die ihre tödliche Fracht nach Amerika tragen konnte. Einfach so – vom einen zum anderen Ende der Welt. Lautlos, schnell, unaufhaltbar sollte sie sein. Der Marschall der Strategischen Raketenstreitkräfte war persönlich für den Test angereist. Es gab Verzögerungen, Schwierigkeiten mit dem Prototyp. Der Marschall machte den Ingenieuren und Technikern, allen voran dem Chefdesigner Yangel, der die Rakete entworfen hatte, mächtig Druck. Der Start war bereits mehrfach verschoben, aber auf Drängen des Marschalls immer wieder neu angesetzt worden.

Ich hatte mit alldem nicht viel zu tun. Als der Countdown begann, musste ich wie immer darauf achten, dass alle sich in ihren Beobachtungsbunkern oder in sicherer Entfernung aufhielten, dass sich keine Fahrzeuge, keine überflüssigen

Gerätschaften mehr in der Nähe der Rampe befanden und dass die allgemeinen Sicherheitsvorschriften, zum Beispiel das absolute Rauchverbot in der Nähe der Rampe, hundertprozentig befolgt wurden.

Aber durch die Drängelei des Marschalls waren alle nervös und unachtsam geworden. Zu viele Menschen, die dort gar nichts zu suchen hatten, hielten sich an der Rampe auf. Als ich auf die Verletzung der Vorschriften hinwies, stauchte mich der Marschall mit den Worten zusammen, dass man den Krieg gegen Hitler mit Bürokraten wie mir wohl verloren hätte. Dann musste der Countdown wegen eines defekten Ventils abgebrochen werden. Jetzt schäumte der Marschall erst richtig. Er ließ sich einen Stuhl aus dem Beobachtungsbunker bringen und setzte sich mit der Ankündigung, nicht aufzustehen, ehe die Rakete startklar sei, daneben. Das muss man sich mal vorstellen! Nun rannten alle herum wie aufgescheuchte Hühner, keiner wollte beim Kommandeur der Strategischen Raketenstreitkräfte in Ungnade fallen. Nur Chefingenieur Yangel, der neben mir auf der Rampe stand, blieb ruhig und fischte sich gedankenverloren eine Zigarette aus seiner Packung. Ich beschloss, den Rest meines Stolzes zusammenzukratzen, und wies den Genossen Chefingenieur darauf hin, dass das Rauchen im Startbereich absolut verboten sei. Er möge bitte in eine der Raucherzonen gehen oder aber die Zigarette wieder wegstecken. Er sah mich überrascht an, als hätte er nicht richtig gehört. Als wollte und könnte er diese Zurechtweisung durch mich, einen Offizier der Wachbrigade, schon deshalb nicht hinnehmen, weil ich nur ein Major war, ein Berufssoldat, den man im Gegensatz zu einem Chefingenieur für Interkontinentalraketen mehr oder weniger beliebig ersetzen konnte. Ich war mir beinahe sicher, dass er sich die Zigarette allein schon aus diesem Grund in den Mund stecken würde, um mir diesen Unterschied ein für alle Mal klarzumachen. Fast war mir, als ob mich der Geruch abbrennenden Tabaks, als ob mich Yangels rauchgeschwängerter Atem schon in der Nase kitzelte. Der Chefingenieur aber drehte den Glimmstängel zwischen dem Zeige- und Mittelfinger seiner linken Hand hin und her, betrachtete ihn von allen Seiten, bevor er aufblickte und mir in die Augen sah.

‹Wissen Sie, was passiert, wenn wir diese Dinger eines Tages zünden müssen?›, fragte er.

Ich begriff nicht, was er meinte.

‹Das ist dann das Ende der Welt. Fünfundvierzig Minuten. Vielleicht sechzig. Mehr Zeit wird nicht bleiben. Was werden wir Menschen machen in dieser letzten Stunde? Rauchen? Trinken? Uns lieben? Haben Sie schon, Genosse Major, eine Liste bereit, wissen Sie, wen Sie anrufen werden, haben Sie eine Frau, haben Sie Kinder, haben Sie entschieden, wem Ihr letztes Wort gilt?› Er lächelte, dann zuckte er mit den Achseln. ‹Was soll's›, sagte er, ‹das kann hier noch Stunden dauern.› Dann hielt er mir die Packung hin und fragte, ob ich ihn begleiten wolle. ‹Kommen Sie schon, Genosse Major, hier braucht Sie niemand, gehen wir uns ein wenig die Beine vertreten und eine rauchen.›

Und da mir der Anschiss des Marschalls noch tüchtig in den Knochen saß, war die Aussicht auf eine Zigarette zu verlockend, um nein zu sagen.

Wir haben es nicht gesehen. Wir standen mit dem Rücken zur Rampe, über einen halben Kilometer entfernt, in einem Betongraben. Aber wir, die wir schon so viele Raketen hatten starten hören, erkannten sofort, dass das kein Start war, sondern eine Katastrophe. Am Anfang war da ein Zischen, dann ein Knall. Instinktiv warfen wir uns hin. So entkamen wir der Feuerwalze, die mit einem tiefen Pfeifen über den Graben hinwegfuhr. Jemand hatte den falschen Knopf gedrückt. Jemand hatte in der Aufregung den falschen Knopf gedrückt und aus Versehen die zweite Stufe gezündet, während die Rakete noch am Boden stand. Während noch niemand im Bunker war. Während der Marschall auf einem roten Klappstuhl verärgert neben der Rakete saß und mit seinem rechten Stiefel ungeduldig auf den Boden tippte. Das ist das Problem mit diesen Raketen: dass irgendwann irgendjemand den falschen Knopf drückt.

Vom Marschall wurde nur sein Orden ‹Held der Sowjetunion› gefunden. Der Ingenieur und ich wurden von einer Kommission verhört. Noch genau kann ich mich daran erinnern, wie mich der Vorsitzende, Leonid Breschnew, fragte, wie ich die Katastrophe überleben konnte. Da sagte ich ihm wahrheitsgemäß, dass ich das dem Genossen Chefingenieur verdankte.

So kam es, dass Yangel nicht entlassen wurde; stattdessen haben sie später einen kleinen Krater auf dem Mond nach ihm benannt.»

«Der ist schwer zu finden», sagte Laska. Er saß auf einem Hocker hinter dem Okular des Teleskops und kurbelte an der Montierung herum. «Kann sein, dass dieses Instrument es nicht schafft», fügte er hinzu. «Ich habe noch ein größeres. Aber – nicht hier.»

In dem Augenblick kam er Anna wie ein kleiner Junge

vor, der sich in der Beschäftigung mit seinem Spielzeug verliert.

Sie war neben ihn auf die Terrasse vor seinem Zimmer getreten. Das Haus war, trotz aller Ähnlichkeiten, nicht nur das letzte in der Reihe, es war auch etwas höher. So konnte sie über die Dächer der Nachbarbauten hinwegschauen, die still und dunkel am Waldrand standen. Erst am anderen Ende der Reihe sah sie ein kleines Fenster, dahinter Licht. Weit entfernt glaubte sie Straßenlärm zu hören. Ob die Deutschen alle schon in ihren Betten lagen und schliefen? Ein Gefühl sagte ihr, dass die Deutschen vielleicht in ihren Betten lagen und das Licht gelöscht hatten, aber nicht schliefen.

Über ihnen leuchteten der Mond und die Sterne, die, als sie ihren Kopf in den Nacken legte und sich ihre Augen an die Dunkelheit gewöhnten, von Mal zu Mal zahlreicher wurden. An der Universität hatte sie die Beobachtungsabende in dem kleinen Lehr-Observatorium beinahe immer geschwänzt. Nur einmal war sie da gewesen. Wie sich herausstellte, als Einzige. Da hatte sie dann mit dem Tutor des Professors Wodka getrunken, und er hatte versucht, sie zu küssen.

«Da – das müsste der Krater sein. Etwas unterhalb dieser Rille, die wie eine Narbe aussieht. In der Mitte, schnell!»

Widerstrebend setzte sie sich hinter das Teleskop. Sie hatte erwartet, dass es wie auf den Fotografien aussehen würde. An jenem lange vergangenen Abend im Observatorium hatte ihr der Tutor das Fernrohr auf den Jupiter eingestellt, und sie hatte die vier Galileischen Monde und ein paar Wolkenbänder erkennen können. Ihr Großvater war es gewesen, der ihr früh die Positionen der Gestirne und die Namen der Sternbilder beigebracht und ihr mit seinem alten Armee-Spektiv die Plejaden gezeigt hatte. Aber den Mond sah sie so zum ersten Mal.

Den wirklichen Mond. Keine Fotografie. Ob sie den richtigen Krater erkannte, spielte keine Rolle. Entlang der Tag-und-Nacht-Grenze, dem Terminator, warfen die Kraterränder und Gebirgsgrate lange Schatten auf die trockenen, weiß-golden schimmernden Ebenen, die dort, wo Lunochod II lautlos durch den Staub gerollt war, Namen trugen wie «Meer der Heiterkeit» und «See der Träume».

3

Es heißt, dass das, was man in seiner ersten Nacht an einem fremden Ort träumt, in Erfüllung geht.

Anna träumte in ihrer ersten Nacht in Berlin davon, ein Roboter zu sein, der wie Lunochod II lautlos über die Mondoberfläche fährt, ab und zu mit seinem Greifarm einen Stein aufhebt, ihn nachdenklich umdreht und dann wieder an seinen jahrtausendealten Platz zurücklegt. Von den beiden Teppich-Astronauten träumte sie nicht. Sie war allein auf dem Mond. Irgendwann versank die Sonne hinter den Rändern Yangels, auf dessen Grund sie vor einer geborstenen Rakete stand.

Am Morgen war Laska früh auf, und als sie, noch etwas verschlafen, die Treppe hinunterkam, war er bereits in der Küche, kochte Kaffee und briet Eier. Er tat dies mit großer Akribie, wie ein Mann, der jahrelang allein gelebt hatte, sodass ihm jeder alltägliche Handgriff zu einer Routine geworden war, die nicht unterlaufen werden durfte. Sie stand im Türrahmen der Küche und wünschte ihm einen guten Morgen, und er drehte sich kurz um und sah sie erschrocken an, als wäre er überrascht, dass außer ihm jemand im Haus war. Schnell wandte er sich wieder dem Herd zu.

«Morgen! Gut geschlafen? Setz dich schon mal. Ist gleich fertig.»

Im Wohnzimmer hatte er bereits den Tisch gedeckt, und

auch wenn dieser Raum immer noch den gleichen Politbürocharme ausstrahlte wie am Vorabend und eher noch verlassener wirkte, musste sie lächeln. Aus einem Vitrinenschrank hatte Laska alte, mit Blumen bemalte Teller und Tassen geholt, Festtagsgeschirr, das lange nicht mehr benutzt worden war, vielleicht hatte er kein anderes gefunden. Er brachte die Eier und den Kaffee, und sie setzten sich einander gegenüber und frühstückten. Anna wusste nicht, wie sie die kleinen, kobaltblauen, goldgefassten Tassen halten sollte. Die Henkel waren so eng gewunden, dass ihre Fingerspitzen kaum zueinanderfanden.

«Ich muss gleich zum Arzt, aber danach können wir vielleicht zusammen Mittag essen und uns etwas anschauen.»

Sie nickte. «Gut.»

Später, als er schon in der Tür stand, hielt er kurz inne und drehte sich noch einmal um. «Wenn du rauswillst», sagte er, «spazieren gehen oder so – der Schlüssel hängt neben der Tür.» Er sah plötzlich traurig aus. «Falls du zurückkommst und ich nicht da bin.»

Nachdem er gegangen war, duschte sie, dann durchsuchte sie die Schränke in seinem Schlafzimmer, fand aber weder dort noch im Wohnzimmer Geld oder sonst etwas, das sich schnell zu Geld hätte machen lassen.

Was sie stattdessen fand, waren Tabellen und Zahlenkolonnen, handgeschriebene und ausgedruckte, die in einer Schublade des Schreibtischs lagen. Sie wusste nicht, was sie bedeuten sollten. In einer weiteren Schublade fiel ihr ein kleiner blauer Karton in die Hände, den Laska ganz nach hinten, unter unbenutzte Schnellhefter, geschoben hatte, sodass sie schon innerlich jubelte, weil sie annahm, etwas Wertvolles sei darin versteckt. Hastig zog sie den Karton hervor, aber als sie ihn öffnete, war sie enttäuscht. Er enthielt lediglich ein paar Fotos. Die Hälfte von ihnen zeigten Sterne, immer wieder dieselben Sterne, von denen ein bestimmter mit einem weißen, wasserfesten Stift eingekreist und mit einem Pfeil versehen war. Von Foto zu Foto sah es so aus, als würde sich dieses Sternlein minimal bewegen. Die übrigen Fotos zeigten eine dunkelhaarige Frau in den Dreißigern, Laska oder Laska mit der Frau. Sie waren unter freiem Himmel aufgenommen worden, irgendwo, wo es warm war, und Laska sah darauf mindestens zwanzig, dreißig Jahre jünger aus. Auf einem Bild saß er auf einem Hocker neben einem Teleskop, das doppelt so groß war wie jenes, mit dem sie in der vergangenen Nacht den Mond beobachtet hatten. Das Foto war entweder frühmorgens oder abends entstanden, Laska und sein Fernrohr warfen auf den staubigen Boden lange Schatten. Am Horizont erkannte sie die Silhouette eines kargen Gebirges, ansonsten erinnerte die Landschaft sie an die kasachische Steppe, die sie von einer Reise mit ihrem Großvater her kannte.

Sie legte die Fotos wieder zurück in den Karton und den Karton wieder zurück in die Schublade, ganz nach hinten, unter die Schnellhefter. Dann ging sie nach unten.

Im Wohnzimmer ließ sie sich auf das Sofa fallen. Der Raum kam ihr noch muffiger und verlassener und fremder vor als am Abend zuvor. Aber ohne Geld konnte sie hier nicht so einfach weg. Vielleicht musste sie länger bleiben, als ihr lieb war. Sie schaltete den Fernseher ein. Nach einem kurzen, sich bedrohlich unzuverlässig anhörenden Knacken im Lautsprecher baute der Schirm langsam, als transportierte die Röhre ein Teilchen-Echo der Vergangenheit, ein Bild auf.

Es waren nur zwei Sender eingestellt, Laska schien sich nicht viel aus Fernsehen zu machen. Auf dem einen lief eine Quiz-Show, man sollte dem Moderator Fragen beantworten und bekam dafür Geld. Anna versuchte, die Fragen zu beantworten, aber nachdem sie zwei richtig geraten hatte, musste sie bei «Wie hieß der erste Bundespräsident?» passen. Auf dem anderen Kanal wurden Nachrichten gesendet: Überschwemmungen, Portugals Schuldensituation, der Krieg in Afghanistan. Als die Bilder vom Krieg in Afghanistan kamen, sah sie genau hin. Ihr Vater hatte das Bein in Afghanistan verloren, aber nie darüber gesprochen. Etwas musste dort passiert sein, das ihn verfolgt und schließlich eingeholt hatte. Auf dem Bildschirm marschierten schwerbewaffnete Soldaten einen Hang hinab auf eine weite, von Geröll übersäte Ebene zu. Danach kam ein Bericht über Autorennen.

Unter dem Fernsehgerät befand sich ein mit einer kleinen Tür verschlossenes Fach. Sie öffnete es und entdeckte einen alten Videorekorder und etliche Kassetten. Keine davon war eine Kaufkassette, einige trugen kaum leserliche, handgeschriebene Beschriftungen, auf allen lag eine dicke Schicht Staub. Anna zog aus dem Stapel eine hervor und schob sie in den Rekorder. Bläuliche LED-Anzeigen leuchteten auf. Das Gerät gab ein metallisches Ächzen von sich, bevor es die Kassette schnurrend einsog, noch einmal blinkte, als würde es sich darüber freuen, endlich wieder benutzt zu werden, und mit lautem Klacken und Surren den Wiedergabekopf gegen das Band drückte.

Es begann mit dem Anfang eines amerikanischen Spielfilms aus den fünfziger Jahren. Dann sah sie Laska, den Laska von den Fotos, mindestens dreißig Jahre jünger als jetzt. Er lachte in die Kamera. Hinter seinem Rücken waren auf einem asphaltierten Parkplatz zahlreiche Fernrohre aufgebaut. Menschen, hauptsächlich Männer, standen oder saßen neben ihren Teleskopen und sahen erwartungsfroh in den Himmel. Das Licht war schwach, es dämmerte, und der Kameramann schaltete eine Lampe ein, während Laska, ein Bier in der Hand, aufgeregt davon erzählte, wie es dort zugehe (auf dem Parkplatz) und was für ein einmaliges Ereignis das sei und wie ebenso einmalig er die Stimmung finde. Das, so sagte er, gebe es nur einmal im Leben. Anscheinend hielt er sich wieder in einem südlichen Land auf, er trug ein khakifarbenes kurzärmliges Hemd. Braun gebrannt und schlank sah er eigentlich ganz gut aus. Im Hintergrund konnte man ein paar Palmen sehen.

Ohne dass sie erfahren hätte, was das einmalige Ereignis gewesen war, brach die Sequenz unvermittelt ab. Für ein, zwei Sekunden dehnte sich das Bild zitternd, fing an zu rotieren und ging in die tonlose Wiedergabe der Abendnachrichten des westdeutschen Fernsehens über. Entweder hatte jemand einen Teil der Nachrichten überspielt, oder dieser Jemand hatte die Nachrichten und was darauf folgte über den verbleibenden Rest von Laskas Urlaubsvideo gelegt, sei es, weil ihm davon nur der Anfang wichtig erschienen war, sei es, weil er schlicht das Band nicht zurückgespult hatte. Der Nachrichtensprecher bewegte die Lippen, dann wurde eine Karte von Europa eingeblendet, auf der eine Graphik Wolkenbewegungen abbildete. Das Wetter vor dreißig Jahren, dachte sie. Sie wollte schon ausschalten, da kam der Ton zurück.

«… bestehe gegenwärtig keine Gefahr. Trotzdem raten die Behörden den Bewohnern, vorerst in den Häusern zu bleiben und die Fenster geschlossen zu halten.»

Darauf folgte ein eingespielter Film.

Zunächst erkannte sie es nicht. Aus der Luft, wahrscheinlich von einem Hubschrauber aus, zeigte die Kamera einen riesigen rot-weißen Schornstein, der aus einem Gebäudekomplex herausragte, dessen Dach geborsten war.

Anna fielen die Bilder ein, die man zu den Jahrestagen im Fernsehen wiederholte. Ihre Mutter hatte, als sie noch lebte, jedes Mal schnell einen anderen Kanal eingeschaltet, ohne dass Anna sich hatte erklären können, warum.

Was sie da sah, war die Heimat des toten Feuerwehrmajors. Rauch stieg über dem brennenden Reaktor von Tschernobyl auf.

Laska kam gegen Mittag zurück. Er wirkte abgespannt, nervös.

«Was nicht okay?», fragte sie.

«Diese Warterei bei den Ärzten», antwortete er, «das Rumsitzen, das kann einen schon mürbemachen. Die haben einen Wartesaal mit einer Uhr, so einer großen Uhr, wie es sie früher auf Bahnhöfen gab, und die Zeit will einfach nicht vergehen. Steht einfach still.»

Er stand im Wohnzimmer und sah sich um, als hätte er eine Veränderung erwartet. Dann zuckte er mit den Achseln. «Also, ich habe Hunger.»

«Kühlschrank leer.»

«Der Kühlschrank ist leer?»

«Ja.»

«Dann gehn wir etwas essen.»

«Ist besser, wenn was im Kühlschrank ist.»

«Du willst nicht essen gehen?» Er runzelte die Stirn. «Wir

könnten einkaufen fahren und danach … danach mach ich uns was.»

«Du kannst kochen?»

«Na ja, so an das eine oder andere kann ich mich erinnern.»

«Erinnern?»

«Von früher.»

«Fisch in Dose, Hackfleisch, Kapern, Brot, Zwiebeln», zählte Anna auf, als sie Laskas Einkaufsbeutel neugierig auspackte, «und – wie sagt ihr dazu?»

«Petersilie.»

«Natürlich, Petersilie», wiederholte sie. «Was wird das?»

«Die Sahne hast du vergessen.»

«Also?»

«Königsberger Klopse», sagte Laska, «na ja, jetzt wohl eher Kaliningrader Klopse.»

«Mit Fisch aus Dose?»

«Anchovis. Ohne heißen sie Soßklopse. Die im Osten haben sie Kochklopse genannt oder manchmal auch Revanchisten-Klopse, weil das Königsberg ja in der Ostzone, also in der Sowjetzone lag und nun offiziell Kaliningad genannt werden musste.» Er lächelte. «Ich kann ganz gut Königsberge Klopse machen.»

«Von früher?»

«Ja», antwortete Laska. «Hat meine Mutter immer gemacht.»

«Kommst du von dort?»

Er schnitt Zwiebeln, rieb sich mit dem Arm die Tränen aus den Augen und wandte sich ihr zu.

«Von wo?»

«Wo Klopse herkommen.»

Er lächelte wieder.

Das ist es, dachte sie. Er will dorthin. An den Ort seiner Kindheit. Und da hat er nach jemandem gesucht, der ihn begleiten könnte. Die Sprache spricht. Aber warum hat er sich nicht eine Russin genommen? Vielleicht kannte er den Unterschied nicht. Oder ich sehe aus wie seine Jugendliebe, oder es war ihm am Ende egal.

«Nein», antwortete er und hackte die Petersilie, «komme ich nicht. Ich bin hier geboren. In Berlin. Kurz nach dem Krieg. Aber meine Eltern kommen aus der Gegend. Südlich von der Klopsestadt, sozusagen, mein Vater war Landarzt.»

«Willst du mal dorthin?»

Laska zerbröselte das Weißbrot und mengte es unter das Hackfleisch. Er schüttelte den Kopf. «Nein. Und im Übrigen kann man nicht so einfach hin.»

«Man muss nur Visum haben.»

Laska begann, aus dem Hackfleischteig kleine runde Kugeln zu formen, und legte sie vor sich auf ein Holzbrett. «Ich bin aufgewachsen mit Königsberger Klopsen und mit alten Männern, die an Weihnachten zu uns kamen, unsere Klopse aßen, Lieder von der alten Heimat sangen und ansonsten schwiegen. Klopse, Lieder und Schweigen, das ist es, woran ich mich erinnere aus dieser Zeit, und davon habe ich nur die Klopse gemocht. Mag ich immer noch.» Er atmete durch. Seine lange Erklärung schien ihn selbst zu verwundern.

«Jetzt du hast doch von dir erzählt», sagte sie.

«Noch die Soße, und dann sind die Klopse fertig.»

Merkwürdig, aber das Essen erinnerte auch Anna an die Kindheit. Lag es am Eichenholz-Esstisch in Laskas Wohnzimmer oder an den mit einem gelb-orangen Muster bedruckten Tapeten? So oder so, seit dem Tod ihrer Großmutter hatte es ihr nicht mehr so gut geschmeckt. Konnte das die Heimat sein – der Geschmack von ein paar Fleischbällchen?

Laska hatte in die Mitte des Tisches einen dreiarmigen Kerzenständer gestellt, und der Kerzenschein zitterte auf ihren Gesichtern, als würden sie um ein Lagerfeuer sitzen. Sie tranken Wein, sprachen eine Weile lang kein Wort.

«Ich weiß nix von dir», begann sie schließlich.

«Das stimmt nicht.»

«Du hast gesagt, du bist Ingenieur.»

«Du hast gesagt, du bist Lehrerin.»

«Wo ist dein Büro? Alle Deutschen haben ein Büro, wo sie tagsüber hingehen, und abends sie kommen zurück.»

«Hab ich verkauft. Vor einem halben Jahr.» Er hielt inne, nippte an seinem Weinglas und sah kurz an ihr vorbei, bevor sein Blick zu ihr zurückkehrte. «Da wusste ich ja noch nichts von dir.»

«Aber vielleicht von anderen.»

«Das Geld wird reichen. Falls du das meinst.»

«Ich meine nicht», entgegnete sie scharf und musste ein weiteres Mal daran denken, dass sie ja eigentlich schon längst nicht mehr bei ihm sein wollte.

Nach dem Essen räumte sie das Geschirr ab und stellte es in die Spülmaschine.

«Lass das», sagte er, «du musst das nicht machen.»

Sie sah nicht auf. «Bezahlt ist bezahlt», sagte sie.

Sie tranken Cognac, die Kerzen waren beinahe ganz heruntergebrannt, und das Licht war trübe, wie vom vergangenen Tag.

«Was ist mit dem Mond?», fragte sie.

«Der Mond kann warten.»

«Nein, kann nicht.»

Sie gingen hinauf, und sie spürte, während sie die gewundene Treppe emporstieg, dass sie betrunken und in einer Stimmung war, in der sie vielleicht aus Neugierde sogar mit ihm schlafen würde. Doch oben machte er keine Anstalten, sie auch nur zu berühren. In seinem Zimmer brannte Licht, eine kleine Leselampe, und auf dem schmalen Tisch am Fenster stand ein Laptop, über dessen Bildschirm Zahlen huschten, als wäre das Gerät in eine wichtige Berechnung vertieft. Laska bewegte die Maus, und der Computer unterbrach seine Berechnungen, zeigte nun einen Ausschnitt des Sternenhimmels.

«Was macht das?», wollte Anna wissen, «was bedeuten die Zahlen?»

«Die Zahlen? Ach – das ist so eine Art Bildschirmschoner. Ein kleines Programm. Es untersucht Radiowellen. Nach Spuren außerirdischer Intelligenz.»

«Du suchst hier nach Außerirdischen?»

«Nein, eigentlich suche ich nach Kometen. Wie gesagt, das ist nur der Bildschirmschoner.»

Als sie auf der Terrasse standen, fragte Anna, was er machen würde, wenn sein Rechner eines Tages tatsächlich die Signale von Außerirdischen entdeckte.

Er zuckte mit den Achseln. «Keine Ahnung. Das würde wahrscheinlich alles ändern. Stell dir mal vor: Wir wären dann nicht mehr allein.»

Der Mond war im zweiten Viertel, strahlend und hell. Die Krater, über die jetzt die Schattenlinie zog, waren andere als am Abend zuvor, Laska kannte ihre Namen, aber ihr war es nicht wichtig, wie sie alle hießen. Sie interessierte nur das: der Blick durch das Instrument, die Stille auf der Terrasse, das Rauschen des Windes in den Blättern der Bäume, das blendende Grau der Mondmeere, die bizarren Schatten der Kraterränder und die Vorstellung, dass da oben niemand war. Niemand.

Tags darauf schlug Laska vor, nach dem Frühstück in die Stadt zu fahren. Mit «Stadt» meinte er das Zentrum Berlins.

Als sie das Haus verließen, sah sie in den Himmel. Er war noch immer klar. Die Kondensstreifen eines Flugzeugs teilten ihn in zwei Hälften, und sie überlegte, wohin die Passagiermaschine fliegen mochte. Dann fiel ihr Blick auf das Tor am Ende der Straße, und sie stellte fest, dass die Kette wieder anders hing. Hätte sie in die andere Richtung geschaut, wäre ihr vielleicht auch ein dunkler, schon etwas älterer Geländewagen aufgefallen, der, die getönten Scheiben geschlossen, am Straßenrand stand. Er war auf eine nachlässige Weise halb auf dem Bürgersteig, halb auf der Fahrbahn abgestellt, so schräg, wie keiner der Bewohner der Reihenhaussiedlung und wohl auch keiner ihrer Besucher ein Auto abstellen würde. Erst als sie mit Laska langsam an dem Wagen vorbeirollte, drehte sie kurz den Kopf, wie man es macht, wenn man an einer Ampelkreuzung steht und aus irgendeinem Grund spürt, dass man beobachtet wird. Kurz glaubte sie, einen Schatten hinter den getönten Scheiben zu erkennen, doch dann waren sie bereits an dem Fahrzeug vorüber.

Sie fuhren Richtung Osten, überquerten den S-Bahn-Ring. Die Straßen waren breit und aufgeräumt, aber nicht voll. Überall wurde gebaut, wurde ausgebessert, etwas abgerissen oder hochgezogen. Laska stellte den Wagen in einer Seitenstraße des Kurfürstendamms ab, und sie stiegen aus.

«Tja», sagte er, «wenn du dir was kaufen willst, ein Kleid oder so, dann kannst du das hier tun. Ich meine, hier gibt es viele Geschäfte.»

Sie sah ihn an. «Wir sollten was kaufen für dich.»

«Für mich?»

«Ja, du siehst ein bisschen aus wie dein Haus. Lange nix mehr dran gemacht.»

Sie gingen zu einem Herrenausstatter und in zwei weitere Geschäfte, und am Ende hatte Laska sich einen Anzug, ein paar Hemden, eine Hose und eine Mikrofaser-Windjacke gekauft. Gegen die Jacke hatte er sich gewehrt.

«Das ist eine Jacke für schweres Wetter.»

«Schweres Wetter?»

«Für Leute, die segeln, bergsteigen und so was.»

«Und?»

«Ich habe nicht mehr vor, segeln oder bergsteigen zu gehen.»

«Bist du früher auf Berge rauf und gesegelt?»

«Nein.»

«Alle tragen diese Marke, hab ich gesehen.»

«Weil sie denken, sie könnten sich dann fühlen wie beim Segeln oder Bergsteigen, ohne segeln oder bergsteigen zu müssen.»

«Der Mond», sagte sie, «ist weiter als bis zu den Bergen. Bald wird es kalt auf deinem Dach.»

«Anna, weißt du», begann er, und ihr war, als drängte es ihn, ihr etwas zu gestehen, dann aber zuckte er mit den Achseln, hielt die Jacke hoch, drehte sie hin und her, als wollte er sie noch ein letztes Mal auf Fehler, die ein Herunterhandeln rechtfertigen könnten, begutachten, und brummte schließlich: «Wenn du meinst.»

Lange mache ich dieses Theater nicht mehr mit, nahm sich Anna vor, nachdem sie mit Tüten beladen das Geschäft verlassen hatten. Ein wenig werde ich ihn noch ausnehmen, und dann verschwinde ich.

In den nächsten Läden, die sie betraten, suchte sie sich Sachen aus, die ihr gar nicht besonders gefielen, aber allesamt teuer waren. Laska bezahlte.

Ein heftiger Wind in den oberen Luftschichten trieb Wolken über das Blau, doch unten, auf der Straße, war nichts davon zu spüren. Von ihrem Großvater hatte Anna die Angewohnheit, sich vorzustellen, dass sich nicht die Wolken bewegten, sondern die Erde, dass sie also mit dem Planeten durch das Weltall rasten. Auf dem Rücken mitten in der kasachischen Steppe liegend, hatte Major Konew sich an Nachmittagen, an denen es mehr oder weniger nichts zu tun gab, stundenlang der Phantasie hingegeben, dass der Erdball durch den Kosmos schlingerte, und ihn hatte es dabei geschaudert. «Wird die Reise jemals enden?», hatte er sich gefragt, und das nicht zum ersten Mal. Schon zuvor, in Spandau, hatte er mit dem französischen Gefängnispfarrer Delaume darüber debattiert, ob es ein Ende gebe – und wenn es kein *richtiges* Ende gebe, was einen danach, im Himmelreich, erwarte.

«Gnade», hatte der Pfarrer gesagt.

«All der Aufwand auf Erden für ein bisschen Gnade im Himmel?»

«Ist das so wenig?», erwiderte Delaume und trat an das

Fenster, das zum Hof hinausging. «Schauen Sie sich die Männer draußen im Garten an. Sie sind von Mauern umgeben. Nur der Himmel steht ihnen offen.»

Und als ob sie den Pfarrer gehört hätten (es war wohl eher ein Flugzeug), hoben alle Gespenster (außer Nummer 7, dem verrückten Piloten) die Köpfe, stützten sich auf ihre Rechen und Harken, blinzelten, während ein leichter Wind ihnen durch die silbrigen Haare strich, seufzten, husteten, ächzten und starrten in den Himmel.

Ein Schwarm Vögel zog über sie hinweg.

«Wird bald Herbst», sagte Anna.

«Ja», sagte Laska, «ja.»

Die Woche verstrich mit gelegentlichen Einkaufstouren und der Besichtigung des Reichstages, des Zoos, des Tiergartens. Einmal nahm Laska sie bei der Hand – nicht aus Zärtlichkeit, sondern um sie vor dem Zusammenstoß mit einem Radfahrer zu bewahren, der lautlos und schnell den Gehweg entlangkam. Es war kein Versuch der Annäherung, und doch war da etwas Vertrautes, etwas, das Anna an lange zurückliegende Tage erinnerte. Geh, sagte sie sich, verschwinde, so schnell du kannst.

Laska hatte weitere Arzttermine. Von jedem kam er noch wortkarger zurück. Einmal musste er besonders früh aufstehen. Die Untersuchung dauere den ganzen Tag, erklärte er ihr. Vom Fenster der Küche aus beobachtete Anna, wie er im Dämmerlicht in der Garage verschwand und wenig später der Volvo hervorkam, ein prähistorischer Lurch, der um die Ecke kroch, während sie am Kaffee nippte und den Rücklichtern des Wagens nachsah und sich plötzlich fragte, ob hier an dieser Stelle, mit derselben Tasse in der Hand, früher Laskas Frau gestanden und ihrem Mann nachgesehen hatte, als er ins Büro fuhr, und was sie dabei wohl empfunden haben mochte, ob sie Erleichterung verspürte oder ihn bereits schon wieder sehnsüchtig erwartete oder ob es ihr vielleicht ganz egal gewesen war, gleichgültig auf eine Art, die nur von einer Ehe herrühren konnte, einem Miteinander, das nach und nach zu einem von den Verhältnissen oder der Unfähigkeit, diese umzustürzen, erzwungenen Nebeneinander verfiel, so, wie es ihrer Mutter ergangen war, die es irgendwann aufgegeben hatte, ihrem Mann die Wodkaflasche wegzunehmen, sondern nur noch darauf bedacht gewesen war, ihn möglichst wenig zu sehen, zu hören und zu sprechen, ihn also vor ihren Augen verschwinden ließ, bis er eines Tages tatsächlich verschwunden war und zu ihren Lebzeiten nicht wiederauftauchen sollte.

Was war aus Laskas Frau geworden? Wann und woran war sie gestorben? Das hätte Anna gerne von ihm gewusst.

Sie trank den Kaffee aus und ging ins Obergeschoss, in Laskas Zimmer. Sein Laptop lief und zeigte immer wieder neue Zahlen. Er hatte ihr erlaubt, den Rechner zu benutzen, solange sie das Programm nicht unterbrach.

Sie fragte ihre E-Mails ab. Die Hochschule forderte sie auf, ihre Studiengebühren zu bezahlen, da sie sonst innerhalb von zwei Wochen exmatrikuliert werde. Eine andere Nachricht kam von ihrer Freundin im Studentenwohnheim: «Er sucht immer noch nach dir.»

Würde sie in einer Woche noch hier sein?

Warum ging sie nicht einfach? Jetzt, hier und heute. Sollte Laska doch weiter die Tage in Wartezimmern verbringen und abends den Mond betrachten. Auch ohne Geld fände sie bestimmt irgendeine Arbeit. Sie hatte in den Geschäften und den Cafés Zettel gesehen: Suchen Aushilfe. Bedienung gesucht. Irgendwas geht immer.

Sie überließ das Gerät seinen Berechnungen, ging hinunter ins Erdgeschoss und zog sich eine Jacke über, sah kurz auf das Schlüsselbrett neben der Haustür. Es war aus Holz, an ein paar krumm und billig wirkenden Haken hingen die Schlüssel, darüber war ein Spruch ins Brett gebrannt: Carpe diem! Es sah nach einem Weihnachtsgeschenk aus, das man von Schwager oder Schwiegermutter bekommt und, weil es eben ein Schlüsselbrett und keine Vase war, nicht einfach in einem Schrank verschwinden lassen konnte, einem Gegenstand, den man mit dem festen Vorsatz angebracht hatte, ihn nach einer gewissen Anstandszeit wieder zu entfernen, und zwar in der Hoffnung oder gar stillen Gewissheit, dass dieses vom ersten Moment an geplante Verschwindenlassen nie jemandem auffallen würde. Doch aus welchem Grund auch immer war jener Moment verpasst, war das Brett weder verbannt noch verbrannt, sondern lediglich auf eine subtile Weise vergessen worden, sodass es immer noch da hing und wie alle vergessenen Dinge begonnen hatte, in der Welt Raum einzunehmen, den man ihm vor dem Ende derselben nur sehr schwer wieder würde nehmen können.

Ich muss aufpassen, dachte Anna, dass ich nicht ebenso hier hängen bleibe. Sie nahm den Hausschlüssel vom Haken und ging nach draußen.

Die Kette war um zwei Streben des Tores gewickelt und unten mit dem Vorhängeschloss verbunden, sodass es auf den ersten Blick so aussah, als wäre es fest verschlossen.

Aber die beiden Streben gehörten zu ein und demselben Flügel des Tores: Es war offen.

Sie spazierte den Hohlweg hinunter, der einmal eine gepflasterte Auffahrt gewesen sein mochte, nun aber von Gras und Unkraut überwuchert war. Über ihr schwankten die Wipfel von Buchen und Eichen, rauschte der Wind durch Blätter und Geäst. Vom Laub der Baumwipfel über ihr gebrochen, wurde das Morgenlicht zu einem Flirren, das sie – so lange war sie durch keinen Wald mehr gegangen – an das Stroboskopflimmern auf der Tanzfläche eines Techno-Clubs in Kiew erinnerte. An den Seiten der Tanzfläche hatten riesige, alte graue Computerschränke gestanden, einige enthielten die Lautsprecherboxen der Musikanlage, in anderen drehten sich immer noch die Magnetbänder der Rechenmaschinen, zu denen sie einst gehört hatten. Überall hingen rote Telefone an der Wand, die nach einem Zufallsprinzip miteinander verschaltet wurden, sodass es ein beliebter Sport war, die Partnerwahl für den Abend vom Klingeln der Telefone abhängig zu machen. Zwar war «Das Silo» in einem gewöhnlichen Fabrikkeller untergebracht, aber der Betreiber hatte wohl frühere Kontakte genutzt und sich beim Abzug der Strategischen Raketenstreitkräfte der Sowjetunion das Inventar eines Raketensilos unter den Nagel gerissen. An der Bar standen gefederte Lehnstühle, auf denen man wie ein Stehaufmännchen hin und her schaukeln konnte. Und nicht selten bewies einer der anwesenden Mafiosi seine Großzügigkeit dadurch, dass er eine Runde schmiss, indem er «Atomalarm» auslöste, woraufhin eine lustlos klingende Sirene losging und über dem Tresen eine rot leuchtende Einladung zu blinken begann: Letzte Bestellungen, bitte!

Irgendwo krachte ein Ast, und Anna blieb stehen. Links fiel das Wäldchen sanft ab, und durch die Bäume glaubte sie in einiger Entfernung eine Lichtung auszumachen. Rechts standen die Stämme dichter, ließ sich im Unterholz eine Schlucht vermuten, in der jetzt das Knacken weiterer Äste zu hören war.

Vorsichtig ging sie weiter, bemüht, selbst kein Geräusch zu machen. Es dauerte einen Moment, bis sie sie sah: eine Gruppe von fünf Rehen, die in der Schlucht ästen und, als sie den Rand des Weges erreichte, die Köpfe hoben. Sie blickten nicht zu ihr, sondern starr an ihr vorbei. Sekundenlang verharrten die Tiere und Anna in vollkommener Stille. Dann, wie auf ein stummes Zeichen hin, vielleicht das Zucken eines Ohres oder ein unscheinbares Schütteln eines Kopfes, stoben sie die Ränder der Schlucht hinauf und in den Wald hinein davon. Tau glitzerte auf den Blättern im Morgenlicht, es roch nach feuchter Rinde.

Am Ende des Hohlwegs stand das Haus. Es war groß und alt und in schlechtem Zustand. Putz blätterte von den Außenwänden, die Fenster waren mit klapprigen Holzläden verschlossen, Moos wuchs auf den Schindeln des Satteldachs, das an einem Ende einen Buckel machte, als wären die Balken darunter geborsten und wölbten sich nun nach außen vor. Eine breite Treppe führte zu einem Eingangsportal, dessen Türflügel genauso wie die Fensterläden schon vor langer Zeit die Farbe verloren hatten, sodass das vom Wetter grau gewordene Holz unter den letzten Resten Lack hervorschien. Rechts vom Haus standen einige niedrige Baracken mit kleinen Fenstern und Wellblechdächern, die neueren Datums, aber in kaum besserem Zustand waren. Auf dem Platz dazwischen parkte ein Auto, ein blauer

Kleinwagen, den jemand wahrscheinlich gerade eben erst dort abgestellt hatte. Auf den Seitentüren las Anna:

BLOHFELD & CO – WACH- UND SCHLIESS-
DIENST – ALARMFAHRTEN

Sie sah sich um, ob irgendwo Herr Blohfeld oder einer seiner Angestellten herumlief, konnte aber niemanden entdecken. Dann ging sie links um das Gutshaus herum.

Vor ihr lag der Fluss, über dessen glatte Wasseroberfläche zwei Enten niedrig und wie im Wettstreit hinwegflogen. Sie lief zum Ufer. Unmittelbar am Wasser stand eine alte Parkbank mit gusseisernen Füßen und einer Rückenlehne aus morschen Holzleisten, jemand hatte sie eigens so platziert, dass er von dort aus den Fluss betrachten konnte. Sie setzte sich und beobachtete die Enten, die vor einer kleinen Insel gelandet waren. Es war ganz ruhig, nur in der Ferne glaubte sie einen Schiffsmotor zu hören. Eine ganze Weile lang saß sie so da, erlauschte die Stille, sah auf das Wasser. Die Strömung schob eine leere Plastik-Limonadenflasche aufs Ufer zu.

«Entschuldigen Sie!»

Sie drehte sich um.

Ein Mann winkte auf der Terrasse des Hauses, einem überdachten, halbrunden Vorbau, der genauso heruntergekommen war wie der Rest. Die Terrassentür hinter ihm stand offen, anscheinend war er gerade noch im Haus gewesen. Er trug eine graue Hose und einen blauen Blouson. Irgendwie sah er aus wie ein Busfahrer. Er hob theatralisch die Arme, ließ sie dann, ähnlich einer Marionette, wieder sinken, schüttelte den Kopf und stolperte die Treppe der

Terrasse herunter, um quer über die Wiese auf Anna zuzustapfen. Etwa zwei Meter vor ihr blieb er stehen. Er war dick, vielleicht vierzig Jahre alt, hatte aber trotzdem etwas Jugendliches an sich: Sein Gesicht war rosig, die Haut faltenlos, das volle Haar fiel ihm mit einem Seitenscheitel ins Gesicht.

«Was machen Sie da?», rief er und gab sich Mühe, empört zu klingen.

«Nichts.»

«Das ist nicht erlaubt.»

«Ich genieße die Aussicht. Ich ruhe aus. Ich war spazieren.»

«Das ist noch viel weniger erlaubt.»

«Warum?»

«Also, ich mache hier nur meine Arbeit, es ist halt nicht erlaubt, so ist das.»

«Es ist nicht erlaubt, Luft zu atmen?»

«Atmen ist schon erlaubt. Herumspazieren nicht.»

«Dann bleibe ich sitzen.»

«Das geht nicht. Sie verlassen bitte das Gelände.»

«Ist nicht erlaubt.»

«Wie?»

«Da muss ich ja wieder spazieren über Gelände.»

Der Wachmann seufzte. «Na gut.»

Jetzt erst kam er um die Bank herum. Kurz blieb er vor ihr stehen, dann seufzte er abermals, bevor er sich ans äußerste Ende der Bank setzte. Er trug eine schwarze Umhängetasche aus Nylon, die er neben sich abstellte und mit einer Hand festhielt, als bestünde sonst die Gefahr, dass Anna ihn beraubte. «Wissen Sie, es ist halt nicht erlaubt», sagte er. «Ich kann in Teufels Küche kommen.»

«In die Küche von Teufel?»

«Schwierigkeiten bekommen. Wenn das jemand herauskriegt.»

«Dann?»

«Dann …» Er dachte nach. Schließlich holte er aus der schwarzen Umhängetasche eine silberne Thermoskanne und einen weißen Plastikbecher. «Kaffee?»

«Das wäre sehr nett.»

Er goss ihr schwarzen Kaffee in den Becher und sich selbst in den Deckel der Thermoskanne und öffnete ein kleines braunes Glas mit weißem Pulver.

«Milch? Das heißt … so etwas Ähnliches?»

Sie nickte.

Er schüttete Weißer in ihren Becher, kramte dann wieder in seiner Tasche und gab ihr einen Plastiklöffel zum Umrühren. «Ist ganz frisch, der Kaffee.»

«Haben Sie in Haus gemacht.»

«Nein, nein … ich bewache auch eine Kaffeerösterei, und da krieg ich immer Kaffee umsonst.»

«Sie bewachen Kaffee?»

«Ich fahre den ganzen Tag herum. Kontrolliere Fabriken, Bürohäuser und verlassene Häuser wie dieses.»

Sie nippte an ihrem Kaffee. «Ist das gut?»

«Eigentlich sterbenslangweilig. Man kann nachdenken.»

«Und das ist Ihre Bank.»

«Sozusagen.»

«Stört es Sie, dass ich auf ihr sitze?»

«Nein.»

«Was war in dem Haus – früher?»

«Ganz früher hat es irgendeinem Fürsten gehört. Metternich? Kann das sein? Bin mir da nicht sicher. Ich glaube,

Metternich. Oder Bismarck. Nach dem Krieg war da ein Auffanglager drin, hab ich gehört, für Flüchtlinge aus der Ostzone oder so was, und nach der Wende ein Erholungsheim für Mütter. Dann 'n Ausflugslokal und jetzt nix.»

«Schade.»

«Ja, eigentlich schon. Aber ich mag's auch. 'tschuldigung.»

Er suchte wieder etwas in seiner Tasche und förderte einen klobigen schwarzen Stab zutage, auf dem ein gelber Aufkleber mit rotem Blitz und der Warnung: 30 000 Volt!, angebracht war. Er legte den Stab zur Seite und wühlte weiter, bis er eine Aluminiumbüchse fand, die er neben sich auf die Bank legte und öffnete. Sie enthielt ein dickes, in Papier eingewickeltes belegtes Brot. Sein Blick verriet eine gewisse Gier, als er, wohl eher anstandshalber, sagte: «Mettwurst. Auch eine?»

«Nein, danke.»

Er begann zu essen, und mit einem Mal lag Zufriedenheit auf seinem vollen Gesicht. «Un' Schie? Was machen Schie hier?»

«Ich wohne vor dem Tor.»

Er wischte sich den Mund mit einer Papierserviette ab. «Aber noch nicht lange.»

Hatte er sie beobachtet?, überlegte Anna. «Nein, noch nicht lange.»

Er musterte sie. Sie schlug die Beine übereinander.

«Ist Ihnen nicht kalt?», fragte er.

«Nein, ist überhaupt nicht kalt.» Sie deutete auf den schwarzen Stab: «Was ist das?»

«Elektroschocker. Dreißigtausend Volt.»

«Brauchen Sie das viel?»

«Nein, eigentlich nicht. Aber man kann ja nie wissen.» Er grinste. «Jeder hat mal seinen großen Tag.»

Er packte die Büchse und den Schocker ein und stand auf. «Ich muss dann wieder.»

«Tschüs.»

«Ich meine, ich muss abschließen.»

Er bot ihr an, sie bis zum Tor in seinem Auto mitzunehmen, aber sie wollte nicht mit ihm im Wagen sitzen. Also fuhr der Wachmann voraus und wartete, und als sie draußen war, schlang er die Kette um die Torgitter und drückte das Vorhängeschloss zu.

«Vielleicht sieht man sich mal wieder», sagte er.

«Kann sein.»

«Machen Sie's gut.»

Sie nickte und lächelte, und der Wachmann fragte sich, ob er den schwarzen Geländewagen erwähnen sollte, der seit ein paar Tagen häufig auf der gegenüberliegenden Straßenseite auf dem Bürgersteig stand und den er nie zuvor gesehen hatte. Und dass da jemand drinsaß und rauchte und wartete – worauf? Letztlich wäre er sich blöde vorgekommen. Als er bei Blohfeld gerade angefangen hatte, damals, vor bald zwanzig Jahren, als er noch ein Student der Sozialwissenschaft und sich sicher gewesen war, dieses Studium mit einer fulminanten Diplomarbeit abzuschließen, damals, während der ersten Nachtschichten, hatte er hinter jeder Veränderung – jedem verschobenen Gegenstand, jedem vergessenen Licht, jeder unverschlossenen Tür – eine Gefahr gewittert, eine Gefahr, die am Ende bloß Ausgeburt seiner Phantasie gewesen war. Und so blieb seine Absicht, das schwarze Auto zu erwähnen, schon in ihrem frühesten Stadium stecken.

Anna ging zurück zum Haus, der Wachmann sah ihr nach und hatte wohl einen jener Tagträume, die seit Sigmund Freud allen Männern zugeschrieben werden. Dann setzte er sich ins Auto und fuhr davon.

Laska kam am späten Nachmittag zurück, es begann zu regnen, und er war noch einsilbiger als sonst. Manchmal schien er in Gedanken verloren, sah an ihr vorbei, schwieg. Der Himmel war bedeckt, kein Mond oder Stern zu sehen.

An jenem Abend ging er in sein Zimmer wie ein Junge, der etwas ausgefressen hatte. Und am nächsten Tag war es nicht besser. Zum ersten Mal, seit Anna bei ihm war, setzte er sich vor den Fernseher und sah sich die Nachrichten an.

«So geht nicht», sagte sie und schlug vor, einen Ausflug zu machen.

«Es regnet», sagte er.

Trotzdem fuhren sie los. Besuchten im Ostteil der Stadt die Nachmittagsvorstellung des Planetariums. Eine Kindervorstellung: «Kometen – Vagabunden im All».

«Was sind Vagabunden?», fragte neben Anna ein fünfjähriger Junge seinen Vater, einen Mann in Strickpullover, Jeans und Tennisschuhen. Der Mann starrte auf Annas Beine, und es war nicht klar, ob er über eine Antwort auf die Frage seines Sohnes oder etwas ganz anderes nachdachte.

«Tut mir leid», flüsterte Laska, «ich wusste nicht, dass es für Kinder ist.»

Das mache nichts, antwortete Anna, es sei sogar ganz gut, so könne sie noch etwas Deutsch lernen.

«Weit draußen», sagte eine unsichtbare, tiefe Stimme, «jenseits der Bahn des Eisplaneten Neptun, wo Pluto und

Charon einsam um die Sonne wandern, ist die Heimat der Kometen.»

Ein schwacher Lichtpunkt schien am künstlichen Himmel auf, wurde heller und begann seine Reise durch das Sonnensystem. Die Planeten hatten Gesichter, und jedes Mal, wenn der Komet an ihnen vorbeiflog, erzählten sie etwas von sich, bevor sie dem Himmelskörper eine gute Reise wünschten.

Laska und der kleine Junge zwei Sitze weiter waren ganz gebannt von der Vorführung, während der Vater verstohlen Annas Schenkel betrachtete und seinen Arm gegen ihren drückte, mal stärker, mal schwächer. Schließlich beugte er sich zu ihr hinüber und flüsterte: «Das ist wirklich süß gemacht.»

Anna nickte.

«Sind Sie öfter hier?»

«Warum», antwortete Anna auf Ukrainisch, «sagst du nicht einfach, dass du mit mir ins Bett gehen willst?»

«Ach, Sie sind nicht von hier?», entgegnete der Mann. Er sackte in seinem Sessel etwas zusammen und nahm den Arm von der Lehne.

Als das Licht anging, blinzelte Laska, rieb sich die Augen, und ein Lächeln, eine Ahnung von Glückseligkeit, huschte über sein Gesicht, bevor es wieder dieselbe Resignation zeigte wie zuvor.

«Papa», quengelte der kleine Junge, «was sind denn nun Vagabunden?»

«Das», antwortete der Vater, «sind Menschen, die nirgendwo hingehören.»

In der Nähe des Planetariums kamen sie an einem georgischen Restaurant vorbei, und weil es Anna an das armenische Restaurant in Kiew erinnerte, gingen sie hinein, um etwas zu trinken. Als die Bedienung mit der Speisekarte kam, winkte Laska ab, sagte aber, dass Anna natürlich etwas zu essen bestellen könne. Sie schüttelte den Kopf. Die Kellnerin nahm die Karten und zog sich zurück, draußen regnete es immer noch. An der Wand hinter Laska hing ein handgeknüpfter Teppich: der Kampf des heiligen Georg mit dem Drachen.

«Warum hast du mich geholt?», fragte sie.

Er sah sie traurig an, versuchte zu lächeln. «Vielleicht wollte ich mal ein neues Gesicht sehen.»

«Hör auf. Du hast dir eine Frau gekauft, und nun kannst du nichts mit anfangen. Warum? Gefalle ich dir nicht?»

Er nickte. «O doch, aber … es ist … also, ich habe nicht gedacht, dass jemand wie du … ich meine, so jung … und so …»

«Nicht rausreden. Warum?»

«Warum bist *du* mitgekommen?»

«Wegen Geld.»

Er lächelte immer noch, nickte. «Dann ist ja alles gesagt. So ist das eben manchmal. Man versteht sich, oder man versteht sich nicht. Ich werde dir natürlich die Rückreise bezahlen.»

Schweigend tranken sie den Wein aus, und schweigend stiegen sie in Laskas Wagen.

Die Geschichte eines Autos

«Autos bestimmen unser Leben», pflegte Annas Großvater zu sagen, vor allem dann, wenn im Winter die Batterie seines Ladas streikte. Viele Jahre zuvor, in jenen Apriltagen, als in Berlin noch geschossen wurde, war er zu seinem ersten eigenen Auto gekommen, das er später, als er längst im Ruhestand war, immer wieder als Musterbeispiel für Zuverlässigkeit nennen sollte – im Gegensatz zu seinem Lada.

Das Auto, ein 1935er Adler Trumpf Cabriolet, stand in einer stillen Straße im Stadtteil Weißensee. Die Bürgersteige waren breit, die Häuser – graue Kästen aus den zwanziger Jahren mit Flachdächern, glatten Fassaden und eingelassenen Loggien – nahezu unversehrt. Aus den Fenstern und von den Balkonbrüstungen herab hingen Bettlaken, und weil an jenem Tag die Sonne schien, hätte man fast glauben können, es wäre ein Wochenende im Frieden und die Bewohner der Häuser hätten ihre Wäsche zum Trocknen nach draußen gehängt. Jenseits der Dächer aber, wo Leutnant Konew das Zentrum der Stadt wusste, jenen inneren Ring, der in seiner Phantasie immer mehr dem letzten Kreis der Hölle glich, stieg brauner Rauch zum Himmel auf, stampften dumpf die Acht-Achter, mit denen die Verteidiger von den Flak-Türmen herab auf alles schossen, was sich bewegte.

Hier aber war es menschenleer und seltsam aufgeräumt: Dem Pflaster fehlten die Toten. Auf ihrem Vormarsch hatten Zerstörung und Leichen den Weg gesäumt, hatte Konew mehr als einmal in jungenhafte, leblose Gesichter geblickt, waren ihm die absurd verdrehten Gliedmaßen der Leichen aufgefallen, hatte er der Versuchung widerstehen müssen, den toten Feinden die Gebeine zu richten, auf ihrem letzten Bett, das die Straße war. Aber in dieser Straße war nichts. Bis auf zwei leere Straßenbahnwaggons und – das Auto.

Als sich Konew und Sascha, ein hünenhafter Soldat aus

Sibirien, der für den Leutnant so etwas wie Begleiter, Beschützer und Adjutant zugleich war, dem Auto näherten, hörten sie es: Leise schnurrte der Motor. Die beiden rannten zur einen Seite der Straße, drückten sich an die Häuserwand, spähten nach oben und schlichen dann vorsichtig, die Waffen im Anschlag, im Entenmarsch weiter, bis sie sich vor der Beifahrertür hinkauerten. Das Auto war vor nicht allzu langer Zeit hastig olivgrün gestrichen worden, doch die Farbe blätterte über dem ursprünglichen Rot wieder ab. Sie sahen zum Dach des gegenüberliegenden Hauses, zu den Balkonen. Zumindest bot ihnen das Auto etwas Deckung. Langsam ließ sich Sascha auf den Boden gleiten, schaute unter das Fahrzeug. Er wandte sich Konew zu, schüttelte den Kopf. Der Leutnant gab dem Riesen einen Wink, der hockte sich geräuschlos hin, dann riss Konew die Tür auf. Wieder schüttelte Sascha den Kopf. Das Auto war ebenso leer wie die Straße. Konew überlegte, was sie nun machen sollten. Er zog seine Zigaretten hervor, und sie rauchten. Als sie fertig waren, gab er Sascha ein Zeichen, und sie rannten auf einen Hauseingang zu – eine unversehrte Tür, die Sascha mit einem Tritt aufbrach. Sie stiegen die Treppen hinauf. Dann fingen sie an, die Wohnungen zu durchkämmen, eine nach der anderen, acht an der Zahl. Jede war verlassen.

Sie fanden die Bewohner im Keller: Alte, Kinder, Frauen. Die Frauen suchten Schutz in der Dunkelheit der Kellerecken, verbargen die Kinder.

«Freund – nix Hitler», stammelte ein Greis mit irrem Grinsen in kaum verständlichem Russisch.

«Wem gehört das Auto?», fragte Konew auf Deutsch. Aber an den Blicken der Menschen sah er, dass sie schon seit ein paar Tagen hier unten waren und nichts von dem Auto wussten.

Draußen schien immer noch die Sonne, der Adler stand immer noch mit laufendem Motor da. Konew rauchte eine weitere Zigarette, schaute sich um, murmelte: «Verdammt, was soll's», stieg in das Auto, fuhr ein paar Meter. Nichts geschah. Sascha lief rückwärts hinterher, den Blick und die Maschinenpistole auf die Dächer und Balkone gerichtet, wo sich jedoch nichts regte. Dann sprang er in den Wagen, der Adler schaukelte, Konew gab Gas, und sie brausten davon.

Leutnant Konew sollte nie erfahren, wem das Auto gehört oder wer es zuletzt gefahren hatte. Ebenso wenig fand er nach dem Ende des Krieges die Straße wieder, in der es abgestellt worden war.

Der Adler fuhr Annas Großvater zum nächsten Verbindungsposten, wo er den Korporal aus Minsk kennenlernte, dem ein Projektil den Arm wegriss, gerade als er dem Leutnant den Hörer des Feldtelefons reichen wollte; der Adler fuhr ihn an dem schreienden SS-Mann vorbei, den man auf den warmen Asphalt zum Sterben gelegt hatte; der Adler fuhr ihn durch die Trümmerwüste, durch das Labyrinth der Ruinen, aus denen nur Rauch und manchmal der unterdrückte Schrei einer Frau oder ein Ächzen drangen; der Adler fuhr ihn durchs Brandenburger Tor, zum Reichstag, zum Bunker, zum Garten der toten Kinder; er fuhr ihn zur Unterzeichnung der Kapitulation, zu den Siegesfeiern, zu den Friedhöfen und den alten und neuen Gefangenenlagern, fuhr ihn zu seiner deutschen Geliebten, an deren Geruch er sich Jahre später noch erinnern konnte, als er ihren Namen längst vergessen hatte, fuhr ihn von der Kommandantur zum Polizeipräsidium, zur Garnison und wieder zur Kommandantur, fuhr ihn zu den Amerikanern, Briten und Franzosen und in deren Offiziersclubs und Kommandanturen und fuhr ihn wieder zurück über den silbrig schimmernden Fluss. Und eines Morgens fuhr das Auto ihn zum Gefängnis von Spandau. Es regnete, man konnte kaum etwas sehen, die Scheibenwischer hatten Mühe, dem Leutnant das Fenster frei zu halten, Dunkelheit hing über der Stadt, Lichter blendeten ihn.

Whupp-whupp machten die Scheibenwischer, whupp-whupp. Sie saßen nebeneinander und schwiegen, während der Wagen den Regen durchpflügte. Bei jedem Halt hörte Anna die Tropfen blechern aufs Autodach prasseln, das Radio war aus, Laska schaute in die von schmierigem Licht trübe gewordene Nacht. Wenn sie dann wieder anfuhren, legte er mit Ingrimm die Gänge ein, trat wütend das Gaspedal durch, beschleunigte.

Als sie an eine Kreuzung kamen, überlegte Anna, wo sie überhaupt waren. Sie hatte begonnen, in Gedanken eine grobe Karte der Stadt zu zeichnen, hatte versucht, sich bestimmte Straßenfluchten und markante Gebäude zu merken. Doch jetzt, im Regen, sah alles gleich aus.

Laskas Fuß verharrte über der Kupplung, der Volvo fuhr. Später wird ein Polizist Anna danach fragen, und sie wird wahrheitsgemäß antworten: Die Ampel war grün.

Die Ampel ist grün, als das Auto auf der Gegenfahrbahn – ein Kleinwagen, Dreitürer, rot, nichts Besonderes – links abbiegt. Vielleicht hat der Fahrer sie nicht gesehen, vielleicht hat er die Geschwindigkeit des Volvos falsch eingeschätzt. Vielleicht will er schnell weiter, vielleicht will er schnell zurück, vielleicht will er nach Hause. Autos bestimmen unser Leben.

Sie sieht es kommen. Wie in Zeitlupe. Ein Gefühl der Ohnmacht, des Scheiterns bemächtigt sich ihrer: weil man nichts machen kann. Was jetzt passiert, wird sowieso passieren, ob du nun willst oder nicht. Unausweichlich. Sie fahren in den roten Wagen hinein, sie sieht, wie sich vor ihr in der Verbundglasscheibe, im Bruchteil einer Sekunde, ein Netz von Myriaden haarfeiner Linien ausbreitet, sie hebt die Arme, dreht den Kopf (schließt sie die Augen? Oder schaut sie nach links, beobachtet, wie Laska mit der Stirn aufs Lenkrad schlägt, der Volvo ist alt, es gibt keinen Airbag, man kann froh sein, dass der Wagen überhaupt Kopfstützen hat) und spürt den Aufprall, einen Stoß, der durch ihren ganzen Körper geht, begleitet von einem malmenden Geräusch, von dem sie nicht weiß, ob es die Karosserie ist oder einer ihrer Knochen.

Stille.

Sie hört etwas zischen, hat einen komischen Geruch in der Nase. Plötzlich denkt sie, dass sie gleich sterben könnte: Benzin läuft aus, ein Funke zuckt, der Wagen explodiert, und sie ist einfach tot, die Geschichte zu Ende oder vielmehr – die Geschichte ist nicht zu Ende, sie geht einfach ohne sie weiter, das passiert vielen Menschen, guten wie schlechten, warum also nicht auch ihr? Die Beifahrertür rechts neben ihr ist offen (oder hat sie sie aufgestoßen?), sie steigt aus, wankt. Dann fällt ihr Laska ein und dass er immer noch im Wagen sein muss und wahrscheinlich gleich mit ihm verbrennt, und sie geht um die vom Aufprall zerdrückte Front, um den noch fauchenden, noch von letzten Umdrehungen zitternden Motorblock herum, und da steht er vor ihr, Blut rinnt ihm aus einem Schnitt über dem Auge und wird vom Regen die Wange hinuntergespült, er hält einen offenen Verbandskasten in der Hand, Mullbinden und Heftpflaster und Kompressen quellen heraus, und er starrt sie an und fragt tonlos: «Ist dir was passiert.» Sie schüttelt den Kopf, und er tappt an ihr vorbei auf das rote Auto zu, das der Zusammenprall umgedreht hat und, beinahe auf dem Dach liegend, an einem Laternenpfahl lehnt, und er geht in die Hocke, schaut hinein, und sie schaut auch hinein, und sie sehen die beiden leeren Kindersitze und das blutüberströmte Gesicht des Mannes, der da kopfüber in seinem Sitz hängt, und Laska brüllt: «Nein, nein!», und gestikuliert mit dem Verbandskasten, bis sie bei ihm ist, ihn beruhigt, sich hinkniet, den Mann anspricht, der aber nicht antwortet, sondern nur stöhnt. «Er lebt», sagt sie, und Laska steht da immer noch ratlos mit seinem Verbandskasten herum, aus dem die Hälfte des Inhalts mittlerweile herausgefallen ist – Mullbinden, Dreieckstücher, Wundkompressen liegen auf der regennassen Straße –, und er sagt, man müsse ihn verbinden, und wieder stöhnt der Mann, und der Regen fällt, «mein Gott, der hat Kinder, die warten jetzt, die warten jetzt zu Hause auf ihn», sagt er, und sie sieht ihn an, als sie die Sirenen hört und die Wagen mit den Blaulichtern kommen, sieht seine Verzweiflung, als man sie beide wegzieht und ein Feuerwehrmann die Spreizschere wie eine riesige, dritte Hand an der Tür des zerdrückten, beinahe auf dem Dach liegenden roten Wagens ansetzt.

Im Abstand von einer Stunde rief sie zweimal im Krankenhaus an, während Laska neben ihr am Esstisch saß und vor sich hin starrte. Dem Mann, dem «anderen Unfallbeteiligten», so hieß es, gehe es den Umständen entsprechend, er sei nicht in Lebensgefahr, ein paar Rippen seien angebrochen, das Gesicht zerschnitten, er habe Glück gehabt.

Laska war erleichtert. Er drückte sich eine Kompresse auf den Schnitt über dem Auge, die war blutdurchtränkt. Sie fand im Bad ein großes Heftpflaster und Desinfektionsmittel, nahm die Kompresse weg, reinigte die Wunde und klebte dann das Pflaster darauf.

«Vielleicht doch besser nähen lassen von Arzt», sagte sie.

Stumm saß er da, sodass sie nicht wusste, ob er sie gehört hatte und darüber nachdachte, in ein Krankenhaus zu gehen, bevor er erwiderte: «Ich werde sterben.»

«So schlimm es ist auch nicht», sagte sie.

Er sah auf. Einige Sekunden lang schwieg er, bevor er erklärte: «Sechs Monate noch, haben die Ärzte gesagt, mehr nicht.»

Am Anfang, sagte er, habe er es selbst nicht geglaubt. Er sei zu verschiedenen Spezialisten gerannt, mal habe er sich in sein Schicksal fügen, dann wieder dagegen rebellieren wollen. An manchen Tagen sei er aufgewacht und habe die Vögel singen gehört und trotz der Gewissheit, dass er sie bald nicht mehr hören werde, so etwas wie Glück und Frieden verspürt. An anderen Tagen habe er die Augen aufgeschlagen und alles für einen bösen Traum gehalten. Nicht vorstellen könnten wir uns, dass plötzlich alles enden solle. Die Ärzte täten ihr Übriges. Äußerten sich nicht eindeutig, nicht so, wie er es als Ingenieur gewohnt sei. Mal hätten sie von drei Monaten gesprochen, dann von einem

Jahr oder einer ganz unbestimmten «kurzen» Zeit – was solle das sein, eine unbestimmte «kurze» Zeit? Mal gebe es neue Behandlungsmöglichkeiten, dann wieder nicht, dann gebe es sie doch, aber er sei nicht dafür geeignet. Es sei eben nicht so wie in den Filmen, wo man am Anfang die schreckliche Nachricht bekomme und im Verlauf der restlichen neunundachtzig Minuten wisse, was zu tun sei. Er habe überhaupt nicht gewusst, was er machen solle. Widerstand oder Aufgabe? Diszipliniert leben oder «das Leben genießen»? Das sei plötzlich alles Gerede gewesen. Das Einzige, was er gemacht habe, sei der Verkauf seiner Firma gewesen, danach sei er in den Ruhestand gegangen. Aber das habe er sowieso demnächst vorgehabt. In Portugal besitze er ein Ferienhaus, im Süden, fast am westlichen Zipfel. Dort sei es das ganze Jahr über schön, der Himmel fast immer klar. Dort stehe auch das große Teleskop, von dem er gesprochen habe. In diesem Haus habe er vorgehabt, seinen Lebensabend zu verbringen, und nachdem er es kurz in Betracht gezogen habe, von einer Brücke zu springen, sei er zu dem Entschluss gekommen, an seinem ursprünglichen Plan festzuhalten. Er sei ein Kometenjäger, erklärte er weiter und schien sich kaum an Annas Stirnrunzeln zu stören. Sie wisse ja sicher, was das sei – jemand, der den Himmel nach unbekannten Kometen absuche. Es gebe Kometen, die reisten zu den entlegensten Winkeln des Sonnensystems und bräuchten Jahrtausende für einen Umlauf. Seit seiner Kindheit träume er davon, so einen Himmelskörper, den man nur einmal im Leben sehen könne, und zwar in der kurzen Zeit, wenn er auf dem Weg zur Sonne an der Erde vorbeifliege, selbst zu entdecken. Das sei alles, was ihm noch bleibe: Er habe vor, mit dem

Blick zu den Sternen zu sterben. Nicht in einem Krankenhaus.

Anna sah ihn fragend an.

Seit gestern kenne er die endgültige Diagnose. Die Ärzte seien konkret geworden. Präzise wie die Ingenieure. Die Krankheit sei inoperabel, nicht mehr kurierbar, sechs Monate plus/minus zwei, die Aussicht auf ein volles Jahr liege statistisch bei 1,9 Prozent, er dürfe sich da keine Illusionen machen, er solle seine Dinge regeln. «Aber was soll das sein?», fragte er, «‹die Dinge regeln›?»

«Hast du keine Freunde?»

«Nein, ja – ein paar Amateurastronomen wie ich. Aber wir treffen uns nur selten.»

«Hast du es deinem Sohn gesagt?»

«Nein.»

«Du wirst es ihm auch nicht sagen.»

Er schüttelte den Kopf. «Du kannst das nicht verstehen. Es ist besser so. Eines Tages wird er einen Anruf bekommen, und das war's dann.»

«Warum?»

«Warum bist du mit mir mitgekommen? Mit einem alten Mann? Liebe kann es wohl kaum gewesen sein.»

«Du bist allein, Laska, ganz allein. Das ist dein Problem.»

«Und du bist vor jemandem weggelaufen.»

Sie antwortete nicht.

Er wisse, fuhr er fort, er sei nicht ehrlich gewesen, er hätte ihr das alles gleich in Kiew erzählen sollen, aber sie sei eben auch nicht ehrlich gewesen, und nun sei sie hier, aus welchen Gründen auch immer, und vielleicht habe er sich das alles romantischer oder einfach nur anders vorgestellt, aber das Leben sei kein Fernsehfilm, die Wahrheit sei, dass seine Zeit ablaufe und er nicht genug davon habe, um noch mal nach jemandem zu suchen, noch einmal jemanden anzusprechen, sich zu verabreden, sich kennenzulernen, sich näherzukommen, die Uhr ticke, daran sei nichts zu ändern, und deswegen könne er ihr jetzt auch die Frage stellen, die er ihr ehrlicherweise schon damals in Kiew hätte stellen sollen, in dem armenischen Restaurant oder spätestens oben bei diesem Denkmal, wo er sie nach dem Namen der Sterne gefragt habe –

Was kommt jetzt?, dachte sie. Ein Heiratsantrag?

«20 000 Euro», sagte Laska. «Wärst du bereit, mich für 20 000 Euro nach Portugal zu begleiten und dort zu bleiben, bis – na ja, du weißt?»

Anna schwieg.

«Nicht als Krankenschwester oder so was», fügte er hastig hinzu, «eher als eine – Assistentin. Es geht mir um … Gesellschaft.»

«Ich muss nachdenken», sagte sie.

Am nächsten Morgen wartete sie darauf, dass er das Haus verließ. Er hatte ihr gesagt, sie solle sich Zeit lassen, es sich gut überlegen, er könne ihr Zögern verstehen, es sei ja auch ein ungewöhnlicher Vorschlag. Der Flug gehe erst in einer Woche, bis dahin müsse er ohnehin noch einige Dinge regeln.

Und dann ging er.

Sie packte ihre Tasche und verabschiedete sich von den Astronauten auf dem Teppich. Die beiden sahen traurig aus. Für gut eine Woche war ihr das Zimmer mit den verblichenen Kindheitsträumen eines ihr unbekannten Jungen beinahe so etwas wie ein Zuhause geworden. Aber es half nichts: Sie glaubte kein Wort von dem, was Laska gesagt hatte. Was meinte er mit «Gesellschaft»? Wahrscheinlich hoffte er, dass sie am Ende aus Mitleid doch so etwas wie seine Geliebte würde – kein Mann zahlt 20 000 Euro dafür, dass man ihm nur die Hand hält oder durch sein Teleskop schaut. Zudem hatte sie Miss Popo nicht vergessen. Was, wenn nicht nur die tödliche Krankheit eine Lüge war, sondern auch seine ganze Biederkeit-Fassade? Und selbst wenn er sterbenskrank war – wer garantierte ihr, dass er wirklich in sechs Monaten tot umfiel und nicht erst in zwei Jahren? Es war ganz einfach, man musste gar nicht nachdenken: Entweder Laska spielte ihr etwas vor, weil er hoffte, sie auf diese Weise ins Bett zu bekommen, oder er war verrückt. Und wenn er nicht log oder verrückt war, dann war er so etwas wie eine wandelnde Leiche. Ein deutscher Zombie. Es war höchste Zeit zu verschwinden.

In einer der Jacken, die im Flur hingen, fand sie eine Lederbrieftasche, sie enthielt keine Ausweise oder Kreditkarten, aber etwa zweihundert Euro in bar. Sie nahm das Geld, ließ den Schlüssel am Brett hängen, ging, ohne sich noch einmal umzudrehen, aus dem Haus, hörte, wie die Tür ins Schloss fiel.

Über ihr sammelten sich Zugvögel am rauchgrauen Himmel. Als sie auf der Höhe des schwarzen Geländewagens war, öffnete sich die Beifahrertür. Ein Mann stieg aus, er trug eine Sonnenbrille, obwohl die Sonne gar nicht schien. Mit unverändert gleichgültiger Miene schlug er Anna in den Bauch. Sie krümmte sich zusammen, und er stieß sie ins Auto, auf den Fußboden hinter dem Fahrersitz. Nachdem er sich kurz umgeschaut hatte, stieg er selbst ein, setzte sich neben sie auf den Rücksitz. «Wenn du schreist oder sonst wie Theater machst, Mädchen», flüsterte er auf Russisch, «ist es aus mit dir.»

Dann fuhr der Wagen los.

4

Der Wagen fuhr schnell, mit einem kraftvollen, leisen Röhren. Als Anna versuchte, den Kopf zu heben, sagte der Fahrer etwas, und der Mann auf dem Rücksitz packte sie an den Haaren, versetzte ihr einen Fauststoß gegen das rechte Ohr und drückte ihren Kopf wieder auf den Boden, bevor er sagte, sie solle das nicht noch mal versuchen. Er sagte es nicht zu ihr, er sagte es zum Fahrer, «das soll die nicht noch mal versuchen», man müsse gleich am Anfang klarmachen, wie die Sache laufe, nämlich so und nicht anders. Tränen traten ihr in die Augen, doch sie war zu überrascht, zu verängstigt oder vielleicht auch zu stolz, um auch nur einen Laut von sich zu geben. So fuhren sie weiter.

Als sie schließlich anhielten, schienen ihr Stunden vergangen. Zwischendurch hatte sie den Eindruck gehabt, als wären sie immerzu im Kreis gefahren. Der Mann, dessen Gesicht sie kaum hatte sehen können, beugte sich zu ihr herunter, und sie spürte seinen Atem an ihrem immer noch schmerzenden Ohr. Lange, vielleicht länger als eine halbe Minute, spürte sie ihn atmen, bevor er sie am Arm hochzog und auf den Rücksitz bugsierte. Mit der linken Hand strich er ihr die Haare glatt und legte sie dann, als wäre er ein Kind, das einen Sprung in der teuren Vase seiner Eltern verbergen will, über ihr angeschwollenes Ohr. Leise, jedoch ohne irgendeine Erregung in der Stimme, wie jemand, der eine komplizierte Maschine erklärt, sagte er: «Wir steigen jetzt aus. Du bleibst ganz ruhig.»

Das Haus war ein zehn Stockwerke hoher Wohnblock. Unten befanden sich einige Geschäfte: eine Drogerie, ein Bäcker, eine Bankfiliale. Buden, wie Anna sie von den Metrostationen in den Außenbezirken Kiews kannte, waren auf dem Vorplatz aufgebaut und boten allerlei Waren feil: Wurst und Schinken, Schnaps, Socken, Taschen, Jeans, CDs, Computerspiele, Bonbons, Gürtel, Handytaschen, Obst und Gemüse, geräucherten Fisch, Nützliches und Überflüssiges eng nebeneinander.

«Mist», sagte der Fahrer, «der Markt. Tut mir leid. Hab ich vergessen.»

«Fahr hinten ran. Das ist sowieso besser.»

«Aber weiter.»

«Du bist faul.»

Der bullige Mann mit der Sonnenbrille hatte ihr einen Arm um die Schulter gelegt und zog sie an sich, nachdem sie um das Haus herumgefahren und ausgestiegen waren. Der Fahrer, ein sehnig wirkender, dunkelhaariger junger Kerl, der eine Trainingshose trug und dem Mann mit der Handykamera in Kiew zum Verwechseln ähnlich sah, ging ebenfalls dicht neben ihr und umklammerte mit einer Hand ihren linken Arm, wobei er ab und zu den Griff lockerte, bis ihm wieder einzufallen schien, dass er sie fester halten musste. Mit der anderen Hand trug er ihr Gepäck. Er pfiff eine Melodie, eine bekannte Melodie, an deren Titel Anna sich nicht erinnern konnte, aber der bullige Sonnenbrillenträger sagte, er solle damit aufhören. Sie kamen zu einem überdachten Durchgang zwischen dem Wohnblock und einem sich daran anschließenden Flachbau, in dem ein Supermarkt untergebracht war: «Vita Activa – Ihr Biomarkt vor der Haustür», las Anna auf einem Schild über ein paar grauen Containern, aus denen Unrat quoll.

Auf dem Klingelbrett des Hauseingangs standen keine Namen, nur Nummern. Der Bulle sah den Fahrer an und nickte. Über dem Klingelbrett überwachte eine in die Konsole eingelassene Fischaugenkamera den Eingangsbereich. Der Fahrer dachte nach, tippte eine Nummernkombination, legte seinen Kopf in den Nacken und sagte in Richtung der Kamera: «Wir sind's.»

Im Aufzug drückte er den obersten Knopf. Im sechsten Stock hielt der Fahrstuhl, die Tür ging auf, und vor ihnen stand eine alte Frau mit einem Gefährt, das ihr gleichermaßen als Stütze und als Gehhilfe diente. Von einem der Griffe baumelte eine leere Einkaufstasche aus Stoff: «Vita Activa – Ihr Biomarkt vor der Haustür».

«Geht's abwärts?», fragte die alte Frau.

«Aufwärts», sagte der Fahrer, und schon schloss sich die Tür wieder.

Anna hatte gedacht, das Haus hätte zehn Stockwerke, tatsächlich waren es, das Ladengeschoss mitgezählt, elf. Die beiden Männer schoben sie durch einen langen Flur. Am Ende des Flurs gingen sie eine Treppe hoch und kamen in einen kürzeren Gang mit sieben Türen – die Türen der Wohnungen 100 bis 106. Der Fahrer klingelte an der 101, die sich gleich rechts von ihnen befand. Ein Summer ertönte, und die Tür schnappte auf.

Die Haut des Mannes glänzte ledrig-braun, als hätte er vor vielen Jahren einmal einen Teil seines Lebens auf See oder im Gebirge verbracht. Er hatte keine Haare auf dem Kopf, sondern einen kahlrasierten Schädel. Furchen und Falten durchzogen sein Gesicht, rahmten seinen schmalen Mund. Er trug einen dunklen Anzug und ein graues Hemd, und beides schien etwas zu groß zu sein. Wenn er in eine Richtung sah, drehte er den ganzen Kopf, eine Bewegung, die ihm etwas Echsenhaftes verlieh. Er saß auf einem hellen, cremefarbenen Sofa, vor ihm, auf einem Glastisch, standen ein Glas Wasser und ein Aschenbecher, und er sah auf einen Fernseher, ohne dass das, was er sah, ihn offenbar besonders fesselte. Als sie eintraten, hob er den Kopf, drückte auf eine Fernbedienung und lächelte gedankenverloren und erleichtert wie ein Fahrgast an der Haltestelle, wenn nach langem Warten endlich der Bus gekommen ist.

Anna zwischen sich, blieben der Fahrer und der bullige Sonnenbrillenträger vor ihm stehen, und der Mann auf dem Sofa betrachtete sie lange. Als der Bullige ihm Annas Handtasche reichte, steckte er seine ledrige Hand hinein, zog ihren Pass hervor und blätterte ihn durch, als wäre er ein Grenzbeamter und sie hätte sich der illegalen Einreise schuldig gemacht. Er ließ den Pass in seinem Sakko verschwinden und schüttelte den Kopf, bevor er sagte:

«Igor Iwanowitsch hat sich Sorgen gemacht.» Seine Stimme klang angenehm, beinahe vertrauenswürdig. «Aber jetzt haben wir dich ja gefunden. Setz dich.»

Der Bullige drückte sie am anderen Ende des Sofas in die Polster, blieb selbst aber stehen. Der Fahrer hatte sich auf die Lehne eines Sessels gesetzt und beobachtete die Szenerie mit dem neugierigen Gesichtsausdruck eines gelehrigen Schülers.

Igor Iwanowitsch war ihr Vater. Wie hatte er sie ausfindig

gemacht? Wahrscheinlich über die Agentur. Wahrscheinlich hatte er einfach die Adresse gekauft. Laskas Adresse.

«Hat es dir nicht gefallen bei dem Deutschen?» Der Mann mit der Lederhaut wartete die Antwort nicht ab, sondern nickte, wie um sich selbst zu bestätigen. «Zu alt? Nicht alt genug? Zu spezielle Wünsche?» Er hielt ihr Portemonnaie in der Hand und zog die Geldscheine hervor, die sie Laska gestohlen hatte. «Wie ich sehe, hast du dir etwas Taschengeld von ihm genommen. Aber das wird nicht reichen für die Rückreise. Du wirst arbeiten müssen.» Er beugte sich vor und musterte sie wie jemand, dem man eine besondere Maschine vorführt und der sich nun ein Bild vom Zustand dieser Maschine machen will. «Du kannst eine Menge Geld verdienen, wenn du für mich arbeitest.»

«Und wenn ich nicht für Sie arbeite?»

Der Mann auf dem Sofa lächelte milde.

«Wie willst du dir sonst die Rückreise verdienen? Und meine Auslagen erstatten? Als Igor, mein alter Kamerad, sich bei mir meldete und mich bat: ‹Wiktor, bitte bring sie mir zurück, oh, bitte, Wiktor, bring sie mir zurück!›, da habe ich gesagt: ‹Alte Kameradschaft hin oder her, wie stellst du dir das vor? Wir sind hier in Deutschland, da kann man nicht einfach in ein Haus gehen und Leute mitnehmen.›» Er schüttelte wieder den Kopf. «Alles passiert irgendwann zum ersten Mal. Jetzt bist du mir fast von selbst ins Netz gegangen und wirst für die Kosten und die Scherereien aufkommen, die ich deinetwegen hatte, als ich dich noch gar nicht kannte. Du kannst freiwillig für mich arbeiten, oder Borys» – er deutete auf den bulligen Kerl, der sie geschlagen hatte – «bringt es dir bei. Denk darüber nach.» Und mit diesen Worten lehnte er sich zurück, nahm die Fernbedienung in die Hand und schaltete zwischen den Kanälen hin und her.

«Woher kennen Sie meinen Vater?»

Borys wollte Anna schon wegziehen, aber Wiktor hob leicht die Hand, und sein Helfer ließ sie los.

«Vater hat er sich nennen lassen, soso. Wir waren in derselben Brigade, Igor und ich. Bis er das Bein verloren hat.»

«In Afghanistan.»

Zum ersten Mal, seit Anna den Raum betreten hatte, zeigte sich eine wirkliche Regung in dem echsenhaften Gesicht, weiteten sich für einen Moment Wiktors Pupillen vor echter Überraschung.

«Afghanistan?» Er wiegte langsam den Kopf. «Keiner von uns war in Afghanistan.»

Der Raum war beinahe quadratisch, mit einer Tür, die zum Flur führte, und einem Fenster gegenüber. Das war bis auf einen Streifen im oberen Drittel mit einer milchigen Folie abgeklebt, sodass zwar Licht hindurchfiel, man aber nicht nach draußen sehen konnte. Nur oben war ein kleines Stück Himmel sichtbar. Die Wand links vom Fenster wirkte wie nachträglich eingezogen, ein Türrahmen war in sie eingelassen, aber ohne Tür. Dahinter befand sich ein schmaler, fensterloser Verschlag mit einer Toilette und einer Dusche. Eine Rolle graues Toilettenpapier lag auf dem Boden, der hier wie auch im Zimmer aus braunem PVC-Belag bestand. Rechts war ein großes Bett – eine dicke Matratze auf einem weißen Sockel. Auf der Matratze lag kein Laken; kleine, mittelgroße und große Fleckenränder verliehen dem blauen, abgesteppten Schonbezug ein fraktales Muster. Neben dem Bett fanden sich mehrere Plastikflaschen mit Wasser, eine zusammengelegte Wolldecke und ein Plastikbeutel mit Toastbrot.

Dann entdeckte Anna die Kamera. Sie war in der rechten hinteren Ecke an die Zimmerdecke geschraubt, ein schwarzes Glupschauge, kaum größer als ein Golfball. Ein Kabel ging von ihr ab und verschwand in der Wand.

Sie setzte sich mit dem Rücken zur Wand auf den Boden und starrte auf den schmalen Streifen Himmel.

Als sie noch ein Kind gewesen war, hatte ihr Großvater erzählt, wie man die ersten Kosmonauten auf die Leere des Alls vorbereitet hatte: Jeder von ihnen war allein in eine fensterlose Kammer gesperrt worden, ohne dass er gewusst hätte, wann man ihn wieder herausließ. Es gab kein Radio, keine Bücher, keine Ablenkung, nichts, nur eine elektrische Glühbirne, die in unregelmäßigen Abständen an- und wieder ausgeschaltet wurde. Natürlich wusste jeder Kandidat, dass man ihn beobachtete, und natürlich hätte er an die Tür der Kammer klopfen und verlangen können, herausgelassen zu werden. Aber die Kosmonauten wussten ebenfalls, dass sie, sobald sie das taten, niemals in den Weltraum fliegen würden. Und so blieben nacheinander alle in der Kammer und versuchten, die Zeit, deren Dauer sie nicht kannten, herumzubringen. «Einer sang – er besang die Kabel und Schalter, die Staubflusen auf dem Fußboden, die Farbe seiner Fliegerkombination, die Bratpfanne, in der er sich einmal am Tag auf einem kleinen Brenner etwas zu essen kochen durfte», erzählte Annas Großvater. «Andere sagten Gedichte auf – von großen Poeten, aber auch solche, die sie im Kindergarten gelernt hatten. Einer versuchte, die wenigen Gegenstände, die sie den Kosmonauten in dieser Kammer gelassen hatten, immer wieder neu zu ordnen.»

Auf dem Spielplatz vor dem Haus in Kiew, in dem sie damals wohnten, gab es eine Rutsche, und diese Rutsche sah wie eine Rakete aus. Man konnte in dieser Rakete eine Leiter hochklettern, dann durch eine große, runde Öffnung ins Freie steigen und zum Sandkasten hinabrutschen. Man konnte die Leiter auch noch ein wenig weiter hinaufklettern und gelangte so in das oberste Stockwerk des weiß-roten Blechraumschiffes, das der «Wostok»-Kapsel Gagarins nachempfunden war, und dort konnte man sich verstecken (obwohl alle Kinder des Wohnblocks dieses Versteck kannten) oder aber einfach auf dem Holzboden sitzen und durch das kleine Bullauge hindurch nach draußen schauen, über den Spielplatz, zu den Wohnblocks, zu den Hochspannungsleitungen und in den Himmel dazwischen, der manchmal blau war und manchmal graubraun wie das Wasser des Dnjepr. Oft, wenn sie des Spielens müde gewesen war, hatte sie sich dorthin zurückgezogen und sich Dinge vorgestellt: dass sie der letzte Mensch auf der Welt wäre, dass sie in der Rakete säße und darauf wartete, zu einem unbekannten Planeten ins All geschossen zu werden, oder aber dass ihr Raumschiff defekt wäre und sie, statt zurückzukehren, die Erde bis in alle Ewigkeit umkreisen müsste.

Sie nahm die Wolldecke und rollte sich auf dem Boden unter dem Fenster zusammen, stellte sich vor, dass sie wieder in der Rakete wäre, an einem Nachmittag nach der Schule, umgeben vom Lärm der Kindheit.

Ein Geräusch an der Tür weckte sie. Draußen, jenseits des Fensters, dämmerte es. War es Abend oder schon der

Morgen des nächsten Tages? Sie hörte, wie ein Schlüssel im Schloss umgedreht wurde.

Die Tür öffnete sich einen Spaltbreit, mehr brauchte es nicht, dass die dünne Gestalt ins Zimmer schlüpfen konnte, obwohl sie ein kleines Tablett in der Hand hielt. Anna erkannte eine Frau oder wohl eher ein Mädchen mit dunklen, langen Haaren, T-Shirt und Jeans. Sie ging hinüber zum Bett, setzte sich und stellte das Tablett auf ihren Knien ab.

«Komm», sagte das Mädchen, «du musst doch etwas essen.»

Anna stand auf. Das Mädchen strich sich die Haare aus dem Gesicht, hob den Kopf und lächelte. Sie hatte ein schmales, ovales Gesicht mit hoch sitzenden Wangenknochen und einer spitzen Nase. Ansonsten war es unauffällig, wie Gesichter es sind, die man im nächsten Moment vergessen hat und auf der Straße nicht wiedererkennen würde. Ihre Finger- und Zehennägel hatte sie rot lackiert, aber sie war nicht geschminkt. Das einzig Auffällige an ihr war ein goldenes, mit kleinen Brillanten besetztes Armband, das sie am linken Handgelenk trug. Sie stellte das Tablett vor sich auf dem Boden ab und klopfte mit der rechten Hand aufmunternd neben sich auf die Matratze.

Anna setzte sich zu ihr.

Das Mädchen sagte: «Hallo. Ich heiße Jelena.»

Anna schwieg.

«Du bist Anna, ich weiß», sagte Jelena und kicherte, «ich weiß alles.» Sie beugte sich vor und hob einen Teller und einen Löffel vom Tablett.

Ein Geruch von gekochtem Fleisch zog zu Anna hin.

«Suppe, hier, iss.» Als Anna keine Anstalten machte, den

Teller zu nehmen, flüsterte das Mädchen: «Es ist nichts drin, falls du das denkst», und aß selbst einen Löffel Suppe.

Zögernd nahm Anna den Teller und aß. In der Suppe schwammen große Fettaugen und Fleischstücke, aber sie schmeckte gut.

«Siehst du!», sagte Jelena triumphierend und beugte sich, nachdem Anna zu Ende gegessen hatte, wieder zum Tablett hinunter, auf dem noch ein Aschenbecher aus Aluminium, zwei Gläser und eine kleine Sektflasche standen. Erstaunlich schnell hatte sie die Flasche geöffnet und füllte die Gläser, bevor sie Anna eines reichte. «Es ist wirklich nichts drin, vertrau mir.»

Anna nippte am Sekt, Jelena nahm einen großen Schluck und schenkte sich sofort nach.

«Oh!», rief sie aus, «wie unhöflich!» Dann klaubte sie aus ihrer Jeans eine Packung Tabak und drehte geschickt zwei Zigaretten, von denen sie eine Anna gab.

Eine Weile lang saßen sie rauchend nebeneinander, bis Jelena leise weitersprach: «Ich bin deine Freundin. Vertrau mir. Sonst musst du ewig in so einem Zimmer bleiben. Nur nicht allein!» Sie kicherte wieder. «Es läuft so: Wiktor hat reiche Kunden, Männer, die eine Menge Geld verdienen, bloß keine Zeit haben, Mädchen kennenzulernen. Aber gerade deswegen wollen sie nicht, dass es so aussieht, als ob sie sich eine Frau kaufen würden, verstehst du, sie wollen, dass es einfach so geschieht, also veranstalten sie Partys, und Wiktor lässt uns dorthin bringen. Natürlich sollen wir den Männern Gesellschaft leisten, du verstehst, aber es ist wichtig für sie, dass wir es einfach so tun, und das ist es auch für Wiktor und für uns, weil wir dann alle mehr Geld bekommen und es uns gutgeht. Diese Männer sind nicht schlecht, glaube mir. Und wenn du Glück hast, dann verliebt sich eines Tages einer in dich, und ihr heiratet, und du bist dann sein Engel und lebst in einem schönen Haus mit Garten, und ihr habt Kinder und einen Hund und Angestellte, und alle Sorgen sind vorbei! Du musst nur den Richtigen treffen! Was guckst du so? Dafür bist du doch nach Deutschland gekommen, oder?»

Anna drückte ihre Zigarette aus. «Was, wenn ich nicht mitmache?»

Diese Frage schien Jelena zu verwirren. Sie drehte sich eine neue Zigarette. «Denk nicht, dass du sie austricksen und einfach weggehen kannst oder so, du hast keine Ahnung, was sie machen können. Wiktor gibt jedem Mädchen eine Chance, du darfst einmal mit, aber wenn du beim ersten Mal nicht mitmachst, dann musst du hier auf der Etage arbeiten, und das ist kein Zuckerschlecken, glaube mir, das ist wie in einer Hühnerfarm, jedes Zimmer ist so wie dieses, die Kerle sprechen dich noch nicht mal mit Namen an, du kriegst kein Lächeln, keinen Gruß, da heißt es spätestens ab dem Nachmittag: Ab auf die Matte, und da bist du dann die ganze Zeit, und dieses Zimmer ist das Einzige, was du siehst, und das ist so scheißlangweilig, so entsetzlich scheißlangweilig, dass du sterben willst.» Jelena leerte ihr Glas in einem Zug. «Glaube mir, wer einmal auf der Etage gelandet ist, schafft es nicht so leicht wieder raus.»

«Aber du hast es geschafft.»

Jelena lächelte verschwörerisch. «Wie hast du das erraten? Ja, habe ich. Weil ich mich verwandeln kann. Ich kann mich in alles verwandeln, was ich will.» Sie beugte sich noch weiter vor und flüsterte: «Eines Tages verwandle ich mich in einen Vogel und fliege davon.»

Anna saß allein auf dem Bett, als das Klopfen begann. Es kam von der Wand, an der das Bett stand, und klang, als würde von der anderen Seite jemand mit etwas Stumpfem dagegenhämmern. Gleichzeitig hörte sie ein durch den Fertigbeton gedämpftes Ächzen, ein merkwürdiges Umm-umm-umm. Beides wurde schneller, schwoll zu einer Art Stakkato an. Dann brach es plötzlich ab, und wenig später hörte sie irgendwo jenseits der Wand eine Toilettenspülung rauschen.

So ging es weiter, im Viertelstundentakt. Mal kam das Klopfen von links, dann von rechts, dann wieder war die Richtung kaum zu bestimmen, mal klang es bum-bum-bum oder bom-bom, bom-bom, mal hörte sie gedämpfte Schreie, Stöhnen und gurgelte eine Klospülung, rauschte ein Wasserhahn, und mal erklang, wie ein fernes Signal der Zivilisation, ein Radio, hörte sie leise Musik, Hitparadensongs und deutsche Schnulzen, unterbrochen von der kaum verständlichen Ankündigung eines Gewinnspiels oder der Werbung eines Elektronikmarktes. Als es draußen vollends dunkel geworden war, ging über Anna eine rote, schwache Glühbirne an und tauchte das Zimmer in Dunkelkammerlicht. Sie stand auf und ging zum Schalter neben der Tür, aber das rote Licht ließ sich nicht löschen.

Sie setzte sich auf den Boden vor dem Fenster, zog die Beine an, schlang ihre Arme um die Knie. Kein einziges Mal blickte sie in die Kamera. Irgendwann ging das Licht aus. Weiterhin hörte sie das Klopfen und Stöhnen, aber die Abstände wurden größer. In dem schmalen, freien Streifen Himmel entdeckte sie Sterne. Sie hüllte die Wolldecke um sich, und während sich ihre Augen mehr und mehr an die Dunkelheit gewöhnten, versuchte sie zu bestimmen, welche es waren.

Zunächst war sie sich nicht ganz sicher, konnte sie doch nur die hellsten Gestirne sehen. Aber sie glaubte Teile des Sternbilds Perseus zu erkennen, jenes griechischen Helden, der einst der Gorgo Medusa den Kopf abgeschlagen hatte und mit der schrecklichen Fratze den Titanen Atlas zu einem steinernen Gebirge werden ließ. Daneben sah sie die drei hellsten Sterne der Andromeda, der Tochter des Königs Kepheus, die dessen abergläubische Untertanen nackt an eine Klippe gekettet hatten, um sie einem Seeungeheuer zu opfern, was sicher auch geschehen wäre, hätte Perseus sie nicht gerettet. Diesen drei Sternen, auch das wusste sie von ihrem Großvater, hatten die Araber die Namen Alamak, Mirach und Sirrah gegeben: Fuß, Hüften und Haupt der gefesselten Frau.

Sie rutschte auf dem Boden vor dem Fenster herum und versuchte, sich jenen Teil des Sternenhimmels vorzustellen, den sie nicht sehen konnte: Fuhrmann und Zwillinge, tiefer im Osten Orion und darüber das Auge des Stiers, Aldebaran, ein Roter Riese, zwanzig Lichtjahre von der Sonne entfernt. Vor Jahrzehnten war von der Erde eine Sonde zu den äußeren Planeten gestartet, ein Roboter aus Aluminium, Kabeln und Transistoren, mit einer großen Antenne und einer goldenen Tafel, die zwei Menschen zeigte, eine Frau und einen Mann (nackt, seine Hand zum Gruß erhoben). Die Sonde hatte Uranus und Neptun hinter sich gelassen und glitt nun über die Grenze des Sonnensystems, hinein in den leeren Raum zwischen den Welten, wo nichts mehr war außer Kälte und Dunkelheit und von wo aus der Heimatstern erscheinen musste wie einer von vielen, klein, blass, weißlich blau. Dort driftete sie lautlos durch das Schweigen des Alls, um in zwei Millionen Jahren vielleicht das Auge des Stiers zu erreichen, wenn es die Menschen, von denen sie kam, längst nicht mehr gab.

«Wir waren Liquidatoren. Ich weiß nicht, warum man dir diese Afghanistangeschichte erzählt hat, aber keiner von unserer Brigade war je dort. Wir waren in Tschernobyl, wir haben das Feuer gelöscht und den Sarkophag über den zerstörten Reaktor gebaut, während sein Herz darunter weiterzuckte, aber das verstehst du nicht, niemand, der nicht dabei gewesen ist, versteht, was das bedeutet. Vorher waren wir ganz normale Menschen gewesen, ganz normale Menschen mit ganz normalen Träumen. Hast du eine Ahnung, was ich gemacht habe, in der Nacht der Katastrophe? Natürlich nicht. Ich war mit Igor fischen. Wir saßen mit einer Flasche Wodka am Rand des Kühlwassersees und angelten, und zwar genau an der Stelle, wo sie das erwärmte Wasser eingeleitet haben, dort bissen die Fische besonders gut an. Und weißt du, was? Ich glaube, wir haben sogar über deine Mutter gesprochen. Sie war so schön wie du. Alle waren hinter ihr her. Was ist aus ihr geworden? Sie ist tot, ich seh es dir an, du brauchst nicht zu antworten. Was soll's. Sie hat sich nie für mich interessiert, für Igor vielleicht ein wenig, aber ich glaube ehrlich gesagt nicht, dass er dein Vater ist, sie war in diesen Major von der Werksfeuerwehr verliebt, der in jener Nacht Dienst hatte, der über die glühenden Trümmer lief und dabei diese eigenartige Euphorie verspürt haben muss, der zwölf Stunden später Blut kotzte und den sie zwei Tage später in die Strahlenklinik nach Moskau flogen, von wo er niemals zurückkehrte. Sie hatte was mit dem, da bin ich mir sicher, aber wer weiß, vielleicht hatte sie ja auch was mit Igor, es ist mir egal. Das ist alles längst vorbei, eine andere Zeit, ein anderes Jahrtausend, das Jahrtausend, in dem wir an einem See saßen, angelten und an die nächste Schicht dachten oder den nächsten Urlaub oder die nächste Geburtstagsfeier oder an die Art und Weise, wie wir die Fische zubereiten würden, als es plötzlich bumm machte. So schnell kann das gehen, Mädchen. Bumm! Eben angelst du noch, und dann ist alles vorbei.

Wir haben versucht, den Brand zu löschen, die schwelenden Trümmer zu bergen und irgendwie dieses Loch zu füllen, diesen glimmenden Abgrund, der sich da in die Erde gefressen hatte, wochen-, monatelang. Der Reaktor hat alle verändert – manche äußerlich, sieh mich an, glaubst du vielleicht, ich war zu lange in der Sonne? Und andere im Inneren. Igor musste immer wieder dorthin, der Narr, meldete sich freiwillig, als wir längst alle versetzt worden waren, und tatsächlich, die Strahlung schien ihm nichts auszumachen. Haben sie dir keine Fotos gezeigt? Ach nein, sie haben dir ja lieber Märchen erzählt. Es gibt Fotos von ihm, da steht er wie ein Großwildjäger auf dem Dach des Reaktorgebäudes und hebt beide Fäuste. Ich weiß nicht, wem er damit etwas beweisen wollte, deiner Mutter vielleicht? War er eifersüchtig auf einen Toten? Igor der Held! Dafür bekam er ein paar Rubel Zulage und einen Blechorden», sagte Wiktor, und sein Gesicht, von dessen ledriger Haut ein angenehmer Tabakgeruch ausging, war dem ihren ganz nah, seine Stimme leise, sonor, beruhigend: «Man legt sich nicht ungestraft mit dem Teufel an. Der Reaktor hat ihm ein Bein genommen, damit er nicht vergisst, wer der Herr im Haus ist.»

Er trat ein paar Schritte zurück und betrachtete Anna.

«Du wirst den Kunden gefallen.» Er runzelte die Stirn. «Vielleicht behalte ich dich auch. Scheiß auf Igor, den alten

Säufer. Er hat dich nicht verdient. Der ist am Ende. Warum solltest du zurückgehen? Hier kannst du reich werden. Weißt du, was ich damals gelernt habe, Mädchen? Es gibt kein Morgen, keine Zukunft. Wie man so sagt: Lass alle Hoffnung fahren.»

Und mit diesen Worten verließ er das Zimmer ebenso lautlos, wie er eingetreten war.

Wie viele Nächte war sie allein in dem Zimmer? Drei, vier, fünf? Eine ganze Woche? Perseus, Andromeda, Kassiopeia, Kepheus, Pegasus, das geflügelte Pferd. Einmal holten sie sie tagsüber ab und fuhren mit ihr in die Innenstadt, kauften in teuren Boutiquen teure Kleider, Jelena und sie, immer begleitet vom Fahrer und vom sonnenbrilletragenden Borys. Fuhrmann, die helle Kapella, ein Mehrfachsystem: ein Stern, um den ein Stern kreist, um den Sterne kreisen. An einem Abend durfte sie mit Jelena und drei anderen Mädchen in ein italienisches Restaurant essen gehen, bevor man sie später wieder in das Zimmer einschloss. Es war ein ausgelassener, beinahe fröhlicher Abend. Eines der Mädchen tanzte nach dem Essen auf dem Tisch, reckte stolz ihren linken Arm in die Höhe. Sie trug das gleiche Armband wie Jelena.

Einhorn, Fische, Wasserschlange, bum-bum-bum machte es in der Dunkelheit.

Sie hätte sie beinahe nicht wiedererkannt, so verändert sah sie aus: Jelena trug ein eng anliegendes, sandfarbenes Kostüm, hochhackige Schuhe, eine weiße Bluse. Ihr Busen war durch einen speziellen BH zu riesigen, die Proportionen ihres schlanken, fast hageren Körpers verzerrenden Ausmaßen gewachsen, ihre Lippen hatte sie zu einem großen roten Schmollmund geschminkt. Sie trug eine Brille und außer dem Armband eine teuer wirkende Halskette aus Perlen.

Zusammen mit zwei weiteren Mädchen wurden Anna und sie von Borys und dem Fahrer in einen schwarzen Van bugsiert. Kaum waren sie eingestiegen, reichte Borys ein Tütchen nach hinten, und Jelena streute das Kokain auf ihren Handspiegel, sog mit einem silbernen Röhrchen etwas davon in ihre Nase. Sie schniefte, dann fragte sie Anna, ob sie auch wolle, aber Anna schüttelte den Kopf, und das Tütchen wanderte weiter zu den anderen Mädchen, während der Van durch die Nacht fuhr.

«Das Wichtigste ist», erklärte ihr Jelena, «dass du ihnen niemals deinen wirklichen Namen sagst. Sie werden dich fragen: ‹Wie heißt du?› Dann kannst du dir irgendetwas ausdenken. Schau mich an: Heute bin ich die strenge Irina!»

Draußen zogen die beleuchteten Schaufenster teurer Geschäfte an Anna vorbei, die Puppen wirkten bleich, einsam, ihr schien, als winkten sie ihr zu. Trug diese dort nicht Laskas Windjacke? Aber das war nur ein Streich, den ihr die Phantasie spielte. Die Straßen waren wie ausgestorben, eine Gegend, in der des Nachts niemand lebte, niemand schlief, hier gab es nur die Puppen und sie.

Der Wagen wurde langsamer, sie bogen in eine Tiefgarageneinfahrt ab. Rasselnd öffnete sich ein Rollgitter, hob sich eine Schranke, schloss sich das Gitter wieder. Borys parkte den Wagen, stieg aus, sah sich um, dann schob er die hintere Tür auf, und die Mädchen gingen mit ihm und dem Fahrer zum Aufzug.

Es war ein beklemmender Moment, als sie alle im Aufzug standen, einem sauberen, neuen, nach Reinigungsmittel riechenden Aufzug, wie er in Hunderten, wenn nicht Hunderttausenden von Bürohäusern auf der ganzen Welt eingebaut war. Das Licht der hinter einer Blende montierten Leuchtstoffröhren verlieh den Gesichtern der Mädchen einen fahlen Ausdruck, er ähnelte dem der Büroangestellten, die am nächsten Morgen hinauf- und am Nachmittag wieder hinabfahren würden, nicht wissend, wer hier am Abend zuvor gewesen war, und ganz so wie diese Angestellten starrten die Mädchen einen Moment lang gleichgültig geradeaus, als sich die Schiebetür vor ihnen schloss.

Jelena rief: «Sechster Stock, Kantine, bitte!»

Da lösten sich die Gesichter aus ihrer Erstarrung, die Mädchen lachten, selbst Anna fand es komisch.

Borys lachte nicht. Er stand mit dem Fahrer an der Tür und trug immer noch seine Sonnenbrille. Vielleicht hatte er das in einem Film gesehen. Vielleicht war er sich irgendwann unsicher gewesen, wie er auszusehen hatte, und da hatte er den Fernseher eingeschaltet und festgestellt, dass alle großen Bösewichte böse Männer an ihrer Seite haben, die ihre Sonnenbrillen niemals abnehmen. Er zog einen Schlüssel hervor und steckte ihn in ein Schloss über der Aufzugkonsole. Ohne dass er eine Taste gedrückt hätte, setzte sich der Fahrstuhl in Bewegung.

Wie Jahreszahlen wechselten die Etagennummern auf der rot glimmenden Digitalanzeige, bis die Kabine mit einem sanften Ruck im obersten Stockwerk zum Stillstand kam und sich die Tür öffnete. Vor Anna lag ein großer, auf drei Seiten von einer Fensterfront umschlossener Raum. Sessel, Couchtische und Sofas standen darin, hier und da saßen Männer mittleren Alters. Einige unterhielten sich mit anderen Männern oder mit jungen Frauen, die enge, knappe Kleider trugen.

Als sie ausstiegen, nahm Borys die Sonnenbrille ab, und Anna fiel auf, dass er helle, wache Augen hatte. Er schaute sich suchend um, bis er einen Mann entdeckte, der am Rand stand und, obwohl schlank und mit einer schmalen, randlosen Brille auf der Nase, Borys im Hinblick auf Gesten und Haltung glich. Er gab ihm kurz und fest die Hand.

«Das ist Alex. Ein paar seiner Mädchen sind auch da», sagte Jelena. Und als Anna sie fragend anschaute, fügte sie leise hinzu: «Joint Venture.»

Die Penthouse-Party war in vollem Gange. Ein Buffet war aufgebaut, und zwei, drei junge Kellner mit Schürzen gingen zwischen den Tischen umher und servierten Champagner, Wein, Cocktails. Jemand in Jeans und mit einem Ohrring legte Platten auf. Elektronische Musik waberte im Raum, die Bässe ließen das Parkett kaum wahrnehmbar vibrieren, als arbeitete tief im Keller des Gebäudes ein Dampfhammer. Anna und Jelena waren vor dem Aufzug stehen geblieben, von wo aus eine breite Treppe drei Stufen hinab in den Raum führte.

«Sieh zu, dass du was isst», flüsterte Jelena, «und trink nicht zu viel, es lohnt sich nicht. Am nächsten Morgen hast du nur Kopfschmerzen und einen schlechten Geschmack im Mund und weißt nicht mehr, woher.»

Langsam gingen sie die Stufen hinunter. Einige der Männer wandten sich zu ihnen um, betrachteten sie verstohlen oder staunend, mit offenen Mündern.

«Am Anfang sind sie alle schüchtern», sagte Jelena noch, «da erzählen sie dir ihre Lebensgeschichte oder von ihrer

Arbeit oder sonst irgendwelchen Quatsch, zieren sich wie die Klosterschüler. Aber später wollen sie, dass du ihre Schwänze lutschst, bis sie wund sind. Such dir einen, der verheiratet ist, die machen's mit Kondom.»

Anna wusste, wen sie suchte. Sie suchte den einen, der bei jeder Party zu finden ist.

Es kam, wie Jelena es vorhergesagt hatte. Die Männer starrten sie an, ihre Blicke wanderten an ihr herauf, über die Beine, den Bauch, die Brüste bis hin zum Gesicht, und dann fühlten sie sich ertappt und sahen schnell wieder weg. Anna stand am Buffet, aß in Öl eingelegtes Gemüse, Anchovis und Fleisch mit einer fettigen, braunen Soße und schaute sich um.

Der Mann saß etwas abseits auf einer Couch. Vor ihm auf dem Tisch stand ein leeres Glas. Er war vielleicht Ende dreißig, und auch er hatte sie angestarrt. Aber nicht lange. Dann hatte er sich nach einem der jungen, herausgeputzten Kellner umgesehen, die auf einem Tablett Getränke anboten. Und als einer ihn übersah und mit seinem Tablett weiterging zu Jelena, die sich zu einem feisten Kerl im Leinensakko gesetzt hatte, da glaubte Anna in seinem Gesicht gleichzeitig Ärger, Ungeduld und Scham zu entdecken, Gefühlsregungen, die sich erst legten, als der Kellner ein weiteres Mal an ihm vorbeikam, stehen blieb, sich kurz zu ihm umdrehte und ihm ein volles Glas hinstellte. Anna ging auf den Kellner zu, nahm sich ein Glas und setzte sich neben den Mann auf die Couch.

Er trug einen hellen Anzug und ein weißes Hemd, hatte blondes, kurzgeschnittenes Haar und davon im Gegensatz zu manch anderem Herrn im Penthouse noch ziemlich viel. Ein paar Strähnen fielen ihm ins Gesicht, ob zufällig oder mit Absicht, war nicht ganz klar. Er hatte etwas Jungenhaftes an sich, das typische Äußere eines Mannes, der in der Mitte seines Lebens angekommen war, ohne es zu bemerken. Ihr fielen seine Augen auf: grau und schon etwas glasig. Sie hatte es nicht anders erwartet.

«Hallo», sagte sie und prostete ihm zu.

Er prostete zurück, leerte die Hälfte des Glases mit dem ersten Schluck und entspannte sich ein wenig. «Ich, also, ich bin der Peter», sagte er.

«Ich bin», sagte Anna und nippte an ihrem Glas, «Ruslana.»

«Ach», sagte er, und ihr entging nicht, dass er versuchte, die Wörter langsam und deutlich auszusprechen, damit sie nicht merkte, wie viele Gläser er an diesem Abend schon getrunken hatte, «wie die, die … also die ukrainische Sängerin?»

Anna nickte.

«Die den Grand Prix Eurovision gewonnen hat?», fragte er.

«Ja», sagte Anna.

«Wild dances oder so?»

Anna lächelte.

«‹Hey, hey!›, so ging das, oder? ‹Hey, hey!›» Er griff nach den Zigaretten, die vor ihm auf dem Glastisch lagen, zündete sich eine an, trank einen Schluck Sekt und musterte sie. «Tolles Kleid», sagte er dann.

Anna schaute sich um. Der Raum schien über die gesamte Breite des Gebäudes zu gehen. An der Seite, wo sich der Aufzug und der Zugang zum Treppenhaus befanden, zweigten zwei Flure ab. Der linke führte zur Küche, Garderobe und zu etwas, das wie ein Arbeitszimmer aussah. Kellner mit frisch bestückten Tabletts kamen von dort. Sie sah, wie Borys und Alex, ins Gespräch vertieft, in diese Richtung verschwanden. Der Flur rechts führte zu einer Reihe von Zimmern – sie hatte die weißen, geschlossenen Türen gesehen.

«Was feiert ihr hier?», fragte sie.

«Den Umsatz», antwortete er, «den scheißtollen Super-Umsatz.» Er trank den Sekt aus. «Die Top-Händler bekommen ab und zu eine Party spendiert. Im Herbst. Im Frühjahr gehen wir segeln. Da chartert die Company ein Segelschiff, und dann gehen all die wunderbaren Top-Händler segeln.»

«Und du bist ein wunderbarer Top-Händler?», fragte sie.

Der Kellner brachte zwei volle Gläser, der Mann auf der Couch murmelte einen Dank, dann zündete er sich eine neue Zigarette an, inhalierte und sah dem Rauch nach. Er habe ja mal was ganz anderes machen wollen, sagte er. «Du wirst es mir nicht glauben, aber wenn ich so zurückdenke, dann bin ich in das ganze Finanzdingsda nur reingerutscht, unschuldig reingerutscht, hatte halt beim ersten Deal gleich einen fetten Return.» Er hob seine Hände und betrachtete sie, als würden sie nicht zu ihm gehören. «Eigentlich wollte ich Musik studieren. Ja, echt, Musik, das ist etwas, was den Leuten Spaß macht, und nich' irgendwas, bei dem sie immer gleich dran denken, ob sich das steuerlich rechnet oder so. Musik.» Er sah sich um. «Wo ist der Return, verstehst du? Die immer gleiche Frage. Wo ist der Return?» Er trank einen Schluck. «Die haben mich nich' genommen.»

An der Stirnseite des Raumes, dort, wo es zu einer Terrasse hinausging, tanzten einige Gäste, tanzten zur Musik, die der DJ, der jetzt eine ähnliche Sonnenbrille wie Borys trug, auflegte. Der Mann auf der Couch blinzelte, trank sein Glas aus.

«Und was machst du so? Hast du studiert?»

Sie sah ihn an. Er rutschte unruhig auf der Couch hin und her.

«Astronomie.»

«Astronomie? Das ist ja was sehr Spezielles, ich meine, Interessantes, also, kann man denn damit etwas, ich meine, wo du herkommst, kann man denn dort was damit anfangen?»

«Nein», sagte sie und nahm ihn bei der Hand. «Lass uns tanzen.»

Die Musik war jetzt eine Mischung aus Achtziger-Jahre-Disco-Sequenzen, unterlegt mit einem stampfenden Bass. Jede Melodie, jeder Takt kam ihr bekannt vor, wie eine Erinnerung, die als Tonfolge wiederaufbereitet worden war. Der Mann, der Peter hieß, tanzte ungelenk, hatte Schwierigkeiten, dem Rhythmus zu folgen, wankte leicht. Andere Männer beobachteten ihn, grinsten. Jelena hatte sich dem Fettsack auf den Schoß gesetzt. Sie flüsterte ihm etwas ins Ohr, küsste ihn. Eines der Mädchen ging mit einem Mann auf die Terrasse, wie ein Paar, das ungestört sein will. Borys tauchte kurz aus dem Kabuff auf, und mit einer Zigarette im Mundwinkel und der Zufriedenheit eines Gemüsehändlers übersah er die Szenerie, bevor er wieder verschwand. Als der Mann, der Peter hieß, anfing, unter dem Johlen seiner Kollegen zu stolpern, zog Anna ihn mit sich an die Bar.

«Schluss mit dem Mädchenzeug», erklärte sie.

Sie tranken vier doppelte Wodka.

«Ihr sagt einem nie euren richtigen Namen, stimmt's, Ruslana?», sagte er.

Anna hob ihr Glas und prostete ihm zu, und er leerte seines in einem Zug. Seine Augen waren jetzt noch trüber, die Lider schwer, er versuchte, sich eine Zigarette am Filter anzuzünden.

«Mist», sagte er.

«Wir gehen raus?», schlug sie vor. «Dort rauchen. Es ist so schön.»

Sie lotste ihn an den wenigen verbliebenen Tänzern vorbei durch eine Glastür hinaus auf die Terrasse. Ein paar Blumenkübel standen dort. In einer Ecke fiel ihr ein schwach beleuchteter Glaszylinder auf: Eine Treppe führte ein Stockwerk tiefer.

Sie traten an die Brüstung und rauchten. In der Ferne erkannte sie die Kuppel des Reichstages, die Hochhäuser am Potsdamer Platz. Sirenengeheul drang zu ihnen herauf, zusammen mit dem gleichförmigen Gemisch aus Klängen, die vom Grund der Stadt in die Nacht aufstiegen.

Der Mann hielt sich mit einer Hand am Geländer fest, fuchtelte mit der anderen in der Luft herum. «Sorry, no stars», sagte er.

«Ja. Keine Sterne.»

Sie drängte sich an ihn, er legte seinen Arm um ihre Hüften, unschlüssig, ob er sie nun küssen sollte oder nicht.

«Vielleicht wir sollten jetzt gehen nach hinten, oder?»

«Ja», er blinzelte wieder, «sollten wir wohl, Ruslana.»

Die dritte Tür war unverschlossen. In dem Zimmer sah es aus wie in einem Hotel: ein großes Bett, zwei Nachttische, ein Bad, eine durchgehend verglaste Balkontür, durch die die nächtliche Stadt funkelte.

Er wollte das Licht anmachen, aber sie nahm seine Hand,

flüsterte: «Kein Licht!» Sie stieß ihn aufs Bett und legte sich auf ihn. Mechanisch fasste er nach ihren Brüsten. Sie öffnete seine Hose und musste eine Weile suchen, bis sie seinen auf halbmast stehenden Schwanz in der Hand hatte.

«Sorry», murmelte er.

Sie stand auf. «Warte. Ich mache frisch. Gleich zurück.»

«Sorry, no heaven», sagte er.

Sie ging ins Bad, wusch sich die Hände und wartete in der Dunkelheit. Dann öffnete sie die Tür einen Spalt und sah ihn reglos auf dem Bett liegen. Sie ging zu ihm, schubste ihn am Knie. Seine Augen blieben geschlossen. Er schnarchte nicht, aber sie hörte seinen gleichmäßigen Atem.

«Hey, hey», sagte sie.

Wieder im Bad, machte sie das Licht an, steckte sich einen Finger in den Hals und erbrach sich in die Toilette. Danach wusch sie ihr Gesicht mit kaltem Wasser, spülte sich den Mund aus, löschte das Licht und schlüpfte leise aus dem Zimmer.

Die Musik lief noch, aber der DJ war ebenso wie die Kellner gegangen. Eine Endlosschleife aus Rhythmus und Geräuschen, die sich manchmal zu einer Melodie zusammenzufinden schienen, hatte sich wie eine Decke auf den Raum gesenkt, als hätte jemand die Party mittels einer Fernsteuerung auf Autopilot gestellt. Eines der Mädchen lag lachend in einer schummrigen Ecke, wo zwei Männer sie bedrängten, jeder mit dem Bestreben, sie für sich zu gewinnen, als ob es für sie einen Unterschied machen würde. Anna sah zur Terrasse, dann zum Flur, der zum Aufzug führte. Borys war nicht zu sehen. Sie entschied sich für die Terrasse. Sie musste den gesamten Raum durchqueren, um dorthin zu gelangen, aber das war immer noch besser, als an dem Zimmer vorbeizugehen, in dem sie ihre Aufpasser vermutete. Als sie schon beinahe an der Glastür war, hörte sie von einem Sofa her einen unterdrückten Schrei und gleich darauf ein leises Wispern: «Anna, Anna!» Sie drehte sich um.

Der Fette kniete hinter Jelena, hatte ihren Rock hochgeschoben. Seine Augen waren geschlossen und sein Gesicht zu einer Grimasse der Anstrengung und Pein verzogen. Jelena kniete auf dem Sofa, Arme und Kopf hingen wie bei einer verwahrlosten Puppe über die Rückenlehne, und sie fluchte auf Russisch vor sich hin: «Du Fettsack, du hässliche Kröte, mach schon, mehr bringst du nicht? Streng dich gefälligst an, du Scheißkerl!» Aber als Anna an ihr vorbeischlich, hob sie kurz den Kopf, flüsterte, ohne dass der Mann, der sich an ihr zu schaffen machte, es bemerkte: «Nein, geh nicht!», und sah Anna an wie eine Ertrinkende, kurz bevor das Meer sie für immer zu sich nimmt. «Wo willst du denn hin?», rief sie. «Wohin willst du denn?»

Draußen strich ein warmer Wind über die leere Dachterrasse. Die Wolkendecke war aufgerissen, und am Himmel blinkten unruhig die Sterne. Sie drückte die Klinke: Die Tür zur Treppe im Glaszylinder war nicht verschlossen.

Leise lief sie die Stufen hinunter. Es roch nach Plastik, nach heißem Staub und Reinigungsmittel. Sie betrat einen großen Raum mit unzähligen, hintereinander aufgereihten Tischen, auf denen Computermonitore standen. Zahlen flirrten über die Bildschirme, zitternde Zeilen bauten sich eine nach der anderen auf, stockten manchmal, als müsste ein verborgenes Elektronengehirn innehalten, sich in die aktuelle Operation vertiefen und dann entscheiden, wie es weiterging.

Schnell huschte sie zwischen den Reihen hindurch. Sie dachte, dass sie allein wäre, doch sie irrte sich. Da war das Klappern einer Tastatur.

Am letzten Tisch vor dem Ausgang saß ein Mann. Eine Hand an der Maus, die andere auf der Tastatur, starrte er auf den Bildschirm. Er hatte sie nicht bemerkt, er trug Kopfhörer. Neben Tastatur und Bildschirm standen eine offene Flasche Rotwein, ein halbvolles Glas, ein Aschenbecher. Der Mann rauchte, und Anna sah, wie die Klimaanlage senkrecht über ihm den Qualm aufsaugte. War er auf der Party gewesen? Sie glaubte, sich an ihn zu erinnern, aber sie war sich nicht sicher. Vielleicht interessierte er sich nicht für Mädchen.

Im ersten Moment hatte sie geglaubt, der Mann würde noch arbeiten: wichtige Transaktionen, die nicht warten konnten, Termingeschäfte, globale Spekulationen, Gewinnmitnahmen in der Nacht. Doch er arbeitete nicht.

Als Anna hinter ihm stand, schlich er, sein Sturmgewehr im Anschlag, durch die Kanalisation einer zerstörten Stadt. Von ein paar wenigen verbliebenen Lampen kroch trübes Licht in die dunklen Gänge, von deren Wänden das verstrahlte Abwasser grünlich widerschien. Manchmal blieb er stehen. Ein schwacher Luftzug strich durch die Betonröhren. Er würde noch tiefer in die Gänge und Schächte vordringen müssen, wollte er finden, was er suchte, tiefer in das Reich der Ghuls, der von Radioaktivität irre gewordenen Zombies, die nur ein Verlangen hatten: ihn und seinesgleichen zu fressen. Vorsichtig, aufs äußerste gespannt, lugte er um die nächste Ecke. Zu spät. Schon ließen sich zwei von der Decke fallen, versuchte einer von ihnen, ihm die Halsschlagader durchzubeißen. Er schoss beinahe das ganze Magazin leer, bevor er die beiden erledigt hatte. «Hier, fresst Blei, fresst Blei!», rief er. Und als die Guhls dann leblos in der braunen Brühe trieben, die totenkopfgleichen Gesichter zu einer grausigen Fratze verzogen, rauchte er eine und trank einen Schluck Rotwein, bevor er nachlud und seinen Weg in die Dunkelheit fortsetzte.

Vor dem Aufzug zögerte Anna, entschied sich für das Treppenhaus. Sie zog die Schuhe aus, rannte die Stufen hinab, zählte die Etagen. Im zweiten Stock ging es nicht weiter. Sie stand vor einer verschlossenen Glastür, die mit einem kleinen grünen Kasten gesichert war: ALARMGESICHERT! NUR IM NOTFALL ÖFFNEN.

Sie drehte sich um, lief einen Flur entlang und gelangte auf eine Galerie. Die Beleuchtung war ausgeschaltet, nur schemenhaft erkannte sie im schwachen Licht der Notlampen die Ausmaße des Raumes. Vor ihr lag ein riesiger, überdachter Hof. Das Gebäude war offenbar viel größer, als sie angenommen hatte. Sie befand sich in einer Einkaufspassage. Von der Galerie führte eine Rolltreppe nach unten. Als sie sie betrat, lief der Motor surrend an, und sie fuhr in die erste Etage. Die nächste Rolltreppe entdeckte sie an der anderen Seite. Sie lief den langen Weg an dunklen Schaufenstern vorbei, die grauen Puppen wirkten im Zwielicht wie geisterhafte Beobachter ihrer Flucht. Endlich war sie im Erdgeschoss und erreichte die Eingangstüren. Sie waren verschlossen. Sie fand einen Nebeneingang, doch auch der ließ sich nicht öffnen. Nachdem sie mehrmals erfolglos an der Klinke gerüttelt hatte und gerade den kurzen Flur, der zum Nebeneingang führte, zurücklaufen wollte, um ihr Glück an einer anderen Tür zu versuchen, hörte sie Schritte. Sie hockte sich hin und spähte um die Ecke.

Er hatte seine Sonnenbrille abgenommen. Oben, auf der zweiten Ebene, stand Borys an der Brüstung und blickte suchend nach unten. Noch hatte er sie nicht entdeckt. Er bemerkte die laufende Rolltreppe, dann sah er hinab, nickte ganz leicht. Ohne Eile, als machte er einen Schaufensterbummel, ging er einmal ringsherum, bevor er die Rolltreppe betrat.

In dem kurzen, dunklen Flur hockte Anna sich vor die verschlossene Glastür. Draußen auf der Straße, unerreichbar fern, fuhr ab und zu, beinahe lautlos, ein Auto vorbei. Sie hörte die Schritte, untermalt vom Surren der Rolltreppen. Ab und zu blieb Borys stehen, als würde er lauschen. Wie weit war er noch entfernt? Wie viel Zeit würde ihr noch bleiben?

Sie hörte ein Piepen. Ein ganz leises Piepen hinter sich. Sie drehte sich um.

Mit offenem Mund glotzte ein Mann durch die Glastür. Vielleicht erkannte er sie nicht gleich, sie erkannte ihn sofort. Er sah immer noch ein wenig wie ein Busfahrer aus in seiner grau-blauen Uniform. Von seinem Gürtel baumelte der Elektroschocker, nach dem er jetzt mit einer Hand unsicher tastete. Sie legte einen Finger an die Lippen und deutete auf die Tür.

«Was haben Sie dadrinnen gemacht?», fragte der Wachmann, als sie im Wagen saßen.

Sie drehte sich um und sah durch das Heckfenster zurück zum Eingang des Einkaufszentrums. Niemand kam heraus, niemand folgte ihnen, als sie losfuhren. «Das ist lange Geschichte», antwortete sie.

«Na toll», sagte er, «ich kann meinen Job verlieren!»

«Jeder hat einmal einen großen Tag.»

Dunkel und wie schon seit Jahrzehnten verlassen stand das Haus am Ende der Straße. Kein Licht, kein davor abgestelltes Auto, nichts deutete darauf hin, dass es noch bewohnt war, sodass sie einen Moment lang Angst hatte, es könnte inzwischen tatsächlich für alle Zeit verlassen worden sein.

Sie setzte sich auf die Treppe vor der Tür. Obwohl sie fror, nickte sie zwischendurch immer wieder ein. Erst als es bereits dämmerte, klingelte sie.

Laska stand in der offenen Tür, sagte nichts, sah sie nur an. Er kam ihr älter vor, müder.

«Ich habe nachgedacht», sagte sie.

5

Das Erste, woran ich mich erinnere, ist die Straße. Ich sehe sie vor mir: Staubig und breit, wahrscheinlich viel breiter, als sie in Wirklichkeit war, wächst sie im Licht eines Sommernachmittags aus dem Dunst der Stadt und der Vergangenheit auf mich zu. Links und rechts ist sie gesäumt von niedrigen Gebäuden mit flachen, wellblechgedeckten Dächern – dem Farbengroßhandel, dem Baustofflager, dem Büromaschinenvertrieb und einem langgezogenen, dunklen Schuppen mit einer Rampe und einem breiten Vordach an einer Seite: Getränkemarkt und Fernfahrerspelunke zugleich. In meiner Erinnerung liegen diese Häuser verlassen da, die dort arbeiten, sind schon lange nach Hause gegangen oder noch gar nicht erschienen. Ich stehe mitten auf der Straße, als der Asphalt unter meinen Füßen zu beben beginnt und ich ein noch fernes, aber sich näherndes Brummen wahrnehme. Aus dem Dunst lösen sich die Silhouetten der Lkws, Zwanzigtonner, die mit einem dumpfen Dröhnen auf mich zurasen. Ich höre ihre Motoren, das Orgeln ihrer Signalhörner, das rhythmische Zischen der Pressluftbremsen. Kurz bevor sie mich erreichen, kurz bevor sie mich überrollen können, machen sie einen kleinen Schwenk, die Fahrer winken, rufen mir zu: «Hey, Yuri! Hey, Yuri! Wie geht's?», und fahren an mir vorbei. Ich aber bleibe stehen und warte darauf, dass sich der Staub legt und ich am flimmernden Horizont endlich die Gestalt meines Vaters erkenne.

Wir wohnten am Ende der Straße. Wir, meine Mutter, mein Vater, meine beiden Schwestern und ich, wohnten über dem Büro der Spedition, weil einer der Fahrer, ein ehemaliger Kollege meines Vaters, ein gutes Wort beim Spediteur eingelegt hatte, der sowieso nicht wusste, was er mit den Räumen über seinem verrauchten Büro sonst anfangen sollte. Für mich war die Spedition die größte der Welt. Die Lkws fuhren in ganz Europa herum, und ihre Fahrer erzählten mir von fremden Ländern und Städten, aus denen sie zurückkehrten, erzählten von den Abenteuern, die sie dort erlebt hatten.

Es muss das Jahr 1974 gewesen sein. Ich bin drei Jahre alt. Beim Grand Prix Eurovision de la Chanson hat Portugal den letzten Platz belegt. In einigen Wochen werden die Deutschen Fußballweltmeister sein. Portugal hat sich nicht für die WM qualifiziert. Deswegen sind wir Portugiesen in Deutschland jetzt alle Deutsche.

Der Lärm und der Staub haben sich gelegt, ich stehe auf der Straße meiner Kindheit und sehe zum Horizont. Endlich höre ich ein leises Tuckern, ein auf seine ganz eigene, typisch deutsche Art zuverlässiges Zweittakt-Knattern, und dann sehe ich meinen Vater, sehe ihn auf seinem Zündapp Mokick näher kommen, er kommt von der Tagschicht in der Kleisterfabrik, er winkt mir zu.

Ich blinzelte. Es war der 7. März im Jahr des Herrn 2011, ein Montag, der erste Tag jener Woche, die mein Leben für immer verändern sollte, und ich, Yuri Fernao Gouveia, stand zusammen mit meinem Kollegen Ernesto Cabral am Strand. Wir betrachteten einen Finger, einen einzelnen, grauen, aufgedunsenen Finger, den die mitleidslose Dünung des Atlantiks dummerweise in unseren Zuständigkeitsbereich geschwemmt hatte.

Es war erst neun Uhr morgens, doch am Strand hatten sich schon zahlreiche Touristen eingefunden, Männer und Frauen mittleren Alters, das heißt, sie waren in meinem Alter oder darüber. Einige von ihnen trugen weiße Bademäntel mit einem Monogramm auf der Brust – dem Logo eines Wellness-Resorts, dessen Bungalows beinahe bis an die Kante der roten Steilküste hinter dem schmalen Strand heranreichten. Sie standen hinter dem Absperrband, und manche hielten Handys oder kleine Digitalkameras bereit, unschlüssig, ob sie das «Ereignis» nun fotografieren sollten oder nicht. Vielleicht waren sie es auch deshalb, weil sie aus der Entfernung nicht genau erkennen konnten, worauf wir, Cabral und ich, da schauten.

Der Finger lag einfach so im Sand. Gefunden hatte ihn der Hotelangestellte, der jeden Morgen gegen sechs den Privatstrand säuberte und jetzt neben uns stand.

«Haben Sie ihn angefasst?», fragte ich.

Der Angestellte sah entsetzt auf. «Nein! Natürlich nicht.»

Cabral hockte sich hin, neigte seinen Kopf zur Seite und betrachtete den Finger mit der Ruhe eines Schmetterlingssammlers. «Haben Sie den Finger dort abgelegt?»

Der Angestellte riss die Augen noch weiter auf. «Aber – sind Sie … warum hätte ich das denn tun sollen?»

«Keine Ahnung», entgegnete Cabral, «sagen Sie's mir.»

«Ich habe ihn nicht dahin gelegt!» Der Angestellte schrie

jetzt fast. Die Hotelgäste hinter der Absperrung steckten die Köpfe zusammen. «Ich habe nichts damit zu tun!»

Cabral stand auf und legte ihm eine Hand auf die Schulter. «Ist ja gut. Wir müssen das fragen.» Er sah mich an. «Was meinst du?»

Mir fiel eigentlich nichts dazu ein. «Das ist nichts für uns», sagte ich, «das ist was für die PJ.»

Im Grunde genommen hatten Cabral und ich von Anfang an denselben Gedanken: den Finger möglichst schnell an die Polícia Judiciária loszuwerden, die Kriminalpolizei in Portimao mit ihren smarten Agenten und forensischen Spezialinstrumenten, ihren Supercomputern und Überwachungseinrichtungen, ihren untrüglichen chemisch-physikalischen Analysen und juristisch einwandfreien, aber psychologisch raffinierten Verhörmethoden.

Cabral kratzte sich im Nacken. «Das wird nicht einfach», murmelte er. Dann holte er sein Telefon heraus, hielt es sich ans Ohr und begann, den Strand auf und ab zu gehen. Ich konnte nicht verstehen, was er sagte, doch an seinem Gesichtsausdruck erkannte ich, dass wir den Finger noch eine Weile behalten würden. Er kam zurück, steckte das Telefon wieder ein. «Wie ich gesagt habe. Keine Leiche, also auch kein Mord. Wir sollen Fotos machen und den Finger mitnehmen.»

«Und dann?»

«Sie schicken jemanden, der ihn abholt.»

Ich starrte den Finger an. «Wann?»

«Wenn sie Zeit haben.»

«Und bis dahin?»

«Schauen wir uns um.»

Ich dachte nach. «Hunde?»

Er hielt mir das Diensttelefon hin. «Willst du unsere *tenenta* fragen, ob wir ihre geliebten Hunde bekommen?» Cabral grinste und richtete die Rückseite des Telefons, wo sich das Objektiv der eingebauten Kamera befand, auf den Finger. «Besorg dir besser eine Tüte», sagte er zu mir.

«Zu Befehl, Chef.»

Cabral ist schon beinahe dreißig Jahre im Polizeidienst bei der Guarda Nacional Republicana, länger als ich, aber genauso wie ich hatte er an irgendeiner Stelle den Aufstieg zum Offizier verpasst. Seit einem Jahr haben wir in der Kreisstadt, im Regionalkommando, als Tenente eine junge Frau, angeblich Jahrgangsbeste der Akademie, noch nicht einmal dreißig und eine Hundenärrin, die die ihr ebenfalls unterstellte Kläffer-Staffel hegt und pflegt, als gehörten die Tiere zu einer vom Aussterben bedrohten Art. Es war sehr unwahrscheinlich, dass sie die empfindlichen Nasen der Spürhunde wegen eines schon länger im Wasser treibenden Fingers ruinieren würde.

«Könnte ein Blutsbruder sein», sagte Cabral.

«Was meinst du damit?»

Er deutete auf den Finger. «Dunkle Haut. Wie ich. Ein entlaufener Sklave. Ein durchgebrannter Neger.»

Cabral kommt aus Angola. Er behauptet, Sohn einer afrikanischen Hausangestellten und eines portugiesischen Bankrotteurs zu sein. Vielleicht stimmt das sogar. Zumindest teilweise. Wie ich hat er sich eine Biographie zurechtgelegt, mit der es sich einigermaßen angenehm leben lässt.

«Vielleicht war er nur zu lange in der Sonne», fügte er noch hinzu.

«Woher weißt du, dass es ein Männerfinger ist?»

«Oder eben der einer Frau. Zu lange in der Sonne gewesen, Herzanfall, Ohnmacht, dann kam die Flut und nahm sie mit sich.»

Cabral sah zum einen Ende des Strandes, wo die Brandung gegen die scharfkantigen Klippen schlug, und nickte. Er wandte sich dem Hotelangestellten zu. «Haben Sie eine Tüte?»

Der Angestellte lief zu einem kleinen Wägelchen, mit dem er seine Reinigungsgerätschaften zum Strand befördert, und kam mit einer gelben Mülltüte zurück.

«Etwas groß», sagte ich, «aber es wird gehen.» Ich zog mir Gummihandschuhe über und steckte den Finger in die Tüte.

Der Hotelangestellte beobachtete das Ganze mit einem Ausdruck unterdrückten Ekels.

«Sind Sie immer der Erste am Strand?», fragte ich. «Oder gibt es Gäste, die morgens schon vor Ihnen hier sind?»

Er dachte einige Sekunden lang nach, bevor er sich räusperte. «Ja, gibt es.»

Cabral und ich traten mit ihm an den Rand der Absperrung, und ich sagte leise: «Wir gehen jetzt zu Ihrem Karren mit dem Krimskrams, und Sie erzählen uns, wer von den anderen hier üblicherweise vor Ihnen da ist, aber Sie sehen nicht hin, verstanden?»

Die Frauen und Männer in ihren Monogramm-Bademänteln schauten uns an: einige aus den Augenwinkeln, andere neugierig, ein paar Frauen im Alter zwischen vierzig und siebzig provokant. Die meisten Männer schienen zu überlegen, bei wem sie sich, worüber auch immer, beschweren könnten.

«Der Dicke vorne rechts kommt manchmal morgens hierher, spaziert zehn Meter den Strand entlang und geht dann schnell wieder zurück», berichtete der Hotelangestellte. «Die Frau mit den getönten, hochgesteckten Haaren da hinten, etwas abseits, die ist jeden Morgen schon vor mir da. Sie joggt den Strand entlang – in ihrem Alter, verstehen Sie mich nicht falsch, aber ich finde, es sieht komisch aus, wenn sie mit so einer Frisur und diesen Trainingssachen den Strand entlangrennt, als wäre sie noch ein junges Mädchen, aber na ja, so sind sie halt alle hier.»

«Wie sind sie alle hier?»

«Können nicht alt werden. Denken vielleicht, hier ist ein Jungbrunnen oder so was. Aber sie werden natürlich trotzdem alt, und hier ist nur das Meer.»

«Meine Damen und Herren», rief erst Cabral auf Englisch, dann ich auf Deutsch den Schaulustigen zu, «ist jemandem von Ihnen heute Morgen oder in den letzten Tagen hier am Strand etwas Ungewöhnliches aufgefallen?»

Niemand rührte sich.

Ich musterte die Frau mit den getönten, hochgesteckten Haaren, die keinen weißen Monogramm-Bademantel trug, sondern eine graue Jogginghose und ein leuchtend rosafarbenes Top. Ihre Haut war tiefbraun, ihr Bauch flach und faltig. Sie sah nicht schlecht aus für ihr Alter, irgendetwas jenseits der fünfzig. Im Gegensatz zu ihren Altersgenossinnen mied sie meinen Blick. Sie tat so, als würde sie das alles nicht interessieren, als wäre sie nur zufällig hier. Ab und zu sah sie die Steilküste hinauf zu den weißen Bungalows.

Der Hotelmanager kam und fragte, ob es das jetzt gewesen sei und der Strand wieder freigegeben werde.

«Wir brauchen eine Gästeliste», sagte Cabral.

«Ist das denn erlaubt?»

«Wir müssen feststellen, ob jemand fehlt. Sie wollen doch auch, dass Ihre Gäste wieder an den Strand können.»

Wenig später, im Büro des Hotelmanagers, gingen wir die Liste durch. Aber so, wie es aussah, fehlte niemand.

«Die Frau», sagte ich zu Cabral, als wir auf dem Weg zurück zum Wagen waren, «im rosa Top.»

«Ja», antwortete er, «die kommt aus Castrop-Rauxel. Kennst du das?»

«Nein.»

«Stammgast. Ist jedes Jahr vier Wochen hier.»

«Allein.»

«Allein», bestätigte Cabral.

Ich warf die Tüte hinten auf den Rücksitz, setzte mich hinter das Steuer, und wir fuhren los.

Die Tage unseres Postens sind gezählt. Das alte, weiß getünchte, einstöckige Haus mit seinem Eingangsportal, das zwei steinerne Meeresgötter samt Dreizack und Netz verzieren, werden sie wohl stehen lassen. Gebaut in den ersten Jahren nach dem großen Erdbeben von Lissabon, in dessen Folge ein Tsunami den Ort Sagres weggespült hatte, steht es unter Denkmalschutz und darf nicht einfach abgerissen werden. Angeblich hat das Fremdenverkehrsamt schon eine neue Verwendung dafür. Vielleicht machen sie einen Souvenirladen da hinein. Oder einen Golfshop.

«Westlichste Polizeistation Europas» steht auf einer kleinen Metallplatte rechts von der Eingangstür, was, wie Cabral immer wieder betont, gar nicht stimmen kann.

«Haben die auf Island vielleicht keine Polizei? Oder auf Madeira?» Allenfalls, so sagt er, sei es die «südwestlichste

Polizeistation auf dem europäischen Festland», was freilich nicht nur eine lange, sondern auch langweilige Bezeichnung sei. Besser wäre es gewesen, man hätte auf das Schild gleich «Der Posten am Ende der Welt» geschrieben.

Nach uns kommt nichts mehr. Oder zumindest nicht mehr sehr viel. Die Straße, die an unserem Posten vorbeiführt, endet nach sechs Kilometern vor dem Leuchtturm des Kap São Vicente am Atlantik. Einige tausend Kilometer weiter westlich liegt Amerika.

«Und Afrika?», sagt Cabral. «Bis nach Casablanca im Süden sind es nur drei-, vierhundert Kilometer.»

Ich glaube, keiner der Touristenführer, die in den Touristenbussen sitzen, die tagtäglich an unserer Polizeistation vorbeifahren, erzählt den Touristen viel von Afrika, wenn sie am Aussichtspunkt über der tosenden Brandung stehen. Sie erzählen von New York, von Heinrich dem Seefahrer, von Columbus, von den frühen Entdeckern, deren Schiffe dieses letzte, felsige Stück Heimat einst passiert hatten, bevor es am Horizont hinter ihnen verschwand und vor ihnen nur noch der unbekannte Ozean lag, von dem die Alten dachten, dass in seinen Tiefen gefräßige Ungeheuer hausen und sich an dessen Rand das Wasser in den Abgrund der Hölle ergießt.

Wir sind zu viert – Cabral, die dicke Eufemia, Da Silva, den alle Tritão (den Molch) nennen, und ich.

Eufemia hat die Figur einer bulgarischen Diskuswerferin, ihr feines, ja hübsches Gesicht bleibt, während sie im Dienst ist, unter dem Helm und hinter der dunklen, amerikanischen Pilotenbrille verborgen. Oft ist sie auf der Landstraße mit ihrem Motorrad unterwegs, um von den Touristen Bußgelder zu kassieren. Zu ihren bevorzugten Opfern zählen ältere Herren in Cabrios.

Mit Vergnügen malen Cabral und ich uns aus, wie Eufemia einen dieser eben noch fröhlichen grauhaarigen Männer anhält, vor ihm ihr Motorrad quer stellt, absteigt und dann langsam, mit ruhigem Schritt, eine Hand auf dem Pistolenhalfter, die andere wie einen Hammer neben sich schwingend, auf ihre Beute zugeht. Im Gegensatz zu Cabral spricht sie kein Englisch, hat aber für das Eintreiben der Bußgelder ein paar Wortgruppen auswendig gelernt: «Too fast» lautet eine, «now you will pay» eine andere.

Tritão verlässt den Posten so gut wie nie. Er sitzt vorne, gleich hinter dem Eingang und der Theke, an seinem Tisch, über eine uralte, von ihm jedoch sorgsam gepflegte IBM-PC-Tastatur gebeugt, die genauso wie er wenig Sonnenlicht gesehen hat, sodass ihr Gehäuse von einem hellen, klaren, in keiner Weise nachgedunkelten oder vergilbten Grau ist. Manchmal, im Sommer, wenn man aus dem gleißenden Mittagslicht in das schattige Innere des Hauses tritt, kann man Tritão in der Dunkelheit nicht gleich erkennen, aber man hört das unablässige Klappern und Klicken der Tastatur, das seine Anwesenheit verrät.

Außer dem großen Dienstraum mit der Theke und einem Schreibtisch gibt es im weißen Haus noch weitere Zimmer: rechts davon das Büro des Kommandanten Cabral, das wir stillschweigend zu unserem gemeinsamen Aufenthaltsraum umfunktioniert haben, sowie ein Zimmer, das wir als Warteraum oder für die seltenen Verhöre nutzen. Und links vom Dienstraum, neben der Toilette, haben wir eine Arrestzelle, die schon vor Jahren ihren letzten Verdächtigen gesehen hat.

Schon seit längerem lautet die Anweisung des Regionalkommandos, alle Verdächtigen in die Kreisstadt zu bringen.

Und seit drei Jahren ist der Posten auch nicht mehr rund um die Uhr besetzt. Unter der Woche schließen wir wie ein Lebensmittelladen um acht Uhr abends. Wer dann noch etwas will, muss nach Vila do Bispo fahren. Nur noch an den Wochenenden haben wir durchgehend Dienst – allerdings schläft Tritão, seitdem ihn seine Frau zu Hause rausgeschmissen hat, was jetzt schon eine Dekade her sein muss, auch die Woche über in der Polizeistation. Früher haben wir nachts Anrufe von ihm bekommen, Anrufe, die bei ihm eingegangen und von ihm weitergeleitet worden sind, da er ja, offiziell, gar nicht im Posten war und ihn deshalb auch nicht verlassen konnte. Dann hörten wir seine rauchige Stimme, in der immer Ironie und Pessimismus mitschwangen, quälten uns schlaftrunken aus unseren jeweiligen Betten und versuchten, der Sache nachzugehen, von der er uns inoffiziell berichtet hatte.

Doch jetzt gibt es keine Anrufe mehr. Die Nummer des Postens ist aus dem Telefonverzeichnis verschwunden. Wer den Notruf wählt, wird zu der neuen, viel größeren Polizeistation in der Kreisstadt umgeleitet. Sind wir in der Nähe von irgendetwas, rufen uns die Kollegen auf unseren Mobiltelefonen an. So steht das alte grüne Telefon mit dem eingestaubten schwarzen Tastenfeld unbenutzt und stumm auf Tritãos Schreibtisch – ein weiteres Relikt in einer Reihe musealer Gegenstände, mit denen er sich gerne umgibt. Einzig seinen alten Computer musste er zwischenzeitlich aufgeben, als der gegen einen neueren, schnelleren ersetzt wurde. Die Tastatur ist ihm geblieben.

Jener Montag schien der ganz gewöhnliche Anfang einer gewöhnlichen Woche zu sein, die vorübergehen würde wie alle vorangegangenen Wochen auch. Die meiste Zeit saßen wir entweder im Auto oder in der Polizeistation und warteten ab. Wir warteten ab, dass jemand zu schnell an uns vorbeifuhr, dass jemand aus dem hellen Licht des Tages in die dunkle Kühle unseres Postens flüchtete. Mit denen aus Vila do Bispo hatten wir uns das Gebiet aufgeteilt – sie übernahmen alles, was sich nördlich der Nationalstraße nach Lagos ereignete, wir alles südlich davon. Mit zwei Sargentos, das wusste jeder, waren wir eigentlich überbesetzt. Dass sie uns beide einsetzten, hatte auch damit zu tun, dass Cabral Englisch sprach und ich Deutsch und die Strände und die meisten Hotelanlagen in unserem Gebiet lagen. Die Straße teilten wir uns. An den Feiertagen oder zu Ferienzeiten gab es regelmäßig Großeinsätze, dann standen wir alle auf dem Asphalt, über dem im Sommer die Luft von der Hitze und den Abgasen flirrte, und kontrollierten. Aber meistens waren nur Eufemia und einer aus Vila auf Patrouille.

Als wir am späten Vormittag vor dem weißen Haus eintrafen, hörten wir bereits von draußen das einsame Klappern der fünfundzwanzig Jahre alten Plastiktasten. Tritão begrüßte uns mit einem Glucksen, einer Art amphibischem Lachen. Er sah auf, unterbrach für einige Sekunden die Arbeit und legte uns einen Computerausdruck auf die Theke.

«Die sollen jetzt bei uns unterwegs sein. Haben vergangene Woche eine Tankstelle bei Alfambra überfallen.»

Mechanisch griff ich nach dem Blatt Papier.

Es ist merkwürdig, wenn ich jetzt daran zurückdenke: In der Hand hielt ich die Tüte mit dem Finger, und vor mir lag der Steckbrief mit den Fahndungsfotos zweier junger Männer, die ich noch nie in meinem Leben gesehen hatte –

Maurizio Sepa, genannt «der Wilde», und Abel Campos. Maurizio grinste und sah dadurch wilder aus, als er es möglicherweise war. Abel Campos' Gesicht hingegen schien mir vollkommen leer und hatte gerade dadurch etwas Bedrohliches.

Was das eine mit dem anderen zu tun haben könnte, ahnte ich nicht.

Ich wohnte damals in einer Apartmentanlage nordwestlich von Luz, und das war nicht mehr unser Zuständigkeitsbereich. Von meinem Balkon aus konnte ich die Straße sehen, aber das Meer wurde von einem Hügelgrat und den Apartments davor verdeckt. In der Nacht, wenn ich die Klimaanlage nicht eingeschaltet hatte, hörte ich manchmal im Halbschlaf die Lastwagen über die Straße rumpeln, und dann sackte ich wieder zurück in das Dickicht meiner Träume, in denen die Lastwagen auf die Spedition und unser Haus in Deutschland zurollten. Die Träume waren wiederkehrend, aber variierten untereinander, obwohl ich mich an die meisten gar nicht recht erinnern konnte. Immer wenn ich aufwachte, waren da nur Fetzen, Nebelschwaden, die in der Routine des Tages zerstoben.

Einen Traum kannte ich aus meiner Kindheit: Ich stehe allein auf dem leeren Parkplatz der Spedition und weiß, gleich kommt der dunkle Laster. Der dunkle Laster ist groß und laut und nicht einfach schwarz lackiert. Er ist richtig dunkel, als würde er aus Dunkler Materie bestehen. Ich fürchte mich. Außer mir auf dem Asphalt ist niemand da. Am Ende des Traums, kurz bevor ich aufwachen sollte, sah ich als kleiner Junge dann immer den dunklen Laster am anderen Ende der Straße, nahe am Horizont, doch inzwischen schien er mir um einiges näher gekommen. Es war beunruhigend: Ich war beinahe vierzig, und plötzlich suchten mich diese Träume wieder heim.

«Das kommt daher, dass jetzt bald Halbzeit ist», sagte Cabral. «Noch ein paar Wochen, und die Hälfte ist rum, statistisch gesehen.»

«Vielleicht kann ich der Statistik ja ein Schnippchen schlagen.»

«Der Statistik schon.»

«Du hast die Mitte schon hinter dir.»

«Ja, aber mir macht es weniger aus. Ich habe Angelica und die Kinder. Ich habe den Grundstock zu einem wunderschönen Verrücktenclan gelegt, ein Buschmann und eine abergläubische Katholikin, das garantiert mir gleichermaßen Paradies und heidnische Ahnenverehrung durch alle meine süßen, kleinen abergläubischen Nachkommen.»

«Wieso meinst du, dass du ins Paradies kommst?»

«Stimmt. Wieso eigentlich? Andererseits bin ich mir ziemlich sicher, dass ich nicht in die Hölle komme. Wahrscheinlich werde ich wieder irgendwo dazwischen enden, unterbezahlt, unbeachtet, ohne Aussicht auf Beförderung.» Er seufzte. «Du solltest dir auch eine Familie zulegen.» Das sagte Cabral häufig.

Und ich antwortete ebenso häufig: «Ich liebe meine Freiheit.»

«Die ist vielleicht nicht genug. Schau dir Tritão an, der hat beides verloren.» Aber wie oder warum Tritão Freiheit und Familie verloren hatte, sagte Cabral nicht.

Am Abend sah ich sie zum ersten Mal im Supermarkt. Er lag an jener Ecke, an der die Nationalstraße die Straße kreuzte, die hinauf zu meiner Apartmentanlage führte. Der Supermarkt ist Teil eines kleinen Einkaufszentrums von der Sorte, die bis um Mitternacht aufhat. Ich kam vom Spätdienst, stieß mit dem Einkaufswagen irgendetwas um, als ich sie sah. Eine Packung Müsli oder Cracker.

Sie war allein. Ich folgte ihr unbemerkt über zwei, drei Warengänge. Dabei kam ich mir albern vor, aber irgendwie wusste ich, dass ich nicht anders konnte. Sie suchte etwas, wenn auch keinen Alkohol. Vor einem Regal blieb sie stehen, stemmte die Hände in die Hüften und runzelte die Stirn.

Am nächsten Morgen erwartete mich Cabral im Büro.

«Der Hotelangestellte hat angerufen.»

«Welcher?»

«Der den Strand sauber macht.»

«Und?»

«Hat was gefunden.»

«Noch einen Finger?»

«Nein. Er wollte nicht sagen, was.»

«Drogen?»

«Wenn wir Glück haben.»

Wir hatten kein Glück. Auf den ersten Blick sah es eher so aus, als wollte sich der Angestellte nur wichtigtun.

«Vielleicht ist das ja wichtig», sagte er, nachdem er uns einen halben Kilometer den Strand entlang zu einer Stelle geführt hatte, wo der Sand vor einer schmalen, tief in den Fels geschnittenen Spalte aufhörte. «Schon komisch, aber an manchen Tagen ist es so, als ob das Meer hier den Müll der ganzen Welt anschwemmt.» Strömung und Wind hatten allerlei Unrat in die winzige Bucht gedrückt: leere Fünf-Liter-Plastikkanister, Styroporverpackungen, Getränkedosen. «Und dann muss ich das wegmachen», fügte er hinzu. «Ich hab hier schon Bierdosen aus Amerika gefunden.»

«Bierdosen aus Amerika.»

«Ja, eine Marke aus Colorado. Die gibt's hier nicht.»

«Colorado liegt nicht am Meer», sagte Cabral.

«Vielleicht hat sich ein reicher Kerl aus Colorado sein Bier einfliegen lassen», sagte ich und schaute die Klippe hoch, «hier gibt's eine Menge reicher Kerle.»

Der Angestellte sah mich beleidigt an. «Ja, ja, spotten Sie nur. Aber so was hier, das gibt's nicht alle Tage.»

Am Ende der Spalte wippte ein schwarzer Schalenkoffer im Wasser. Ich balancierte über die Felsen und schaffte es, das Ding herauszuziehen, ohne auf den glitschigen Steinen auszurutschen.

Er war leer. Auf seiner Reise war er irgendwann aufgegangen und hatte seinen Inhalt im Meer verstreut. Nur die Hülle hatte die Überfahrt geschafft.

Cabral hockte sich neben mich auf die Felsen und untersuchte das Innere des Koffers. In einem Seitenfach des Innenfutters, das vielleicht einmal dazu gedient hatte, Socken, Unterhosen oder Krawatten aufzunehmen, wurde er fündig.

Das Seewasser hatte die Fotografie ausgebleicht, kaum konnten wir noch etwas darauf erkennen: Zwei Gestalten, eine kleine und eine etwas größere, standen vor einem niedrigen Haus mit Flachdach und schienen dem Betrachter zuzuwinken. Neben dem Haus wuchs eine Palme. Es war, als ob uns zwei Geister grüßten.

Die Joggerin trug diesmal kein rosafarbenes Top. Sie saß im Diät-Restaurant des Resorts und hatte ein ockerfarbenes Leinenkleid an, das zugleich schlicht und teuer aussah. Mir war gleich klar, dass sie uns erwartet hatte. Sie wirkte nicht wie jemand, den man überraschen konnte.

«Wir müssen Ihnen noch ein paar Fragen stellen», sagte ich auf Deutsch, «reine Routine.»

«Ich verstehe», sagte sie auf Portugiesisch.

«Sie sprechen Portugiesisch?»

«Ja. Sie sprechen Deutsch?»

«Sind Sie öfter in Portugal?»

«Mindestens zweimal im Jahr. Seit 1978. Wo haben Sie Deutsch gelernt?»

«In Deutschland. Sie sind immer sehr früh am Strand, oder?»

«Ja.»

«Ich muss Sie das noch einmal fragen: Ist Ihnen bei Ihren morgendlichen Spaziergängen etwas Ungewöhnliches aufgefallen?»

Schräg hinter mir saß mit verschränkten Armen Cabral, und neben Cabral stand der Koffer, hochkant, sodass er seinen Ellenbogen wie auf einer Lehne darauf ablegen konnte.

«Manchmal vergisst man etwas», brummte er, «und dann fällt es einem erst später wieder ein.»

«Nein», sagte sie und schüttelte den Kopf. «Ihre Eltern sind wegen der Arbeit nach Deutschland gegangen, stimmt's?»

Ich ignorierte die Frage. «Was machen Sie beruflich?»

«Nichts.»

«Nichts?»

«Ich habe mal Versicherungskauffrau gelernt, aber das

muss in einem anderen Leben gewesen sein. Wenn mein Mann noch da wäre, könnten Sie ihn danach fragen, aber er ist nicht mehr da.»

«Was ist mit Ihrem Mann?»

«Er ist tot.»

Wir erfuhren wenig mehr von ihr, als dass sie von ihrem Mann Geld geerbt und keine Kinder hatte. Sie war seine zweite Frau gewesen, sonst hätte sie jetzt noch mehr Geld, gab sie zu.

«Aber warum wollen Sie das alles wissen?»

«Warum erzählen Sie es uns überhaupt», fragte ich zurück, «wenn Sie doch nichts mit dem Finger zu tun haben?»

«Vielleicht langweile ich mich. Vielleicht unterhalte ich mich ganz gerne mit attraktiven jungen Polizisten.»

Sie lächelte, und es sollte wohl wie eine freundliche Einladung aussehen, wirkte aber seltsam vulgär. Fast hätte ich zu ihr gesagt, ich sei gar nicht mehr so jung. Aber ich klappte mein Notizbuch zu, stand auf, und wir verabschiedeten uns.

«Sie weiß etwas», sagte ich im Wagen. «Sie verbirgt etwas.»

«Meinen Sie, Mr. Holmes?» Cabral nahm seine Mütze ab und strich sich über seine braune, glänzende Halbglatze. Dann zupfte er sich an seinem dünnen schwarzen Bärtchen, bevor er seine Hände über seinem Bauch faltete, seufzte und ein nachdenkliches Gesicht machte.

«Sie haben recht, Watson», entgegnete ich und drehte den Zündschlüssel. «Ich würde sogar sagen, dass sie weiß, dass wir wissen, dass sie etwas weiß.»

«Das hätte Tritão sagen können.»

Als wir ins weiße Haus kamen, wuchtete Tritão gerade einen kleinen, würfelförmigen braunen Kühlschrank von der Art, wie man sie in Hotelzimmern vorfinden kann, auf den bereits vorhandenen. Ich hatte ihn selten bei körperlicher Betätigung gesehen, aber die Sache war ihm offensichtlich wichtig. Am Vorabend hatte er den Finger in eine zweite Beweismitteltüte gesteckt und diese dann in eine Alubox gelegt, aber das hatte sein Unbehagen angesichts der unmittelbaren Nachbarschaft von Finger und Joghurt nur unzureichend gedämpft. Der zweite Kühlschrank war die Lösung.

«Was ist mit der PJ? Wollten die den Finger nicht abholen?»

Tritão grinste verdrießlich. «Die wissen plötzlich nicht mehr, ob sie überhaupt für den Finger zuständig sind. Ich hab noch mal angerufen. Wir sollen erst mal Hinweise beschaffen, dass es sich um ein Kapitalverbrechen handelt. Sollte sich hingegen einer von der Müllabfuhr den Finger abgehackt haben, um bei der Versicherung zu kassieren, sei das unser Fall.»

«Was soll das denn?»

«Einsparungen. So eine Fingeruntersuchung kostet Geld. Hast du in letzter Zeit mal Nachrichten geschaut? Wir sind pleite.»

«Wir?»

«Wir alle.»

«Soll ich dir was borgen?»

«Wir haben über unsere Verhältnisse gelebt.»

«Ich nicht.»

«Doch. Du hast Frauen gehabt, Yuri, und Frauen kosten Geld.»

Cabral begann, ungeduldig zu werden. «Sie holen den Finger also nicht ab?»

«Sie warten darauf, dass wir ihn von ihnen abholen lassen.»

«Wo ist denn da der Unterschied?»

«Dass wir das dann bezahlen müssen.»

«Was hast du gemacht?», wollte Cabral von Tritão wissen.

«Das Problem an höhere Stellen weitergeleitet.»

Probleme, die Tritão an «höhere Stellen» weiterleitete, wurden wahrscheinlich nie gelöst, tauchten aber auch nie wieder auf seinem Schreibtisch auf. Bisher zumindest.

Nach dem Dienst, als ich Wasser und ein Bier im Supermarkt kaufte, sah ich sie wieder. Ich richtete es so ein, dass ich an der Kasse hinter ihr stand. Ich betrachtete sie – ihr Haar, ihren Rücken, auch, na ja, ihren Hintern –, und ich schloss kurz die Augen, um etwas von ihrem Geruch aufzuschnappen. Es ist merkwürdig und dabei doch ganz normal, dass Menschen, wenn man sie nur lange genug anstarrt, spüren, dass man sie anstarrt, und sich dann umdrehen. Sie drehte sich um und sah mich in der Uniform, und ich merkte, dass sie erschrak, aber schon lächelte sie, wie um ihr Erschrecken zu überspielen. Ich war das gewohnt. Auch Menschen, die gar nichts zu verbergen haben, erschrecken, wenn sie einen Polizisten sehen, und überlegen vielleicht, ob sie nicht doch etwas zu verbergen haben.

Sie hatte Weißbrot, Käse, Wasser und einen recht teuren Wein in ihrem Einkaufswagen, und die Kassiererin, der sie einen Hundert-Euro-Schein gegeben hatte, fragte sie nach einem Fünfzig-Cent-Stück, wegen des Wechselgeldes, was sie nicht verstand. Ich sagte auf Englisch zu ihr, dass die

Kassiererin gerne fünfzig Cent hätte, und als sie auch darauf nicht antwortete, sondern mich nur ansah, sagte ich das Gleiche noch einmal auf Deutsch.

«Ach so», sagte sie, kramte in ihrer Handtasche nach dem Geld und legte es der Kassiererin hin, und nachdem sie das Wechselgeld eingesteckt und den Einkaufswagen an der Kasse vorbeigeschoben hatte, drehte sie sich noch einmal um und sagte: «Vielen Dank.»

Ich sah ihr nach.

«Vier zwanzig», sagte die Verkäuferin.

Am Mittwoch hatte ich frei, und ich ging in das kleine Einkaufszentrum zum Friseur. Ich mochte den Friseur nicht sonderlich, war aber zu faul, mir einen anderen zu suchen.

Die Kunden des Friseurs waren hauptsächlich Touristen, deswegen hatte er in seinem Salon ausländische Zeitschriften liegen, vor allem englischsprachige, und weil er mich immer warten ließ, las ich meistens darin. Wahrscheinlich war das sogar der eigentliche Grund dafür, dass ich den Friseur noch nicht gewechselt hatte. Ich mochte diese Zeitschriften. Die Bilder und Artikel in fremder Sprache gefielen mir besser als fernsehen; das Fernsehen war dabei, für mich zu einer Art Drogenversion der Wirklichkeit zu werden. In den Magazinen konnte ich die Bilder lange anschauen, konnte versuchen, das, was ich sah und darüber las, mit dem, was ich dachte, zusammenzubringen. Natürlich gab es auch Schundhefte bei meinem Friseur. Regelmäßig lag dort die neueste Ausgabe einer deutschen Fernsehillustrierten, die ich bereits aus meiner Kindheit kannte. Ihre Titelseite sah immer noch genauso aus wie dreißig Jahre zuvor, als meine

Mutter einem abgerissenen Mann – «einem Sträfling», wie sie meinem Vater später halb trotzig, halb entschuldigend gestand – die Tür geöffnet hatte und Abonnentin dieser Zeitschrift geworden war. Obwohl wir damals gar keinen Fernseher hatten. Der alte war kaputtgegangen, aber weil mein Vater es sich in den Kopf gesetzt hatte, nichts unversucht zu lassen, um ihn zu reparieren, schraubte er wochenlang in unserem Wohnzimmer daran herum. Die Innereien des Geräts hatten sich über den Couchtisch auf den Boden ergossen, und es sah nicht so aus, als ob jemand es wieder würde zum Leben erwecken können. Meine Mutter saß auf dem Sofa und las die Fernsehzeitschrift.

«Jetzt kommen ‹Die Leute von der Shilo Ranch›», sagte sie.

«Na und?»

«Die sind vielleicht ganz nett, die Leute von der Shilo Ranch.»

«Ein paar amerikanische Kuhhirten, was soll's.»

Eine Zeitlang war das Fernsehen für uns die Welt, die sein könnte, ein unbekanntes Land der Imagination, das wir nur vom Hörensagen kannten. Wir schauten uns die Fernsehzeitschrift an und stellten uns die darin angekündigten Filme, amerikanischen Fernsehserien, Krimifolgen und Quiz-Shows vor. Bis mein Vater das Reparieren aufgab und einen gebrauchten, aber funktionierenden Fernseher kaufte.

Ein älterer Herr in karierten Golfshorts betrat den Laden, und der Friseur sah ihn an, sah mich an, und dann teilte er mir mit, dass ich noch ein Weilchen warten müsse. Ich griff mir eine der Illustrierten, ein amerikanisches Magazin, das wie die meisten anderen Magazine, die dort herumlagen, schon etwas älter war, und blätterte darin. Die Neuigkeiten waren längst Vergangenheit, und das war vielleicht das Beste daran. Es war, wie wenn man ein weit entferntes Gestirn betrachtete. Was man sah, war Geschichte.

In einem Artikel ging es um einen Preis, den ein Fotograf für ein bestimmtes Foto bekommen hatte: Es war an einem Strand auf Teneriffa aufgenommen worden und zeigte ein paar Touristen, die mit ratlosen (oder auch entsetzten) Mienen irgendetwas beobachteten, das sich außerhalb des Bildes, draußen auf dem Ozean, ereignete. Im Vordergrund sah man eine Frau im grünen Bikini, die einem mit einer roten Sporthose bekleideten Schwarzen aus einer «Volvic Lemon»-Flasche zu trinken gab. Er hockte neben ihr im Sand, jemand hatte ihm eine graue Decke über die Schultern gelegt. Sein Blick war leer, und er war so dünn, dass man unmöglich sagen konnte, ob er noch ein halbes Kind oder schon ein alter Mann war. Wahrscheinlich war es das erste Mal, dass er Volvic Lemon trank. Er hatte sich als einer der Wenigen von einem Boot aus Nordafrika retten können, das vor dem Strand gekentert und untergegangen war. Lange starrte ich auf dieses Foto, dann legte ich das Magazin auf das niedrige Tischchen und stand auf.

«Na, geht's dem Herrn mal wieder nicht schnell genug?», rief mir der Friseur spitz hinterher, als ich den Salon eilig und ohne einen neuen Haarschnitt verließ.

Wir saßen zwischen Agaven und Feigenbäumen unter einer hochgewachsenen, alten Pinie und hörten das Flattern der Fledermäuse, die jetzt, in der Dunkelheit, über unseren Köpfen auf Jagd gingen. Oben, zwischen den Ästen des Baumes und etwas unterhalb davon, konnte ich die Milchstraße sehen. Ich nahm das Fernglas und streifte damit über den Himmel. Die Nacht war klar und kühl, wie es schon der Tag gewesen war, und im Feldstecher zeigte sich das Licht Tausender von Welten. Das hatte ich seit Jahren nicht mehr getan.

«Was machst du da?», flüsterte Cabral.

«Sterne.»

«Wir sind nicht wegen der Sterne hier.»

«Sie scheinen ja auch nicht für uns.»

Ich gab ihm das Fernglas, und er richtete es wieder auf den Bungalow. Innen brannte noch Licht.

«Und?», fragte ich.

«Du hast Instinkt. Du solltest es doch noch einmal bei der Kriminalpolizei versuchen.»

«Die haben meinen letzten Antrag abgelehnt.»

«Hast du einen gestellt?»

«Die Aufnahmeprüfung ist zu schwer. Ich bin nicht schlau genug.»

«Blödsinn», sagte Cabral, ohne das Fernglas von den Augen zu nehmen. «Sie hätte das Licht nicht anmachen dürfen», sagte er.

«Sollen wir es jetzt gleich hinter uns bringen?»

«Nein. Diese Nacht sollen sie noch haben. Samt deinen blöden Sternen.»

Am nächsten Morgen warteten wir in unserem Wagen vor der Einfahrt des Resorts darauf, dass die Sonne aufging und der Hotelangestellte, der den Finger gefunden hatte, uns das Tor aufsperrte. Wir hatten uns an einer Tankstelle zwei Galão geholt und tranken den Kaffee in kleinen Schlucken. Dabei starrten wir Richtung Osten und beobachteten, wie der schmale rote Streifen über dem Horizont langsam breiter wurde.

«Da ist noch einer von deinen blöden Sternen», sagte Cabral.

«Das ist kein Stern.»

«Sondern?»

«Die Venus. Ein Planet.»

Für einen kurzen Moment war ich wieder der neunmalkluge Junge, der Zehnjährige, der die Erwachsenen belehrt. «Er weiß alles über die Sterne und das Universum und so», hatte mein Vater unseren Verwandten erklärt. «Wenn er groß ist, will er Kosmonaut werden.»

«Astronaut.»

«Wo ist denn da der Unterschied?»

«Die Venus leuchtet nicht aus eigener Kraft, sondern reflektiert das Licht der Sonne. Sie kreist um die Sonne. So wie wir.»

«Aha.» Cabral seufzte. «So wie wir.»

Das elektrische Tor öffnete sich. Wir tranken den Kaffee aus. Ich startete den Motor, und wir rollten langsam durch die Einfahrt. Cabral ließ die Scheibe an seiner Seite herunter, nickte dem Angestellten zu und legte einen Finger an die Lippen, der Mann nickte ebenfalls. Im Schritttempo fuhren wir ein Stück weiter und stellten den Wagen neben einem niedrigen Gebäude ab, das wohl als Wäscherei diente. Dort stiegen wir aus, um den Rest zu Fuß zu gehen.

«Was hast du dem Angestellten versprochen?», wollte ich wissen.

«Dass sein Sohn mal bei uns im Wagen mitfahren darf.»

«Bei *dir* im Wagen.»

«Der Junge will Polizist werden.»

«Toller Beruf.»

«Was wolltest du als Kind werden?»

«Was anderes.»

Diesmal erwartete sie uns nicht. Sie trug wieder ihre Laufkleidung – graue Hose und rosa Top. Offenbar war sie spät dran.

«Erlauben Sie bitte, dass wir reinkommen, wir müssen uns mit Ihnen unterhalten», sagte Cabral leise.

«Es passt gerade nicht.»

«Machen Sie es bitte nicht schlimmer, als es ist.»

«Nein! Ich erlaube nicht, dass die Polizei hier hereinkommt!» Sie sagte das sehr laut, beinahe schrie sie. Nicht wütend, nicht verängstigt, nur eben so laut, dass man es auch im Nachbarzimmer hören konnte.

«Verdammt», sagte ich, schob sie zur Seite und ging hinein.

Er stand im Flur. Er hatte wohl gerade geduscht. Ich bin mir nicht sicher, ob er Unterhosen trug, vielleicht schon. Auf jeden Fall trug er den schneeweißen, flauschigen Bademantel des Resorts, dessen Ärmel ihm zu kurz waren. Er war schlank und groß, und wegen seiner schwarzen Hautfarbe wirkte er im morgendlichen Zwielicht des Flurs, der Wohnraum, Bade- und Schlafzimmer verband, beinahe unsichtbar. Es sah so aus, als würde der Bademantel schweben. Eine Sekunde lang schien er überrascht, vielleicht hatte er die Frau nicht gehört, oder er hatte nicht verstanden, was sie gerufen hatte. Aber in der nächsten Sekunde war er es nicht mehr. Er drehte sich um und rannte ins Schlafzimmer, und ich rannte ihm hinterher, verwundert, dass er ins Schlafzimmer rannte. Es hatte eine Verbindungstür zum

Wohnraum, aber dort wartete Cabral. Sonst gab es nur ein großes Fenster. Der Mann schien das alles zu wissen. Er schien nicht das erste Mal auf der Flucht zu sein. Mit einer einzigen geschmeidigen Bewegung riss er das nur angelehnte Fenster auf und sprang hinaus. Dabei stützte er sich nicht auf dem Fensterrahmen ab, sondern sprang einfach darüber, ohne irgendetwas zu berühren, wie ein Hürdenläufer.

Ich rannte zurück, vorbei an Cabral und der Frau, die jetzt wütend schrie: «Was wisst ihr schon? Was wisst ihr schon? Ihr habt ja keine Ahnung!»

Damit hatte sie wahrscheinlich recht.

Ich versuchte, ihm den Weg abzuschneiden, aber er hatte die Stelle, an der der Pfad zum Bungalow und der Hauptweg sich kreuzten, schon hinter sich gelassen. Ich sah ihn Richtung Tor rennen. Ich rannte hinterher, ohne ihn einzuholen. Neben dem Tor stand ein Zimmermädchen, und ich wollte ihr etwas zurufen, aber ich hatte nicht genügend Luft dafür. Als ich durch das Tor lief, war er mir schon über hundert Meter voraus, und ich gab auf. Keuchend stand ich auf der Straße und sah ihm nach. Anfangs war seine Flucht wie die eines aufgescheuchten Tieres gewesen – panisch und schnell. Doch nun sah ich ihn die Straße hinunterlaufen, so, wie ich noch nie einen Menschen hatte laufen sehen. Seine Schritte waren weit und ruhig und geschwind, und es schien, als könnte er ewig so weiterlaufen. Bald war er hinter der nächsten Kurve verschwunden.

Als ich zurückkam, diskutierte Cabral mit dem Zimmermädchen. Zuerst hatte ich keine Ahnung, worum es gehen könnte, doch dann bemerkte ich, dass ein Lkw unseren Polizeiwagen eingeparkt hatte. Cabral wollte von dem Zimmermädchen wissen, wo der Fahrer sei. Er hob die Hände, schüttelte den Kopf und brüllte etwas, und das Mädchen sah aus, als wollte es gleich losheulen. Vom Lkw-Fahrer fehlte jede Spur.

Als ich hinzutrat, verzog Cabral das Gesicht. «Und?», fragte er.

«Ich habe noch nie jemanden so laufen sehen.»

«Wir könnten ihn mit dem Wagen verfolgen, wenn nicht irgend so ein Idiot seine Karre hier abgestellt hätte.»

Das Zimmermädchen senkte den Blick.

«Ich glaube nicht, dass er uns den Gefallen tut und auf der Hauptstraße weiterläuft.»

«Was schlägst du vor?»

«Das überlasse ich dem Sargento-chefe.»

«Nein, das überlässt du nicht mir.»

«Fahndung.»

«Tolle Idee. Ich sehe schon die Gesichter von denen in Vila vor mir, wenn wir durchgeben: ‹Suchen schwarzen Mann in weißem Bademantel.›»

«Wir sollten noch mal mit der Frau sprechen.»

Die Frau saß im Wohnzimmer des Bungalows und hatte wieder ihre abgeklärte Miene aufgesetzt. Wir fragten sie nach dem Namen des Mannes, und sie nannte uns seinen Vornamen.

«Sie haben sich da in eine dumme Lage begeben», sagte ich zu ihr.

Sie sah mich an. Sie wusste ziemlich genau, dass auch wir uns in einer dummen Lage befanden.

«Hat er gesagt, wo er herkommt?»

«Nein.»

«Aber Sie werden ihn doch danach gefragt haben?»

«Es gibt auch Menschen, die müssen nicht die ganze Zeit reden, um sich zu verstehen. Er lag halb tot am Strand, und da habe ich ihm geholfen. Was kein Verbrechen ist. Er hat auch noch alle Finger.»

«Hat er gesagt, wie er an den Strand gekommen ist?»

Sie schüttelte den Kopf.

«Oder wo er hinwill?»

«Er ist schon da, wo er hinwollte.»

Cabral runzelte die Stirn. «Er wollte nach Sagres?»

«Er wollte», sagte sie lächelnd, «nach Europa.»

Mein Vater hatte wenig Gepäck dabei: vier saubere Hemden, zwei Hosen, Wasch- und Rasierzeug, Unterwäsche, ein paar Arbeitsschuhe. Einen Koffer, mehr nicht.

Er war in einem Dorf in der Nähe von Pombal aufgewachsen und hatte es geschafft, eine Ausbildung zum Klempner zu machen, arbeitete auch eine Zeitlang in einem Baugeschäft, bis dessen Eigentümer bankrottging. Danach schuftete er in einem Sägewerk, bis er davon hörte, dass in Deutschland Facharbeiter gesucht würden und er dort das Drei- bis Fünffache des heimatlichen Lohns erwarten könnte. So beschloss er, sein Glück in der Fremde zu suchen. Meine Mutter war nicht begeistert, und er soll eine Weile lang zwischen Gehen und Bleiben geschwankt haben. Aber als er in Coimbra den Zug bestieg und ein letztes Mal meiner Mutter zuwinkte, deren Leib dick und behäbig geworden war vom Gewicht meiner noch ungeborenen, aber bereits überschweren beiden älteren Schwestern, da lächelte er, und meine Mutter erzählte mir viel später, sie habe weder

Weh- noch Wankelmut in diesem Lächeln mehr erkennen können, im Gegenteil, sie habe es sich zwar nicht eingestanden, doch sei es offensichtlich gewesen, dass mein Vater sich an diesem trüben Nachmittag in Coimbra freute. Die Freiheit, sagte sie, sei ihm ins Gesicht geschrieben gewesen.

Als Kind, Valentina, habe ich oft von dieser Fahrt meines Vaters geträumt: Ich sehe von schräg oben in das Zugabteil hinab, in dem mein Vater sitzt. Es ist, als läge ich auf der Gepäckablage, neben seinem Koffer, zwischen den Koffern der anderen, Männern wie er, die meisten jünger, einige ein wenig älter, die mit ihm auf den Holzbänken nach Osten, in die Dämmerung, fahren. Ich kann ihre Gesichter nicht sehen, aber ich höre ihre Stimmen, sie reden durcheinander, einige, um sich zu beruhigen, andere, um sich die Zeit zu vertreiben, die Zeit der Fahrt, während der mein Vater schweigend aus dem Fenster schaut, als wollte er die Landschaft in sich aufsaugen und mitnehmen für immer.

Nach drei Tagen und zwei Nächten – über die trockene Meseta unter ihrem wolkenlosen Himmel, vorbei an den Türmen von Avila und der Kathedrale von Valladolid, über die Grenze bei Irun und durch das stille, nächtliche Aquitanien und das lärmende Paris und endlich den Rhein entlang nach Norden, wo sich Wolken über den erloschenen Vulkanen der Eifel zusammenzogen – erreichte mein Vater an einem Septembermorgen 1964 zusammen mit tausend anderen, die wie er in Portugal aufgebrochen oder an der Strecke in Spanien dazugestiegen waren, als wäre die Fahrt eine Pilgerreise, eine unausgesprochene Suche nach dem Gral, ein Kreuzzug der Hoffnung auf ein besseres Leben, den Bahnhof Köln-Deutz.

Er gähnte, streckte sich, nahm seinen Koffer und trat

hinaus auf den Bahnsteig. Es herrschte Verwirrung. Jeder hatte einen Vertrag in der Tasche, eine Adresse, hatte Arbeits- und Ausweispapiere. Aber wo musste man sich jetzt melden? Ihre Pässe hatte man schon kontrolliert, doch wie ging es nun weiter? Wo fuhr der Anschlusszug ab? Ein Polizist drängte zum Weitergehen, eine Frau von der Bahnhofsmission bot ihm kostenlosen Kaffee an. Einige der Männer gingen zielstrebig irgendwohin oder taten zumindest so, als hätten sie ein Ziel. Andere setzten sich einfach auf ihre Koffer und starrten müde ins Leere. Mein Vater nahm den angebotenen Kaffee und sah sich um. Der Kaffee schmeckte schrecklich. Während er noch überlegte, wo er den Becher unauffällig abstellen könnte – er wollte nicht unhöflich sein und die freundliche Frau beleidigen –, hörte er im Lautsprecher seinen Namen. Er dachte zuerst, er hätte sich verhört, denn es gab ja niemanden, der ihn hier kannte und hätte ausrufen lassen können. Doch sein Name wurde wieder und wieder von der blechernen Stimme wiederholt, desgleichen ein auf Deutsch gesprochener Befehl, den er freilich nicht verstand. Plötzlich dämmerte ihm, wer da etwas von ihm wollen könnte. Die Polizei natürlich. Vier Jahre war es nun her, dass er eine Nacht lang von der portugiesischen Geheimpolizei, der PIDE, verhört worden war. Sie hatten ihm damals vorgeworfen, er habe in einer Bar «Es lebe die Demokratie!» gerufen und dann auch noch auf die Demokratie getrunken. Was aber gar nicht stimmte: Zwei Studenten am Nachbartisch hatten das gerufen (genau in dem Moment, da er sein Glas an die Lippen führte), zwei Studenten, die er noch nicht einmal gekannt hatte. Ihm war diese kurze Episode entfallen, nicht aber der PIDE. Die PIDE vergaß nie. Langsam, in der einen Hand den miesen deutschen

Filterkaffee, in der anderen seinen Koffer, ging mein Vater rückwärts. Er wollte sich unsichtbar machen und, wenn er erst einmal unsichtbar wäre, in der Menge und dann durch einen Nebenausgang verschwinden. Vor allem wollte er nicht die ganze Fahrt umsonst gemacht haben.

«Gouveia?», rief plötzlich ein Mann neben ihm, ein Zimmermann aus dem Alentejo, «das bist doch du!» Und noch andere erkannten in ihm jenen Gouveia wieder, der mit ihnen über 48 Stunden lang zusammen im Zug gesessen war, mit dem sie Brote, Wein, Würste und die Lebensgeschichten geteilt, mit dem sie gelacht und in den ersten Momenten der Sehnsucht geschwiegen hatten. Sie riefen: «Hier! Hier ist er!», und schoben ihn Richtung Haupthalle, schoben ihn auf zwei Männer zu – einen in Uniform und einen in Zivil, zweifellos zwei deutsche Geheimpolizisten, dachte mein Vater, als sie ihn am Arm nahmen, nicht grob, nicht unfreundlich, aber bestimmt und mit einem Plan (den alle Geheimpolizisten haben), und ihn mit sich weiterzogen, bis er vor einer Art Bühne stand, auf der weitere fünfzig Uniformierte ihn schon erwarteten.

Ein dicker Mann mit Zigarre im Mund ging auf meinen Vater zu und winkte, ihm auf das Podest zu folgen: Dort stand ein nagelneues, chromblitzendes Zündapp Mokick unter einem schwarzen Transparent mit der weißen Aufschrift:

DIE DEUTSCHEN ARBEITGEBERVERBÄNDE
BEGRÜSSEN DEN 1 000 000STEN GASTARBEITER!

Der dicke Zigarrenraucher drückte meinem Vater die Hand, hieb ihm auf die Schulter, lachte, und ein kleines blondes

Mädchen überreichte ihm Blumen. Blitzlichter flammten auf, der Kommandeur des Kölner Polizeimusikkorps gab seinen Männern ein Zeichen, und mein Vater hörte das erste deutsche Volkslied seines Lebens:

Wem Gott will rechte Gunst erweisen,
Den schickt er in die weite Welt,
Dem will er seine Wunder weisen
In Berg und Wald und Strom und Feld.

6

Sie lehnte am Wagen, einem alten, silberfarbenen Mercedes-Kombi, sah hinüber zum Haus und wartete. Der Wind bewegte die Bäume und ließ die letzten Blätter fallen. Sie hatte die Arme verschränkt, und ab und zu legte sie den Kopf in den Nacken und blickte zum Himmel, schloss die Augen, bevor sie blinzelte und wieder zur Tür sah.

Laska kam heraus. In seiner Hand hielt er eine grüne Reisetasche, das übrige Gepäck hatte er schon im Kofferraum verstaut. Er drehte sich um und warf noch einmal einen Blick in sein Haus, dann zog er die Tür hinter sich zu, sperrte ab und schob den Schlüssel unter die Fußmatte.

«Unter der Matte ist ganz schlechtes Versteck», sagte Anna.

Er öffnete den Kofferraum und warf die Reisetasche hinein.

«Kennt jeder», fügte sie hinzu.

Er zuckte mit den Achseln. «Was sollte man mir wegnehmen?» Er machte ihr die Tür auf, und sie stieg ein. «Ich komme nicht mehr zurück.»

Tief gurgelnd setzte sich der Wagen in Bewegung. Sie fuhren die Straße entlang, und Laska blickte stur geradeaus. Als sie an der Hauptstraße abbogen, wandte Anna sich um.

«Was ist?», fragte er. «Glaubst du, die verfolgen uns?»

«Sie denken, du hast mich rausgeschmissen.»

«Aha.»

«Weil ich dich beklaut habe.»

«Hast du ja auch.»

«Ziehst du einfach von den zwanzigtausend ab.» Sie sah wieder nach vorn. «Wir müssen noch wohin.»

«Ja, ich weiß», sagte er.

Er sei sich nicht sicher, sagte Laska, nachdem er den Wagen auf dem Parkplatz abgestellt hatte und sie ausgestiegen waren, wo genau das Gefängnis früher gestanden habe. Nach dem Tod des letzten Gefangenen hätten sie es abgerissen und dann planiert und später ein Einkaufszentrum hingebaut, in dem aber kaum Leute einkauften, sodass die Hälfte der Geschäfte wieder zumache. Was sie hier sehe, sei alles, was davon noch übrig sei.

Anna betrachtete das flache Gebäude des Supermarkts. Ein Mann mit einem kleinen, abgemagerten Hund wartete neben den Reihen der leeren Einkaufswagen. Der Hund lag auf einer grauen Decke und beobachtete, den Kopf auf seinen Pfoten, wie sie näher kamen. Der Mann wirkte ebenso mager wie der Hund, er trug schmutzige braune Cargo-Hosen und eine graue Jacke, und er hatte graues, dünnes Haar. Vor sich hielt er eine Zeitung, die er zum Verkauf anbot. Zu seinen Füßen, die in abgetragenen Armeestiefeln steckten, stand ein Pappbecher, in dem eine Zwanzig-Cent-Münze lag.

Sie drehte sich zu Laska um, bat ihn um ein Geldstück und legte es dem Mann in den Becher.

«Fahrn wir», sagte sie zu Laska.

Es dämmerte bereits, als sie die Grenze erreichten. Der Rhein schob sich schwarz und träge unter ihnen hindurch, während sie die Brücke überquerten. Laska hatte die Autobahn verlassen, und sie fuhren durch ein paar Dörfer und weiter auf der Landstraße durch einen Wald.

«Sind wir jetzt in Frankreich?»

«Ja.»

«Ich war noch nie in Frankreich.»

«Morgen früh werden wir immer noch in Frankreich sein, dann können wir einen Kaffee in Frankreich trinken.»

Sie hatten nur zweimal kurz angehalten. Jetzt, als die Nacht hereinbrach, wurde Laska müde. Er bog auf einen Waldweg ab und hielt.

«Ich muss etwas schlafen.»

«Ja, in Ordnung.»

«Ich stelle mir den Sitz runter, und du kannst dich auf die Rückbank legen. Da ist eine Decke.»

«Gut.»

Inzwischen war es beinahe völlig dunkel. Sie legte sich auf die Rückbank und hörte ab und zu ein Auto oder einen der schweren Fernlaster über die nahe Straße rumpeln, sonst war es still. Eigentlich der ideale Ort, um vergewaltigt und umgebracht zu werden, dachte sie.

«Schläfst du?», fragte sie ihn.

«Nein.»

«Kann ich was fragen?»

«Natürlich.»

«Stirbst du wirklich?»

«Ja.»

«Ich meine – bald?»

«Ja.»

«Hast du Angst?»

«Noch nicht.»

«Das ist verrückt.»

«Was?»

«Das alles eben.»

«Na ja, ich habe so was auch schon lange nicht mehr gemacht. Ich meine, mit dem Auto in den Süden fahren und dann nachts auf irgendwelchen Waldwegen oder Parkplätzen schlafen. Aber jetzt geht's halt nicht anders.»

«Was machen wir, wenn wir einschlafen und aufwachen, und die Polizei klopft an Fenster und will Papiere sehen?»

«Wir können ja sagen, du hättest sie verloren.»

«Mhm.»

«Oder sie sind dir gestohlen worden.»

Anna schwieg.

«Sie sind dir ja gestohlen worden. Warum ihnen nicht einfach die Wahrheit sagen.»

«Dass ich in Berlin von einem Tschernobyl-Veteranen gekidnappt wurde, der mich abrichten wollte zu Sexsklavin für –», sie suchte nach dem richtigen Wort, «Besserverdiener?»

«Ja, gut, klingt vielleicht komisch.»

«Die Polizei wird mich mitnehmen, und du wirst alleine sterben.»

«Schlaf jetzt.»

Als sie erwachte, flackerten Sonnenstrahlen durch Baumwipfel und hinein in das Auto und glitten über ihr Gesicht. Sie hörte das ruhige, tiefe Brummen des Motors. Eine geraume Zeit lang lag sie einfach so da und dachte mit geschlossenen Augen darüber nach, wie sie hierhergekommen war. Irgendwann waren die Bäume weg und die Sonne schien und ihr Gesicht wurde heiß. Sie richtete sich auf, sah zwischen den Sitzen hindurch nach vorn. Laska hatte die Hauptstraße verlassen. Sie gähnte.

«Wie spät ist es?»

«Acht Uhr. Du hast 500 Kilometer geschlafen.»

«Fahren wir jetzt in ein Café?»

«Noch nicht.»

Sie versuchte, die französischen Schilder zu lesen, aber sie verstand sie nicht. Die Straße führte in einen Pinienwald hinein, und als sie das Fenster öffnete, roch es nach Harz und Erde. Laska hielt auf einem Parkplatz unter Bäumen, sie stiegen aus.

«Komm», sagte er, und sie folgte ihm auf einem Pfad einige hundert Meter weiter durch das Wäldchen, bis sie an einen Abhang kamen. Vor ihnen erstreckte sich ein dreistöckiger Aquädukt, dessen steinerne Bögen sich über einen Fluss spannten. Das Wasser des Flusses war an manchen Stellen blaugrau, dann wieder türkis oder grün und klar in der Nähe der Ufer. «Ich dachte», sagte Laska, «wenn wir schon mit dem Auto unterwegs sind, können wir uns auch was ansehen.»

«Das ist schön», sagte sie. «Ist es alt?»

«Zweitausend Jahre. Von den Römern.»

Anna stieg den Pfad hinab.

«Wohin willst du?»

«An den Fluss.»

«Von hier oben ist der Blick besser», sagte er zögernd, aber schließlich folgte er ihr.

Unten angekommen, begann sie sich auszuziehen.

«Du willst baden?» Er starrte sie an und sah dann weg.

«Warum nicht?», antwortete sie, «hier ist niemand.»

«Jede Minute kann ein Reisebus eintreffen. Oder gleich mehrere Reisebusse voller –», er überlegte, «Japaner oder Chinesen mit ihren Kameras und riesigen Teleobjektiven zum Beispiel.»

Sie lachte, stieg über zwei Steine und glitt ins Wasser.

«Außerdem ist es bestimmt nicht erlaubt», sagte er noch, und dann sah er zu ihr und wieder an ihr vorbei, den Fluss hinab.

«Komm», rief sie.

«Nein.»

«Ich sehe auch nicht hin.»

«Ist mir zu kalt. Und wir haben keine Handtücher mit.»

«Ist das letzte Mal», rief sie, «hast du vergessen? Das letzte Mal.»

Schließlich ging er doch ins Wasser, schwamm einige Züge – von ihr weg – und ließ sich in Rückenlage treiben. Er schaute hoch zu den Bögen des Aquädukts und in den blauen Himmel.

«Mit wem warst du hier?», fragte sie, aber er antwortete ihr nicht.

Im nächsten Ort parkten sie vor einem kleinen Lokal, stiegen aus und setzten sich an einen der runden Tische, bestellten Kaffee und Croissants.

«Mit meiner Frau», sagte Laska plötzlich, «mit meiner Frau war ich schon mal hier. Aber das ist ewig her.»

«Wart ihr glücklich?»

«Ich denke schon, ja.»

«Was soll das heißen, du denkst das?»

«Ich kann mich daran erinnern, dass wir davon sprachen,

glücklich zu sein, aber an das Gefühl kann ich mich nicht erinnern.»

«Und dann sie ist gestorben, deine Frau.»

«Nein, nein. Als sie starb, gingen wir schon lange getrennte Wege. Wir waren seit zehn Jahren geschieden, als sie starb.»

«Und was ist mit deinem Sohn?»

«Lassen wir das.»

«Wie willst du mir das Geld geben?»

«Wie bitte?»

«Wenn du tot bist, wie willst du mir das Geld geben?»

«Ich – also ich …»

«Vielleicht du tust es in kleinen Scheinen in einen Safe mit Zahlenschloss, wie im Film. Und dann sagst du dem Arzt die geheime Nummer, und wenn du tot bist, sagt er mir die Nummer.»

Er sah sie an, öffnete den Mund, erwiderte aber nichts.

«Andererseits – wer versichert mir, dass der Arzt sich nicht selbst das Geld nimmt, wenn er die Nummer hat?»

«Das wäre strafbar», warf Laska vorsichtig ein.

«Ach? In Ukraine würde sich der Arzt das Geld nehmen und nicht bestraft werden. Ist das bei portugiesischem Arzt anders? Hast du überhaupt einen portugiesischen Arzt?»

«Es gibt einen, zu dem ich schon lange gehe, immer wenn ich in Portugal bin.»

«Kannst du ihm vertrauen? Im Fernsehen haben sie gesagt, die Portugiesen haben kein Geld mehr.»

«Ja?»

«Und dass die Deutschen ihnen kein Geld mehr leihen wollen.»

«Aber das hat doch damit nichts zu tun.»

«Also, ich als dein portugiesischer Arzt würde mir nehmen das Geld und der Frau einen Tritt in den Hintern geben.»

Sie erreichten die spanische Grenze am frühen Nachmittag. Langsam fuhren sie auf die leeren Buden der Grenzer zu. Neben einer lehnte ein Polizist an seinem Wagen, und als sie mit Schrittgeschwindigkeit vorüberrollten, bückte er sich etwas und sah ins Wageninnere, sah erst Laska, dann Anna, und ihr war, als wollte er seine Hand heben, um sie anzuhalten, was er aber dann nicht tat. Schon waren sie an ihm vorbei.

«Jetzt sind wir in Spanien», sagte er, als spräche er mit einem Kind.

«Ich war auch noch nie in Spanien.»

Dann schwiegen sie, bis Anna – zwanzig Kilometer weiter – fragte: «Hast du dir schon gemacht eine Liste?»

«Was für eine Liste?»

«Was du alles machen willst zum letzten Mal. Eine Liste der letzten Dinge.»

Sie fuhren durch schlafende Dörfer mit großen Ampelanlagen, die für den Ansturm der Touristen im Sommer gebaut waren, jetzt, außerhalb der Saison, aber nutzlos wirkten. Einmal trottete ein Hund an einer Reihe geschlossener Geschäfte entlang, ein anderes Mal erblickten sie eine alte Frau, die an einer der Ampeln stand, obwohl deren gelbes Licht unentwegt blinkte. Feriensiedlungen tauchten links und rechts der Straße auf, doch auch sie schienen nahezu verlassen.

In einer größeren Ortschaft hielten sie vor einer Bar, stiegen aus und gingen hinein, bestellten Bier und etwas zu essen: Backpflaumen mit Speck, Fleischkroketten, Oliven. Sie setzten sich an den Tresen, und der Kellner stellte zwei Gläser vor sie hin, ohne den Röhrenfernseher aus den Augen zu lassen, der von der Decke in den schlauchartigen Raum hineinhing. Ein Fußballspiel lief. Vor dem Fernseher saßen ein paar Männer an einem Tisch vor ihren halbleeren Gläsern und starrten kopfschüttelnd auf den Bildschirm, und einer drehte sich zu ihnen um und hob die Hand, träge und schwer vom Nachmittagsbier, rief etwas, und der Kellner nickte. Rauch stieg über ihren Köpfen auf, und der Mann, untersetzt und breitschultrig, in den Dreißigern, das Haar noch voll, betrachtete Anna von oben bis unten, wobei er sich auf die Lehne des Stuhls stützte, den Rücken gespannt, als wollte er gleich aufstehen. Ein Tor fiel, und unter den Männern brandete verhaltener Jubel hoch, als wäre ihre Mannschaft, obwohl sie gerade ein Tor erzielt hatte, so oder so zu weit im Rückstand, als könnte das Blatt in der verbliebenen Zeit nicht mehr gewendet werden. Der Mann sackte in sich zusammen, blieb sitzen und schaute wieder in die Röhre, während der verbotene Rauch unter der Decke um einen stillstehenden Ventilator schwebte.

Neben der Bar fand sich ein kleiner Laden, in dem sie offenen Wein in einer bauchigen Glasflasche, Wasser, Schinken und Brot kauften. Sie fuhren weiter, aus der Ortschaft hinaus, vorbei an brachliegenden Feldern und Marschland. Ein rostiges Schild warb für den «Laguna»-Aquapark direkt am Strand, und sie folgten dem schmalen, notdürftig asphaltierten Weg am Zaun des Vergnügungsparks entlang, sahen die verschlungenen Wasserrutschen und leeren Becken, die vom

Sand und Gesträuch längst zurückerobert worden waren. Ein riesiger Gorilla aus Blech, Verwandter King Kongs, aus dessen Maul eine der Rutschen kam, hatte hinter dem verrammelten Eingangstor seine Fäuste wütend zum Himmel erhoben, wo die Abendsonne hochfliegende Wolkenbänder orange färbte. Anna ließ die Scheibe herunter und hörte das Quietschen offenstehender, vergessener Türen und ein dumpfes Heulen in den rostigen Röhren, wenn eine auflandige Böe über das weite, flache Areal fegte.

Der Schotterweg endete hinter dem Vergnügungspark in den Dünen, und Laska fuhr noch ein Stück weiter, dann hielt er an. Hinter ihnen, jenseits des Zauns, ragten die Silhouetten zweier lebensgroßer Saurier in den Sonnenuntergang hinein. Vor ihnen lag, beinahe unbewegt und grau und bleiern und alt, wie die See es an einem stillen Tag im November sein kann, das Meer.

Anna ging barfuß ans Ufer, den kleinen, nach Land tastenden Wellen entgegen, bis sie bis zu den Knocheln im kalten Wasser stand. Sie schaute zu, wie das Meer seine Finger nach ihr ausstreckte und ihre Füße umspülte und sich dann wieder zurückzog. Sand und Wasser rieben zwischen ihren Zehen.

«Das ist das erste Mal!», rief sie Laska zu. «Das erste Mal im Mittelmeer!»

Nachdem die Sonne untergegangen war, wurde es kühl. Sie saßen neben dem Auto auf einer Decke und tranken den Wein, lauschten schweigend dem leisen Rauschen der Brandung.

«Also, wenn wir sind in Portugal, was wirst du machen?», fragte sie.

«Das, was ich dort immer gemacht habe. Den Himmel beobachten.»

«Und weiter nach Kometen suchen? Oder unbekannten, riesigen Asteroiden?»

«Ja.»

«Damit der deinen Namen bekommt? Toll, dann bist du berühmt.»

«Nein, darum geht es mir nicht ...»

«Du willst nicht berühmt sein? Dann finde ich es komisch, dass du bald stirbst und nach einem Eisklumpen im All suchst. Du könntest ja auch was ganz anderes machen.»

«Was denn zum Beispiel?»

«Mhm. Weiß nicht. Wasserski fahren, Drogen ausprobieren, mit Fallschirm springen.»

«Das ist doch albern.»

Sie hatte die Arme hinter sich aufgestützt. Eine Sternschnuppe zog ihre kurze, helle Bahn.

«Hast du gesehen?», fragte sie.

«Ja.»

«Kannst dir was wünschen.»

Er schwieg.

«Was hast du gewünscht?»

«Ich habe mir gar nichts gewünscht.»

«Jeder Mensch wünscht sich was.»

«Die Sternschnuppen, die wir gesehen haben, gehören zu den Leoniden, sind Bruchstücke des Kometen Tempel-Tuttle, dessen Bahn die Erde jedes Jahr um diese Zeit kreuzt. Warum sollte irgendein Ereignis, das man herbeisehnt oder eben nicht herbeisehnt, davon beeinflusst werden?»

«Immerhin, wir reden darüber, über die Leoniden und Tuttle-Buttle, der den Kometen entdeckt hat, und vielleicht unser Leben würde ganz anders verlaufen, wenn wir das nicht tun würden.»

«Es waren zwei, Tempel und Tuttle, ein Deutscher und ein Amerikaner, sie lebten beide im neunzehnten Jahrhundert, aber sie haben den Kometen unabhängig voneinander entdeckt.»

«Wahrscheinlich es gab Streit, wer ihn zuerst gesehen hat. Siehst du, wie sich ihre Leben verändert haben!»

«Aber nicht, weil sie es sich so gewünscht hätten.»

«Du weißt doch gar nicht, was die sich gewünscht haben.»

Eine weitere Sternschnuppe verglühte über dem Meer.

«Glaubst du an Gott?»

«Nein», antwortete Laska.

«Und Leben nach dem Tod?»

«Wenn es ein Leben nach dem Tod gibt, warum gibt es dann ein Leben vor dem Tod?»

«Vielleicht damit man sich bewährt.»

«Dann stehen meine Chancen nicht besonders gut.»

Sie sah ihn an, sah seine Silhouette vor dem bestirnten Himmel.

«Und Außerirdische?», fragte sie. «Dein Computer sucht nach ihnen.»

«Wenn es welche gibt, werden wir wahrscheinlich nie von ihnen hören.»

«In der Ukraine, da haben sie ein Teleskop, ein Radioteleskop, mit dem werden Außerirdischen Nachrichten geschickt. Das hat ein russischer Wissenschaftler sich ausgedacht, aber der hat irgendwann die Lust verloren. Da standen wir dann mit dem wunderschönen Radioteleskop, das anfing zu quietschen und zu rosten, und wussten nicht, was tun. Bis ein schlauer Mann darauf kam, dass man Geld verdienen kann damit. Sie haben einfach allen gesagt: Für fünfzehn Dollar pro Nachricht könnt ihr senden, was ihr wollt. Und das haben dann viele Leute gemacht. Grüße oder selbstaufgenommene Lieder oder orthodoxe Gesänge oder patriotische Gedichte oder Liebesbriefe oder schweinische Witze und natürlich Listen, was die Außerirdischen als Geschenke mitbringen müssen, wenn sie die Ukraine besuchen. Und auch Werbung.»

«Werbung.»

«Ja, Werbung. Ein Fernsehsender hat Werbeclips geschickt, für Handys zum Beispiel. Die haben sie dann auch im Fernsehen gezeigt, und in der Werbung kam am Ende so ein grünes Männchen und hat eins gekauft von den Handys und damit nach Hause telefoniert.»

«Ich glaube nicht, dass sich die Außerirdischen in nächster Zeit melden werden.»

«Sei dir nicht so sicher. Ein paar Katalogmädchen haben ihr Foto gesendet mit wenig Wäsche an und dann gefunkt: Ich heiße Soundso, bin 24 Jahre alt, meine Hobbys sind …, meine Maße sind …, suche reichen Außerirdischen für ernsthafte Beziehung.»

«Hast du das auch gemacht?»

«Ich hatte keine fünfzehn Dollar übrig.»

«Was, wenn die Außerirdischen keine guten Absichten haben?»

«Das riskiert ein Mädchen immer.»

«Ich meine, wenn sie richtig böse sind.»

«Wie im Film?»

«Wie in den meisten Filmen.»

«Du willst sagen, es ist besser, wenn wir ihnen keine Botschaft schicken, damit sie uns nicht entdecken und erobern können?»

«Genau.»

Hinter ihnen, in der Dunkelheit, ragten noch dunkler die Umrisse der Dinosaurier auf. Links und rechts öffnete sich die Bucht, vor ihnen aber war das Meer, schwarz und tief, bis zum Horizont, über dem die Sterne unruhig flackerten.

«Ich glaube, du hast recht», sagte Anna. «Wir werden nie etwas hören von diesen Außerirdischen. Weil sie sind wie du. Sie hocken auf ihrem kleinen, kalten Planeten und haben Angst, entdeckt zu werden. Sie beobachten den Himmel, aber sie reden mit niemandem, weil sie Scheißangst haben. Deswegen schicken sie keine Nachricht, deswegen rufen sie nie zurück, und deswegen werden wir nie hören von ihnen.»

«Wenigstens bekommen sie jetzt Fotos von ein paar ukrainischen Mädchen.»

«Ukrainische Mädchen sind die schönsten im Kosmos.»

Später sahen sie ein Auto durch die Dünen fahren, einen Geländewagen oder Pick-up. Sie hörten das jaulende Geräusch des Motors in niedrigem Gang und sahen die Lichter auf und nieder wippen. Der Wagen kam nicht direkt auf sie zu, dennoch brachte ihn sein Zickzackkurs immer näher, und als er nur noch etwa fünfhundert Meter entfernt war, hielt der Fahrer an. Ein Suchscheinwerfer flammte auf und wurde erst auf die Dünen, dann aufs Meer gerichtet. Der Lichtkegel wanderte über die bedrohlich aussehenden Wellenkämme. Schließlich verloschen die Scheinwerfer, und sie hörten Stimmen, zwei Männer, die sich miteinander unterhielten.

«Polizei?», flüsterte sie.

«Vielleicht. Oder die schmuggeln.»

«Drogen?»

«Ich weiß es nicht.»

In der kontur- und farblosen Finsternis versuchte Anna zu erkennen, was die beiden Männer machten. Mehrmals glaubte sie zu sehen, dass sie etwas herumtrugen, aber dann schien das bloß Einbildung zu sein. Sie sah einen rot glühenden Punkt, als einer der beiden rauchte.

Eine Viertelstunde verging, dann hörten sie den Motor anspringen. Der Wagen stieß zurück, wendete, die Scheinwerfer gingen wieder an, und als das Auto einen Hügel hochkroch, beleuchteten sie jäh das aufgerissene Maul des Tyrannosaurus Rex. Schließlich rollte der Wagen die andere Seite des Hügels wieder hinunter, gelangte auf die Schotterstraße entlang des Vergnügungsparks, beschleunigte und verschwand in der Nacht.

7

Die Straße führte den Hügel hinauf. Links und rechts Garagen, Toreinfahrten, manchmal ein Auto, selten ein Mensch. Weit ausladende Pinien, hohe Hecken, die den Blick in die Gärten verwehrten, eiserne Zäune, dahinter die Häuser, weiß, flach und – so kam es ihr vor – riesig, mit Dächern aus roten Ziegeln und verspielten zierlichen, weißen Türmen.

Früher sei hier nichts gewesen, erzählte Laska, und noch früher, vor Hunderten von Jahren, habe hier einmal Wald gestanden, ein dichter, knorriger Steineichenwald, in dessen Schatten im Sommer Schlangen schliefen und im Winter Wildkatzen schlichen, bis der Wald geschlagen worden sei, um in der Hafenstadt Lagos Schiffe zu bauen.

An einem Einkaufszentrum waren sie von der Hauptstraße abgebogen, und nun wand sich der Weg in immer engeren Kurven aufwärts. Je höher sie kamen, desto mehr schien es Anna, dass es die Häuser waren, die langsam den Berg hinaufkrochen, wie eine beharrlich wuchernde Schlingpflanze aus Stein. Noch einmal bog Laska ab, auf eine holprige Straße, die kaum mehr als solche zu bezeichnen war. Wo sie endete, an einer Art Wendekreis, standen vier Häuser. Sie waren weiß getüncht und alle im Landhausstil gebaut worden, ohne dass sie sich exakt glichen. Laska hielt vor einem Tor, stieg aus, öffnete es, fuhr hindurch und parkte vor einer verschlossenen Garage.

Oleander wuchs zu beiden Seiten eines mit unbehauenen, rötlichen Steinen gepflasterten Weges, der zum Eingang des Hauses führte. Laska schloss auf, trat ein. Als Anna ihm folgte, war sie zunächst von Dunkelheit umgeben. Sie blieb stehen, sah ihn nicht mehr, hörte nur seine Schritte. Irgendwo am anderen Ende des großen Raumes, in dessen Tür sie stand, öffnete er einen hölzernen Laden. Abendlicht strömte aus dem Garten in das Haus hinein, und Staub tanzte wie Schnee in den Sonnenstrahlen.

Das Haus hatte zwei Bäder und mehrere Schlafzimmer, sie zählte drei, als wären früher einmal die Besucher ein und aus gegangen. An den großen Raum im Erdgeschoss schloss sich eine über die Breite des Gebäudes gehende Terrasse an, an der anderen Seite eine Bibliothek und die geräumige Küche. Von den drei Schlafzimmern im Obergeschoss waren nur zwei wirklich zu benutzen, das kleinste, zwischen den beiden größeren gelegene war mit Gerümpel vollgestopft: Akten, Zeitschriftenkisten, Bücherstapel und die leeren Kartonverpackungen von allerlei Elektroartikeln bildeten eine schmale Gasse hin zu einem kleinen Tisch, auf dem ein alter Röhrenmonitor, eine Tastatur und ein Rechner standen. «Die Rumpelkammer», gab Laska zu, als er Anna daran vorbei zu ihrem Schlafzimmer führte.

Das war ebenfalls groß, mit einem fast quadratischen Bett, einem Wandschrank und einem schmalen Schreibtisch vor dem Fenster, das von einem Klappladen verschlossen war und hinaus auf den Garten gehen musste. Nach kurzer Zeit hatten sich ihre Augen an das gedämpfte Licht gewöhnt. Im gefliesten Zimmer fand sich nichts Persönliches, kein Buch, kein Bild, keine Fotografie an der Wand. Es sah nicht verwahrlost aus. Es war sauber. Wie ein Gästezimmer.

Sie setzte sich aufs Bett, wippte auf und ab. «Bekommst du viel Besuch?»

«Nein.»

«Und früher?»

«Ja, früher vielleicht. Aber jetzt nicht mehr.»

«Warum nicht?»

«Weil mich jetzt niemand mehr besucht.»

«Hast du's schon mal probiert mit Einladungen? Das sind kleine Karten, die man verschickt. Na ja, heute man macht es mit E-Mail oder SMS.»

«Die Bettwäsche ist im Schrank», sagte er und ging.

Nachdem sie ausgepackt hatten, fuhren sie die Straße wieder hinunter und kauften ein. Fleisch, das sie, als sie wieder zurück waren, auf einem Grill auf der Terrasse brieten. Nach dem Essen rauchte Anna eine Zigarette.

«Das ist ungesund», sagte Laska.

«Ich weiß.»

«Warum lässt du es dann nicht?»

«Du bist nicht mein Vater.»

«Man kann dran sterben.»

«Musst du sterben, weil du mal geraucht hast?»

«Nein.»

«Willst du auch eine?»

«Ich habe nie geraucht.»

«Eben. Du könntest endlich anfangen damit. Könntest zu einem Kettenraucher werden. Weil's dir völlig egal sein kann, ob Rauchen ungesund ist oder nicht, du kannst ohne Gewissen rauchen – ohne, ohne … – wie sagt ihr?»

«Reue.»

«Genau. Das ist nämlich das einzig Schlechte am Rauchen, dass man dran sterben kann und dann die ganze Zeit schlechtes Gewissen hat.»

«Warum hörst du dann nicht damit auf?»

«Warum fängst du dann nicht damit an?»

Er seufzte und räumte das Geschirr ab. Sie beobachtete ihn dabei und versuchte sich vorzustellen, wie es war, wenn man wusste, dass man nur noch kurze Zeit zu leben hatte. Was würde *sie* machen, wenn sie morgen die Diagnose bekäme? Ich kann es mir nicht vorstellen, dachte sie. Wir alle können uns unseren Tod nicht vorstellen, selbst dann nicht, wenn wir bei dem der anderen anwesend sind.

Allein saß sie auf der Terrasse und sah den Hügel hinab. Der Garten verlor sich in einem karstigen Steilhang, auf dem niedriges Dornengestrüpp wuchs, Macchie, kein Zaun begrenzte ihn. Eine unsichtbare Armee von Zikaden hatte ihr Heerlager dort, im Kreuzdorn und in den Johannisbrotbäumen, und trommelte die Nacht herbei. Ab und zu fuhr ein Auto die gewundene Straße entlang, lautlos im Hämmern des vielstimmigen Cimbaloms. Bald war es ganz dunkel, und Stille senkte sich über den Garten. Sie sah die Lichter der Häuser, die, vereinzelt erst, zur Küste hinab immer mehr wurden, wie ein schwach leuchtender Bach oder Fluss, der von den Hügeln strömte und anschwoll.

«Früher war es weniger», sagte er plötzlich hinter ihr.

«Was war weniger?»

«Licht. Als ich zum ersten Mal hier war, gab es praktisch

keine Häuser und damit fast kein Licht in der Nacht. Da war es völlig dunkel. Aber jetzt wird es immer heller, je mehr Häuser und Supermärkte sie bauen, und irgendwann gibt es dann auch hier oben Straßenlaternen und Tennisplätze mit Flutlicht und das alles.»

«Was hast du gegen Licht?»

«Es stört mich. Und meine Beobachtungen. Man braucht kein Licht in der Nacht, man braucht es nicht. Die Nacht ist die Nacht. Sie war immer da. Wir denken, die Nacht ist die Ausnahme, dabei ist es nur Zufall, dass wir im genau richtigen Abstand um einen halbwegs hellen Stern kreisen, der uns morgens zum Aufstehen zwingt.» Er legte den Kopf in den Nacken. «Bist du sehr müde?»

«Nein.»

«Komm mit.»

Sie gingen durch den Garten bis zu einer Art Gatter, und danach folgten sie einem Pfad unter Pinien und zwischen Gesträuch hindurch, bis sie vor einer flachen Hütte stehen blieben, die hinter einem Grat auf einer kleinen Kuppe errichtet war. Sie bestand aus Holz, hatte aber ein Wellblechdach. Laska zog einen Schlüssel hervor und schloss auf. Sie musste sich ducken, als sie durch die niedrige Tür das Innere betrat. Dort drückte Laska auf einen Schalter, doch es ging kein Licht an.

Stattdessen hörte sie ein Scheppern und leises Quietschen. Sie sah nach oben: Halb klappte das Dach auf, halb zog es sich zurück.

In der Mitte der Hütte stand das große Teleskop. Es erinnerte an eine dicke, unförmige Regentonne, auf der eine zylindrische Gitterkonstruktion angebracht war.

«Wie weit kannst du damit sehen?», fragte sie ihn und

schaute wieder nach oben, wo sich das Dach ganz geöffnet hatte und den Blick auf den Sternenhimmel freigab.

«Mhm.» Er überlegte kurz und begann, an dem Instrument herumzuhantieren.

Anna hörte das leise Surren eines Motors. Auf Laskas Winken hin trat sie ans Okular. Sie sah einen kleinen, schwach leuchtenden Stern.

«PG 1634 + 706», sagte er. «Kein Stern, sondern ein Quasar. Ein Quasar ist …»

«Ich weiß, was ein Quasar ist», entgegnete sie, «aktive Galaxie, mit Schwarzem Loch in der Mitte.»

Das Schwarze Loch in der Mitte des Quasars zog alles in sich hinein, Gas, Staub, auseinandergerissene Sterne, die von dem unglaublichen Sog und der Reibung zum Leuchten gebracht wurden. Im Loch selbst hörte alles auf. Neun Milliarden Jahre, erklärte Laska (und sie musste über den Ton seiner Stimme lächeln, er klang wie der schulmeisterliche Professor in Kiew), habe das Licht von PG 1634 + 706 bis hierher gebraucht, zu dieser Zeit habe das Sonnensystem noch gar nicht existiert. So ein Quasar habe eine Lebensdauer von einigen hundert Millionen Jahren, dann sei das Futter für das Schwarze Loch verbraucht, also gebe es PG 1634 + 706 gar nicht mehr.

«Wir schauen zurück», sagte sie, «wir schauen immer zurück.»

Von jenem ersten Abend an saß sie beinahe jede Nacht im Observatorium. Laska hatte noch ein weiteres Teleskop, das, kürzer und kompakter gebaut, mit einer Digitalkamera ausgerüstet und mit dem Computer verbunden war und das er für die Kometensuche nutzte. So kam es, dass sie immer mehr Zeit an dem großen Reflektor verbrachte, Zeit, deren Vergehen ihr erst auffiel, wenn im Osten der Himmel über dem Horizont einen rötlichen Streifen zeigte und sie plötzlich ihre von dem langen Sitzen und der nächtlichen Kühle steif gewordenen Gelenke spürte.

Sie stand spät auf, und wenn sie aus ihrem Zimmer herunterkam, saß Laska meistens schon an dem großen Tisch, der den Wohnraum im Erdgeschoss beherrschte, vor sich, auf dem Laptopbildschirm, die Fotos der vergangenen Nacht, die er nach unentdeckten Himmelskörpern absuchte, neben sich eine Tasse Kaffee. Er fragte, wie sie geschlafen habe, und sie fragte zurück, wie er sich fühle, und sie antworteten beide: gut. Draußen hatte sich die Sonne über die Hügel erhoben, und wenn Anna sich nach dem Frühstück auf der Terrasse vor dem Swimmingpool in einen Liegestuhl setzte, fiel sie oft in einen seichten, an eine Ohnmacht erinnernden Schlaf, aus dem sie manchmal erst am frühen Nachmittag erwachte.

«Wir könnten in die Stadt fahren, wenn du dich langweilst», sagte er einmal.

«Ich langweile mich nicht.»

«Sicher? Du willst vielleicht etwas erleben.»

«*Ich* werde noch genug erleben.»

«Ich habe dir ein paar Zeitschriften mitgebracht.» Er legte einen Stapel Illustrierte auf den Tisch neben ihrem Liegestuhl, murmelte etwas vom Abwasch und ging ins Haus.

Sie betrachtete die Illustrierten mit einer Mischung aus Neugierde und Verärgerung. Als Laska nicht zurückkam, folgte sie ihm in die Küche, wo er Gemüse putzte. Sie lehnte sich im Bikini an den Türrahmen.

«Warst du schwimmen?», fragte er.

«Nein.»

«Wie sind die Zeitschriften?»

«Wie kommst du darauf, dass ich so was lese?»

«Entschuldige, ich dachte nur … mal was anderes … als Zeitvertreib.»

«Warum fängst du nichts an mit mir?»

Er nahm sich eine Paprika und hielt sie unter den aufgedrehten Wasserhahn.

«Alle alten Männer sind scharf auf junge Mädchen», sagte sie. «Alle! Die Zeitschriften sind voll davon. Und auch die Bücher. Schauspieler, Sportler, der italienische Präsident!»

«Ministerpräsident.» Er drehte den Wasserhahn zu. «Du könntest meine Tochter sein.»

«Das hast du schon einmal gesagt.»

Er wandte sich um und sah sie mit einer ihn wie eine dunkle Rüstung umhüllenden Ausdruckslosigkeit an.

«Warum versuchst du nichts?»

«Willst du das?», fragte er.

«Nein.»

Einmal die Woche fuhr er die gewundene Straße den Hügel hinab zum Arzt. Zumindest behauptete er das. Der Arzt habe seine Praxis in der nächstgrößeren Ortschaft, ein Spezialist für die Begleitung finaler Fälle, so sagte er, woraufhin sie ihn fragte, was in diesem Zusammenhang Begleitung bedeute, und er antwortete, es gehe darum, ihm den Rest der Zeit so angenehm oder vielmehr so wenig unangenehm wie möglich zu machen. Ihn zu begleiten eben.

Wenn er beim Arzt war, wanderte sie durchs Haus. Sie fand mehrere Jahrgänge astronomischer Fachzeitschriften,

Notizbücher mit Beobachtungsaufzeichnungen, Tankstellenquittungen, eine Kaffeetasse, auf der «España 1982» stand, aber kein Fotoalbum, keinen Astronauten-Teppich, nichts. Auch kein Geld. In gewissem Sinne war das Haus noch unpersönlicher als jenes in Berlin. Andererseits hatte sich Laska hier mehr Mühe gegeben, alles wohnlich einzurichten und in Ordnung zu halten, und er hatte hier in den letzten Jahren offenbar auch viel Zeit verbracht. Hier war es, als ob ihm die Dinge noch gehorchten.

In der Bibliothek ließ sie sich in einen Sessel fallen und sah sich um. Die Regale ragten hoch neben ihr auf, reichten bis unter die Zimmerdecke. Wie war sie bloß hierhergekommen? Lohnte es sich überhaupt, was sie hier tat? Sie versuchte sich vorzustellen, was sie mit dem Geld machen würde, das ihr Laska versprochen hatte. Und dann, plötzlich, fiel ihr ihre Mutter ein und die Nacht, in der sie gestorben war. Die Bar «Das Silo» fiel ihr ein und dass sie am Tresen gestanden hatte und betrunken gewesen war. Die Erinnerung daran kam wie ein Luftzug. Sie saß in dem stillen, fremden Raum und wartete darauf, dass es vorüberging, hinfortgetragen wurde. Sie bewegte sich nicht.

Dann war es vorbei.

Sie stand auf und griff nach dem dicksten Buch, das sie gerade noch, ohne auf eine Leiter steigen zu müssen, erreichen konnte, und schlug es an irgendeiner Stelle auf:

Die Welt als Ganzes
Kapitel 4, Kosmologie, Abschnitt b)
Der Horizont

«Wenn die Welt ein endliches Alter hat und das Licht eine endliche Geschwindigkeit, so kann es Teile der Welt geben, deren Licht uns während des bisherigen Weltalters noch nicht erreicht hat. Diese Teile der Welt sind also für uns prinzipiell nicht beobachtbar, sie liegen außerhalb unseres Horizonts.»

8

Wie ein Geist schlich die Gestalt des Bruders meines Vaters, meines Paten und Onkels Marcelo, durch unser Leben in Deutschland. Es gab die Fotos, auf denen er bei meiner Taufe zu sehen war – darauf hält er mich, lacht sein gewinnendes Lächeln, mein gewinnendes Lächeln verdanke ich angeblich ihm.

Vergebens hatte mein Vater vor meiner Taufe versucht, ihn dazu zu bewegen, zu uns nach Deutschland zu kommen. Marcelo hörte nicht auf ihn. Ich glaube, weniger aus Trotz denn aus Trägheit – er konnte sich wohl nicht entschließen, die vertraute Umgebung, die kleine verschlafene Stadt, in der er aufgewachsen war, zu verlassen. So verpasste er den richtigen Moment. Die Wehrpflicht wurde von achtzehn Monaten auf vier Jahre heraufgesetzt, und nun mochte er sich vielleicht gewünscht haben, er hätte auf seinen ältesten Bruder gehört. Deutschland war nicht so weit entfernt wie Afrika. Aber inzwischen war es leichter, nach Afrika zu gelangen als nach Deutschland.

Seine Einheit operierte im Osten Angolas, einer Gegend, die sie «Terras do Fim do Mundo» nannten, die Länder am Ende der Welt. Viele Jahre später fand ich unter den Dingen meines Vaters ein Notizbuch meines Onkels. Vielleicht hatte Marcelo vorgehabt, eine Art Tagebuch zu führen, denn auf der ersten Seite gibt es unter einem Datum diesen Eintrag:

«Sind von Luanda Richtung Landesinnere aufgebrochen. Francisco hat den ganzen Tag gekotzt. Stimmung ist gut.» Er muss sein Vorhaben recht früh aufgegeben haben, denn dies blieb der einzige Eintrag. Zwischen den leeren Seiten fand ich Fotos. Sie waren nicht eingeklebt, sondern einfach nur hineingelegt worden, als hätte Marcelo im Sinn gehabt, sein Tagebuch nachträglich zu vervollständigen.

Ich hatte mir die Kameraden meines Onkels immer als knallharte, schwerbewaffnete Kerle mit kahlgeschorenen Schädeln und dunklen Sonnenbrillen vorgestellt, doch die Soldaten auf den Fotos waren ganz gewöhnliche junge Männer mit normal langen Haaren und einem normalen Gesichtsausdruck. Auf manchen Fotos lächelten sie (vor allem mein Onkel), auf manchen rauchten sie oder stützten sich mit erschöpfter, aber nicht unbedingt unglücklicher Miene auf die Läufe ihrer Gewehre. Es gab Bilder, auf denen sie vor einem Lkw auf dem Boden lagen und dösten oder etwas aßen, Bilder, auf denen sie im Schatten weit ausladender Bäume in einem Fluss badeten. Auf den meisten Fotos jedoch durchstreiften sie eine leere Savannenlandschaft, die bis an den Horizont zu reichen schien – hüfthohes Gras, in dem irgendwo das Ende von allem in Gestalt einer Tellermine auf meinen Onkel wartete.

Auch wenn ich davon zunächst nichts mitbekam: Der Tod seines Bruders veränderte meinen Vater. Er hatte immer an die Zukunft und sein Glück geglaubt. Er war der «Millionen-Mann», es konnte nur aufwärtsgehen, dachte er, der Sonne entgegen. Deshalb hatte er mir, obwohl er kein Kommunist war, den zweiten Vornamen Yuri gegeben, nach Juri Gagarin, dem ersten Menschen im All.

Der Tod meines Onkels, dieses ferne, völlig unverständliche Verschwinden eines lachenden Menschen aus der Welt (niemand aus der Familie hatte ihn noch einmal gesehen, niemand hatte ihm die Lider zugedrückt und ein leises Gebet gesprochen, niemand hatte an seinem Totenbett die letzte Wache bis zum Morgengrauen gehalten, weil es nichts mehr gegeben hatte, was man von ihm noch hätte ansehen können, nur *Überreste*), diese endgültige Abwesenheit führte meinem Vater zum ersten Mal vor Augen, dass die Dinge nicht immer gut ausgehen mussten. Dass es Ereignisse gab, die sich nicht rückgängig machen ließen, und Dämonen, die man nicht mehr loswerden konnte. Dass eine Geschichte nicht immer ein Happy End hatte. Dass am Ende des Weges vielleicht nichts auf einen wartete.

Seit zehn Jahren arbeitete er nun schon in der Fabrik, in der der Kleister hergestellt wurde, mit dem die Deutschen in ihren Eigenheimen ihre hässlichen Tapeten an die Wände klebten.

Es war der 6. April 1974, als meine Eltern mit einer gewissen Ergriffenheit der Stimme Paulo de Carvalhos lauschten. Paulo de Carvalho sang beim Grand Prix de la Chanson für Portugal. Meine Mutter war davon überzeugt, dass er den Wettbewerb gewinnen würde. Er sang von der vergangenen Liebe: *E depois do adeus* – Und nach dem Abschied. Er wurde Letzter, zusammen mit den Deutschen Cindy und Bert.

Drei Wochen nach diesem Desaster erklang in Portugal Carvalhos Lied ein weiteres Mal im Radio: Für eine Gruppe junger, durch den Krieg am Ende der Welt zornig gewordener Männer war es das vereinbarte Signal, sich gegen ihre Befehlshaber zu erheben. So begann die Befreiung Europas an seinem äußersten Rand mit einer portugiesischen Schnulze. Für meinen Onkel begann sie zu spät.

Von da an dachten meine Eltern an Heimkehr. Möglich, dass meine Mutter davon zu reden anfing, vielleicht auch mein Vater. Die Nelkenrevolution hatte gesiegt, was wollte man mehr, vor allem, was wollte man noch in Deutschland? Nun durfte man daheim so oft und so laut und so viel auf die Demokratie trinken, wie man Lust dazu hatte. In Deutschland tranken nie welche mit meinem Vater, außer ab und an die Fernfahrer in der Spelunke neben dem Getränkemarkt, die ihn regelmäßig unter den Tisch soffen und dann auch noch dafür bezahlen ließen, während im Hintergrund Cindy und Bert trällerten: «Immer wieder sonntags / kommt die Erinnerung …»

Ich erinnere mich an den Wagen, einen ausgemusterten Personentransporter des Katastrophenschutzes, einen übergroßen Ford-Transit-Kleinbus, den der Spediteur für Kurierfahrten benutzt hatte. Ich erinnere mich, dass es zwei Tage dauerte, bis meine Eltern unseren gesamten Besitz darin verstaut hatten, auf so ausgeklügelte Weise, dass nicht das kleinste Eckchen Raum verschwendet wurde. Ich erinnere mich, dass für mich auf der zweiten Rückbank ein Platz frei gelassen worden war, der so klein war, dass ich kaum die Beine ausstrecken und gerade sitzen konnte. Ich war eingekeilt zwischen Schränken, Kisten, dem Kühlschrank, der Abflussschlauch der Waschmaschine baumelte vor meiner Nase. Alles war so zugebaut, dass ich mir wie in einer Höhle vorkam. Ich konnte nicht nach draußen sehen und sah auch niemanden von meiner Familie. Mein Vater und meine Mutter saßen mit einer meiner beiden Schwestern vorn, meine andere Schwester hatte ein ähnliches Kabuff wie ich zugeteilt bekommen, irgendwo im Bus. Ich konnte sie nicht sehen, sie konnte mich nicht sehen, wir konnten nicht nach draußen sehen. Ab und zu gaben wir Klopfzeichen.

Tief im Inneren des Transits aber war, umgeben von einer Mauer aus Umzugskartons und geschützt durch die Federbettwäsche meiner Eltern, das immer noch chromblitzende Zündapp Mokick verborgen. Abgesehen von dem Hausrat und den bescheidenen Ersparnissen, war es das einzige Bedeutsame, das mein Vater aus der Fremde nach Hause mitbrachte.

Später, als wir wieder in dem Dorf wohnten, aus dem meine Eltern stammten und wo sie sich von den bescheidenen Ersparnissen ein bescheidenes Haus kauften, fuhr mein Vater an den Wochenenden mit dem Mokick durch die Straßen und erzählte jedem die abenteuerliche Geschichte, wie es in seinen Besitz gekommen war, in immer neuen Variationen. Er merkte gar nicht, dass ihm immer weniger Leute zuhörten. Man hatte jetzt Autos, die mit Ratenkrediten abbezahlt wurden. Niemand war mit einem alten Mokick zu begeistern.

Eine Zeitlang hatte er zudem die Angewohnheit, herablassend von seinen Landsleuten zu sprechen. «So eine Schlamperei wäre in Deutschland nicht passiert», sagte er etwa, oder: «In Deutschland würden sie dir Feuer unterm Hintern machen», oder: «In Deutschland, da wird nicht gejammert, sondern gearbeitet.»

Eines Tages, als wir an der Tankstelle hielten, mein Vater auf seinem Mokick und ich hintendrauf, und der Tankwartsgehilfe, ein pickeliger Zwanzigjähriger, dem eine schmutzige Mütze schief auf den fettigen Haaren klebte, den Benzinstutzen aus dem Tank zog und den Preis nannte, warf mein Vater einen Blick in den Tank und hielt dem Gehilfen einen Geldschein hin, und sobald er das Wechselgeld bekommen hatte, gab er eine kleine Münze als Trinkgeld und sagte: «Fürs nächste Mal: In Deutschland machen sie einem den Tank voll, wenn man sagt: ‹Einmal volltanken, bitte› – und nicht fast voll oder ein bisschen voll.» Der pickelige Gehilfe glotzte ihn an und gab ihm die Münze wieder, drückte sie ihm regelrecht in die Hand. «Dann geh doch zurück, wenn's dir hier nicht gefällt. Na los, fahrt doch nach Deutschland auf eurem ollen Moped, mal sehn, wie weit ihr mit dem Schrotthaufen kommt.»

An jenem Abend wünschte ich mir, wieder in Deutschland zu sein. Man hatte mich dort gehänselt, hatte mich Knoblauchfresser genannt. War ich auf dem Schulhof in eine Prügelei verwickelt gewesen, galt immer ich als der Schuldige. Ich war kein richtiger Deutscher. Ich war das Gastarbeiterkind. Aber hier, an dem Ort, den meine Eltern Zuhause nannten, war ich gar nichts. Als ich in jener Nacht in meinem Bett lag und vor Scham nicht einschlafen konnte (während meine zwei Schwestern nebenan zufrieden schnarchten), da hatte ich vergessen, wie schlecht ich mich manchmal in Deutschland gefühlt hatte.

Noch vor dem Morgengrauen stand ich auf. Ich hatte einen kleinen Stoffbeutel neben dem Bett hängen, in dem ich zweimal die Woche meine Turnkleidung verstaute. Jetzt stopfte ich die mir wichtigen Sachen hinein: das Taschenmesser, die Feldflasche, die nachtleuchtende Sternkarte. Verzweifelt schlich ich den Flur entlang, am Zimmer meiner Schwestern vorbei, an dem meiner nichts ahnenden Eltern.

Dann verließ ich das Haus, ging durch die stillen Straßen zum Fluss und über die Brücke, wo der Ort zu Ende war, und weiter Richtung Osten, wo ich, viele Tagesreisen jenseits des Horizonts, Deutschland vermutete.

Ich war noch keine zwei Stunden unterwegs und die Sonne gerade erst aufgegangen, als mein Vater mich einholte. Er hielt mit seinem Mokick vor mir und nickte mir zu – ich sollte aufsteigen. Ich schüttelte den Kopf. Er stieg ab, ging drei, vier Schritte auf mich zu und verpasste mir eine schallende Ohrfeige. Dann standen wir uns gegenüber und starrten uns an, jeder bemüht, seine Tränen zurückzuhalten. Schließlich nahm er mich in die Arme.

Wir gingen zu Fuß. Ich fragte ihn, was mit dem Mokick sei, und er sagte, er werde es später holen. Wir liefen durch den Anbeginn des Tages, und es roch nach feuchter Erde und trocknendem Unterholz. Vögel zwitscherten, und in der Ferne bellte ein Hund. Es war das letzte Mal, Valentina, dass ich an der Hand meines Vaters ging.

Meine Mutter ist immer dagegen gewesen, dass ich zur Polizei gehe. Als sie erfuhr, dass ich mich bei der Guarda Nacional Republicana beworben hatte, drehte sie den Fernseher leiser und erhob sich schnaufend aus ihrem Sessel.

«Bist du völlig plemplem geworden, Fernao?» Sie war nicht unbedingt politisch, aber sie hielt die Guarda nicht für eine richtige Polizei. «Das sind Soldaten, verstehst du? Wenn du bei denen mitmachst, können die mit dir anstellen, was sie wollen! Hast du deinen Onkel Marcelo schon vergessen, hast du vergessen, wie du bei seiner Beerdigung geweint hast?» Das hatte ich in der Tat vergessen. Wahrscheinlich weil ich gar nicht geweint hatte. «Soll ich eines Tages einen Brief von so einem General bekommen, der mir mitteilt, dass du fürs Vaterland irgendwo in der Welt auf eine Mine getreten bist?»

«Aber wir haben doch keine Kolonien mehr», entgegnete ich naiv, «und es herrscht auch kein Krieg in Europa.»

Das ist jetzt über zwanzig Jahre her. 1990 – die Deutschen wurden in Italien zum dritten Mal Fußballweltmeister. Italien gewann zwar nicht die WM, aber dafür den Grand Prix de la Chanson mit dem Lied *Insieme: 1992*. Der Refrain ging so: «Insieme, unite, unite, Europe!» Damit würden die Italiener heute wohl nichts mehr gewinnen, aber damals war das anders. Der Eiserne Vorhang war gefallen, die letzten Diktatoren gestürzt. Warum sollten wir uns nicht alle vereinigen?

Wir Portugiesen hatten uns gegenüber dem Grand-Prix-Desaster von 1974 verbessert – wir wurden diesmal Vorletzter. Der Wettbewerb fand wie immer beim Vorjahressieger statt, also in Jugoslawien. Jugoslawien, Valentina, ist ein Land, das es heute nicht mehr gibt. Ein paar Arbeitskollegen meines Vaters in der Kleisterfabrik waren Jugoslawen. Keine Ahnung, was sie jetzt sind. Jedenfalls gingen sich die Menschen, die in Jugoslawien lebten, im Jahr nach dem Grand Prix gegenseitig an die Kehle.

«Siehst du!», rief meine Mutter von ihrem Sessel aus, «von wegen, kein Krieg mehr in Europa!»

Ich hatte gerade meine Ausbildung beendet und stand in meiner neuen Uniform vor ihr. Aber das interessierte sie gar nicht. Wie eine Keule schwang sie ihre Fernbedienung und deutete auf den Bildschirm, auf dem die Panzer rollten. «Sie wollen Friedenstruppen senden! Hurra! Friedenstruppen! Was für Soldaten sollen das bitte sein – Friedenssoldaten? Gibt es so was? Schießen die mit Friedensmunition? Wahrscheinlich werden sie auch ein paar Friedensbomben werfen! Und ich wette mit dir, dass sich irgendein dummer portugiesischer Friedensgeneral findet, der da unbedingt mitmachen will! Sind ja nicht seine Söhne. Sind ja nur die von ein paar einfachen, armen Leuten, wie wir es sind. O Jesus Maria!», rief sie und hob die Hände (mit der Fernbedienung) zum Himmel, wo über ihr, über dem herzkranken Alkoholiker ein Stockwerk höher, über der alleinerziehenden Mutter mit den getönten Haaren und den wechselnden Freunden und den zwei klauenden Kindern, über dem schweigenden Nachtwächter aus Mosambik, über dem kettenrauchenden Veteranen im Rollstuhl, dem riesige Büschel gelb-weißer Haare aus den Ohren wuchsen, über dem Studentenpärchen, das sich im Jahr darauf trennen sollte (woraufhin sie versuchte, sich mit Schlaftabletten umzubringen, aber nur Pillen zum Abführen erwischte, sodass der gesamte Abflussstrang in diesem Teil des Mietshauses eine Woche lang verstopft und also nicht zu benutzen war), über dem Dach, auf dem die Satelliten-Spiegel vor sich hin rosteten, über dem aufsteigenden Dröhnen des Berufsverkehrs und dem Lärm zur Landung ansetzender Flugzeuge, über dem Smog von Odivelas, irgendwo, allen privaten Säkularisierungsversuchen meines Vaters zum Trotz, immer noch der Allmächtige wohnte und wahrscheinlich gerade mit meiner Mutter einer Meinung war.

Sie sah mich an. «Ist das die neue Uniform?»

«Ja, Mama.»

«Die Stiefel gehören auch dazu?»

«Ja.»

«Du siehst aus wie einer von der Shilo Ranch.» Sie zog eine Grimasse. «Wenn dich dein Vater so sehen könnte.»

In diesem Moment wichen Hohn und Bitterkeit aus ihrem Gesicht und machten der Trauer und der zärtlichen Erinnerung an meinen Vater Platz, der damals bereits seit über vier Jahren tot war, gestorben an einer Krankheit, für die es keine Heilung gab, für deren Heilung meine Eltern allerdings ihre verbliebenen Ersparnisse ausgegeben und schließlich auch das Haus verkauft hatten. Vergeblich.

Mein Vater hatte sich immer gewünscht, dass ich studiere, war fest davon überzeugt gewesen, dass seinem Sohn, dem er (gegen den Widerstand seiner Frau und des Allmächtigen) den Vornamen eines überzeugten Kommunisten und Helden der Sowjetunion gegeben hatte, etwas Außergewöhnliches gelingen werde. «Du kannst Wissenschaft studieren und dann zum Beispiel mit so einem Space Shuttle ins All fliegen, wo du in der Schwerelosigkeit ein neues chemisches Element entdeckst, das später deinen Namen bekommt – Gouveium! Oder du beobachtest einen unbekannten Stern – Alpha Gouveia! Ach», hatte er geseufzt, «du hast so viele Möglichkeiten. Das macht mich manchmal richtig neidisch!» Noch auf seinem Sterbebett hatte er meine Mutter angewiesen, sie solle, was von den Ersparnissen noch übrig sei, für mein Studium ausgeben. Er wusste nicht oder hatte es vergessen: Es war kein Geld mehr da.

Nach seinem Tod begann jene Zeit, in der wir wie Vagabunden lebten und meine zwei älteren Schwestern Männer heirateten, die sie, hätten sie Geld gehabt, wohl nicht so schnell geheiratet hätten. Meine Mutter und ich wechselten häufig die Wohnungen, je nachdem, wo sie gerade Arbeit bekam – als Küchenhilfe und später als Näherin. Damals waren die Löhne in Portugal niedrig, so niedrig wie nirgends sonst in Europa, und deswegen wurde in die Textilindustrie investiert, was so lange gutging, bis die Manager der Firmen entdeckten, dass man in der Türkei oder in Pakistan oder in China noch billiger nähen lassen konnte.

Ich erinnere mich an diese ersten Jahre nach dem Tod meines Vaters als eine Zeit ständiger Knappheit, erinnere mich an die Angst meiner Mutter, auch nur einen Escudo zu viel auszugeben, weil dann das Geld am Ende des Monats für das Überleben im nächsten nicht reichen würde. Das war einer der Gründe, warum ich mich zur Nationalgarde meldete.

Der andere Grund lag tiefer.

Ich wollte endlich Portugiese sein. Ein ganzer Portugiese, nicht nur ein halber, zugewanderter, Kind einer Familie, die es in Deutschland nicht geschafft hatte. Das sollte die Uniform für mich erledigen. Das war der geheime Handel, den ich mit der Guarda eingegangen war, ohne dass man dort davon gewusst hätte.

Nur einmal in meinem Leben bin ich ein Deutscher gewesen. Ein hundertprozentiger Deutscher – so deutsch, wie man es nur als Deutscher sein kann. Ironischerweise widerfuhr mir dieser kurze Moment echten Deutschtums auf unserer Heimfahrt nach Portugal, kurz nachdem wir Deutschland und der Kleisterfabrik für immer den Rücken gekehrt hatten.

Weil mein Vater Geld sparen wollte, fuhren wir nicht auf der Autobahn, wo man uns für den übergroßen Katastrophen-Ford vermutlich Lkw-Gebühren abgenommen hätte. Auf der Landstraße zuckelten wir quer durch Frankreich.

Ich bekam, wie gesagt, wenig davon mit. Irgendwann fing meine irgendwo neben mir vom Hausrat eingemauerte Schwester an zu jammern. Sie müsse auf die Toilette. Mein Vater fragte, ob sie es nicht wenigstens noch bis hinter Bordeaux aushalten könne. Konnte sie nicht.

Wir hielten in einem kleinen Dorf vor einem etwas heruntergekommenen Café an einer Kurve. Auf dem Parkplatz daneben stand ein Lkw, und auf einem Schild wurden in mehreren Sprachen belegte Baguettes angepriesen. Wahrscheinlich glaubte man, so den einen oder anderen Fernfahrer, der die Nationalstraße nach Süden nahm, hineinlocken zu können. Ich schaute zu dem Lkw und hatte plötzlich die wilde Hoffnung, wir könnten hier einen der Fahrer aus der Spedition treffen. Aber der Lkw kam aus Frankreich.

Ein schmaler Bach floss jenseits der Straße, und vor einem der niedrigen Häuser liefen hinter einem Drahtzaun Hühner herum, die zuckend zu uns herübersahen, als wir alle aus dem vollgepackten Fahrzeug stiegen. Meine Familie – meine zwei Schwestern, meine Mutter, mein Vater – bewegte sich auf den Eingang des Cafés zu, und da ich zurückblieb, drehte mein Vater sich zu mir um. «Musst du nicht auch mal?» Ich schüttelte den Kopf. «Aber wehe, wenn dir in fünfzig Kilometern einfällt, dass du doch musst!», rief er, und schon waren sie alle vier in dem dunklen Eingang des Lokals verschwunden.

Ich gähnte und streckte mich, dann lief ich etwas hin und her. Schließlich setzte ich mich auf einen der verlassenen Stühle, die vor dem Café standen. Ich blickte die Straße hinunter, in die Richtung, in die wir gleich weiterfahren würden, und so bemerkte ich die Frau nicht sofort, die sich von der anderen Seite näherte.

Erst als ich das kratzende, quietschende Geräusch hörte, wandte ich mich um.

Sie zog einen stoffbezogenen einachsigen Handkarren hinter sich her, wie ihn ältere Menschen zum Einkaufen benutzen. Es war schwer zu sagen, wie alt sie war – fünfzig, sechzig, siebzig? Sie trug ein gelb gemustertes Kleid, eine Art Kittelschürze, und eine graue Strickjacke darüber. Sie war dick – ihre Haut faltig, rosig, schwabbelig, ihr Gesicht irgendwie konturlos. (Tatsächlich kann ich mich nicht an das Gesicht erinnern.) Schnaufend stand sie neben dem Ford und starrte ihn an. Auf der Hecktür war von dem ursprünglichen Schriftzug «Katastrophenschutz» bloß noch das Wort «Schutz» zu erkennen. Lange betrachtete sie es. Ich dachte mir nichts dabei, glaubte, sie wolle sich nur ausruhen. Bis sie herumschnellte und mir mit stechendem Blick in die Augen sah. Sie deutete auf das Autokennzeichen. «Deutsch?», fragte sie mich.

Was hätte ich sagen sollen? Ja? Nein? Jein? Ich war mal deutsch, aber jetzt bin ich es nicht mehr? Eigentlich bin ich Portugiese, aber in Deutschland geboren? Meine Schulkameraden haben mich Knoblauchfresser genannt? Mein Portugiesisch hört sich an, wie wenn ein Deutscher mit vollem Mund Holländisch spricht? Das schien mir alles zu kompliziert, und so nickte ich einfach nur.

Ihr Blick wanderte zum Nummernschild und dann zurück zu mir. Ihre Augen und auch ihr Mund wirkten plötzlich so hasserfüllt, dass ich Angst bekam. Ich fürchtete, sie würde gleich auf mich losgehen. Aber das tat sie nicht. Sie krempelte nur den linken Ärmel ihrer Jacke hoch und hielt mir ihren nackten Unterarm hin.

Ich hatte schon mehr als einmal eine Tätowierung gesehen: bei den Fernfahrern der Spedition, die mir ihre Hautmalerei bereitwillig und oft gezeigt hatten. Anker, gekreuzte Säbel, barbusige Frauen, unter denen die häufig falsch geschriebenen oder unleserlichen Namen einer lange schon verlorenen Liebe standen.

Auf dem Unterarm der Frau erkannte ich nur eine Nummer. Eine blaue, eintätowierte Nummer. Ich starrte die Nummer an, dann die Frau. Ihr Blick schien jetzt nicht mehr wütend, nicht mehr stechend, sondern eher forschend, als wäre sie gespannt auf meine Reaktion. Ich wusste nicht, was das zu bedeuten hatte. Was hatte diese Nummer mit mir oder unserem Auto zu tun? Ich sah zum Nummernschild unseres Fords und dann wieder auf den Unterarm der Frau, vielleicht hoffte ich ja, die beiden Nummern wären ähnlich. Ich suchte nach einem Zusammenhang.

Noch einige Sekunden lang schaute mich die Frau an, dann spuckte sie mir vor die Füße.

Ohne sich noch einmal umzudrehen, ging sie, den kleinen Karren quietschend hinter sich herschleifend, die Straße hinunter in die Richtung, die auch wir bald nehmen würden.

Ich saß auf dem Stuhl und bewegte mich nicht, bis sie hinter der Kurve verschwunden war.

«Was ist denn mit dir los?», fragte mein Vater, als sie wieder zurückkamen, «was guckst du so komisch?»

«Da war eine Frau», antwortete ich.

«Hoho! Hast du gehört?», rief er meiner Mutter zu, die bereits an der Beifahrertür stand, «die kleinen Französinnen interessieren sich schon für ihn!»

«Allmächtiger!», entgegnete meine Mutter.

Mein Vater lachte. «Was hat sie denn von dir gewollt, die Frau?»

«Nichts.»

Er stutzte. Einen Moment überlegte er wohl, ob er der Sache auf den Grund gehen solle, aber dann zuckte er mit den Achseln und stieg ein.

Cabral hatte schlechte Laune. Er saß hinter dem Schreibtisch und breitete Papiere vor sich aus, als wären es Tarotkarten, von denen sich sein Schicksal ablesen ließ. Hinter ihm stand eine neue weiße Tafel. Eine von der Sorte, auf der mit Magnethaltern Fotos befestigt und mit speziellen Filzstiften Pfeile und Linien gezogen werden konnten. Eine weiße Tafel, wie es sie in jeder Folge einer mittelmäßigen amerikanischen Krimiserie gab, um den scharfsinnigen Ermittlern und damit auch dem Zuschauer die rätselhaften und letztlich immer doch logischen Zusammenhänge der vergangenen fünfundvierzig Minuten zu offenbaren. Die Tafel war leer.

«Was machst du da?», fragte ich ihn.

«Ich bereite alles vor.»

«Du bereitest alles vor? Wofür?»

Er lehnte sich zurück, sah mich trübe an. «Der Finger ist wieder da.»

«War er denn je verschwunden?»

«Tritão war ihn losgeworden, ja. An die PJ. Und jetzt ist der Bericht gekommen.»

Das machte mich neugierig. «Und?»

«Er gehörte einer Frau. Aber sie war schon tot, als sie ihn verloren hat.»

«Heißt das, die PJ übernimmt doch?»

«Das heißt, die schicken uns einen her.»

«Was heißt herschicken? Wieso übernehmen das nicht einfach die aus Portimao?»

«Keine Ahnung. Sie schicken jemanden vorbei. Morgen oder übermorgen. Vielleicht aber auch erst am Montag. Personalengpässe, sagen sie, Einsparungen. Wir sollen schon mal alles vorbereiten.»

«Was denn, bitte schön?»

«Alles für den Spezialagenten, den sie uns aus Lissabon schicken wollen, damit er sich hier einnistet und wir für ihn die Tafel wischen.» Er deutete hinter sich. «Die kam heute mit UPS. UPS! Und die reden von Einsparungen!»

Noch etwas anderes war geschehen. In einer Ferienanlage östlich von Sagres hatte es einen Einbruch gegeben. Das war nichts Ungewöhnliches. Ungewöhnlich war, was man dem belgischen Touristen gestohlen hatte: Socken, Unterwäsche, Hemd, ein Paar Joggingschuhe sowie einen Trainingsanzug, auf dem in Großbuchstaben «BELGIUM» stand. Der Bestohlene war früher einmal Mitglied der belgischen Basketball-Nationalmannschaft gewesen.

«Das ist ein unersetzliches Erinnerungsstück!», hatte der Belgier Eufemia und Cabral angeblafft. «Und was hat dieser Schwuli mir dafür dagelassen, mhm? Seinen weißen Plüsch-Bademantel! Na toll!», rief er auf Englisch.

Cabral schwieg.

Eufemia nickte mechanisch. Sie hatte kein Wort verstanden. Gleichmütig hielt sie dem Belgier ein Formular hin: «Please sign here», sagte sie. Danach hatte sie den Bademantel eingepackt.

Schon immer mochte meine Mutter die einfachen Dinge. Sie mochte zum Beispiel die einfachen Lieder, mit denen portugiesische Sänger sich beim Grand Prix de la Chanson regelmäßig auf die letzten Plätze katapultierten. Immer noch mag sie diese alten amerikanischen Schwarz-Weiß-Filme, die an einem einzigen Ort spielen, vorzugsweise in einem einzigen Haus oder Zimmer, Filme, deren Besetzung bestenfalls aus nur vier Schauspielern besteht und deren Dramaturgie sich nach einer dem Zelluloid gleichsam innewohnenden Notwendigkeit abspult. Sie mag die kleine Welt, die nicht nur vom Allmächtigen, sondern auch von ihr selbst verstanden werden kann. Deswegen mag sie, was selbst meine Schwestern überrascht, keine Telenovelas. Und deswegen mag sie auch keine Nachrichten.

«Weil die Nachrichten mittlerweile wie die Telenovelas sind», erklärte sie mir, «ich meine: Wer soll denn da noch durchblicken?»

Für sie sind wir alle Teil einer Geschichte jenseits von Radio, TV und Internet, einer Geschichte, die einen Anfang, eine Mitte und ein Ende hat und in der Vorbestimmung und Verhängnis, Schicksal, Schuld und Erlösung die treibenden Kräfte sind. «Oder», sagte sie, «um es anders auszudrücken: Gott würfelt nicht.»

Das war und ist und bleibt ihr liebster Satz. Er ist es geworden, als ich ihr mit fünfzehn die Relativitätstheorie erklären wollte und sie daraufhin eine Woche lang nicht mit mir sprach. In dieser Woche der weltanschaulichen Stille zwischen uns begann sie, populärwissenschaftliche Bücher über Einstein zu lesen, und jenes Zitat war am Ende ihre Antwort, die das Schweigen brach: Gott würfelt nicht.

Von da an führten wir regelmäßig Streitgespräche: Wenn es einen Schöpfer gab, wer hatte dann den Schöpfer geschaffen? Konnte aus nichts etwas entstehen, und wenn ja, mit welchem Ziel? Warum – Maria hin oder her – war Gott ein Mann?

«Würdest du denn gern ein Mädchen sein?», fragte mich meine Mutter misstrauisch.

Was auch immer Gott unserer Ansicht nach war, tat oder vorhatte, eine Frage blieb im Raum stehen: Welchen Sinn hatte der frühe Tod meines Vaters gehabt? Er, der sein Leben lang hart für seine Familie gearbeitet hatte, der seiner Frau treu gewesen war und seine Kinder geliebt, der niemals betrogen, gelogen, gestohlen oder auch nur seine Hand gegen irgendjemanden erhoben hatte, war dafür mit einem qualvollen Ende bestraft worden. Aber natürlich stellte ich ihr diese Frage nie.

Wenn ich sie später, nachdem ich meine Stelle bei der GNR angetreten hatte, an meinem freien Tag besuchte und sie für mich gekocht hatte, wenn ich dann satt und müde und mit einem Rest Erinnerung an meine Kindheit auf der Zunge an ihrem abgenutzten Esstisch saß, brachte ich es einfach nicht über mich, sie danach zu fragen, obwohl sie wusste, dass ich mir diese Frage schon lange stellte. Vor allem dann, wenn ich kurz zuvor wieder einmal einen Blick in die Fahndungskartei geworfen hatte, die voll war mit den Toten und Verschwundenen, deren Entführer und Mörder wir niemals finden würden.

Sie sah es mir wohl an. «Denk bloß nicht, dass du meinen Glauben prüfen kannst», sagte sie.

Ich versuchte es erst gar nicht. Stattdessen flüchtete ich mich ins große Ganze.

«Was, wenn wir nur in der Mitte sind?»

«In der Mitte wovon?»

«In der Mitte von deiner großen göttlichen Geschichte.»

«Yuri, Fernao, Liebling, was soll denn dieser Quatsch nun wieder bedeuten?»

«In jeder Telenovela gibt es am Anfang der Mitte, so zwischen Folge 200 und 300, Figuren, die plötzlich auftauchen und hundert Folgen später wieder rausgeschrieben werden.»

«Deswegen schaue ich mir diesen Mist ja auch nicht mehr an.»

«Das Universum war bereits Milliarden Jahre alt, als die Menschen darin auftauchten.»

«Hast du immer noch diese Flausen im Kopf? Du bist fast *vierzig*! Das Universum! Kleiner geht's wohl nicht? Allmächtiger!», rief sie aus und hob einmal mehr die Hände zum Himmel, völlig überzeugt davon, dass das Universum eine mehr oder weniger große Ansammlung physikalischer Phänomene sei, die sich letztlich der Allmacht des Schöpfers unterzuordnen habe.

«Wir werden wahrscheinlich lange vor dessen Ende, dessen *richtigem* Ende, wieder verschwunden sein. Wir sind vielleicht die Nebendarsteller, nicht die Superstars, das meine ich damit.»

«Ach, Junge», erwiderte sie und stellte den Fernseher lauter.

Das war in der Woche, bevor es passieren sollte. Auf dem Bildschirm rasten mit Flugabwehrgeschützen bestückte Pick-ups über eine Wüstenpiste. «Gott ist groß!», riefen die Männer, die auf der Ladefläche saßen und ihre Gewehre zeigten. Gaddafi hielt eine Rede. Er trug eine weiße Phantasieuniform und eine riesige Schirmmütze.

Ich ging in die Küche. Machte mir einen Kaffee. Als ich das Blubbern und Röcheln im Kaffeebereiter hörte, suchte ich im Schrank nach einer Tasse. Das heißt, ich tastete danach, während ich aus dem Küchenfenster blickte, über die Dächer von Odivelas. Es war das letzte Mal, dass ich meine Mutter dort allein zum Mittagessen besuchte, aber das wusste ich natürlich nicht.

Was soll ich sagen – eine Tasse fiel mir herunter. Sie zerschellte auf dem Küchenboden. Der Küchenschrank meiner Mutter barg ein Sammelsurium von Tassen, die irgendwann einmal zu ihr gefunden hatten. Die Tasse auf dem Boden war recht alt. 1984 stand darauf. Eine anlässlich der Fußball-Europameisterschaft 1984 in Frankreich hergestellte Tasse. Da hatte Platini uns Portugiesen in der letzten Minute aus dem Finale geschossen. Mir fiel wieder ein, wie wir fiebernd vor dem Fernseher gesessen hatten, meine Mutter mit der Tasse in der Hand, die Knöchel ihrer Hand weiß und der Sieg im Halbfinale so greifbar nah, dass wir bereits insgeheim vom Gewinn der Europameisterschaft träumten. Aber dann traf Platini in der letzten Minute der Verlängerung den Ball, so wie ihn nur Platini treffen konnte.

Ich sehe den großen Platini noch vor mir, wie er jubelnd durch das Stadion rannte und sich sein Ebenbild in unseren weit aufgerissenen, traurigen Augen spiegelte.

In den Tagen, die darauf folgten, hatte ich mich leer und ohne Antrieb gefühlt. Ich wollte nicht zur Schule gehen. Irgendwann kam mein Vater, legte mir seine Hand auf die Schulter und sagt: «Es war doch nur ein Spiel, Yuri. Es gibt Schlimmeres.»

«Ist was passiert?», rief meine Mutter aus dem Wohnzimmer.

«Mir ist eine Tasse runtergefallen.»

«Es gibt Schlimmeres», rief sie zurück, ohne den Fernseher leiser zu stellen, «lass es einfach liegen, ich mach es später weg.»

«Nein», rief ich, nahm den Handfeger und schob die Scherben auf die Kehrichtschaufel.

Alles verschwindet irgendwann, aber das ist nicht das Problem. Das Problem ist, dass bis dahin alles eine Geschichte hat. Selbst eine Tasse.

9

Die Bücher in Laskas Bibliothek waren nur grob geordnet. Einen Teil der Regale füllten Nachschlagewerke und Sternkarten, Atlanten und umfangreiche Fotobände. Es gab eine Ecke mit den Biographien und Lebenserinnerungen bedeutender Astronomen und Kometenjäger – Tempel, Tuttle, Halley, Ikeya, Seki, Shoemaker, Levy, viele Namen hatte sie noch nie gehört. An der Pädagogischen Hochschule hatte sie Astronomie als Nebenfach belegt, weil ihre Großmutter ihr dazu geraten und ihre Mutter sie dazu gedrängt hatte. Sie selbst hatte noch den Rest einer sentimentalen Erinnerung an jene unschuldige Zeit in sich bewahrt, als es für sie etwas Aufregendes gewesen war, mit ihrem Großvater durch die Nacht zu wandern und am Firmament die Sternbilder zu bestimmen. Doch als sie an die Universität ging, war sie gerade achtzehn geworden, und bald vergaß sie die hehren Vorsätze, mit denen sie sich eingeschrieben hatte.

Sie fing mit «Meyers Handbuch über das Weltall» an, machte weiter mit dem «Planetenlexikon» und einer «Einführung in die Kosmologie». Wollte sie Laska etwas beweisen oder einfach nur Versäumtes nachholen, die verlorene Zeit zurückgewinnen? Oder wollte sie sich die Stunden vertreiben, sich beschäftigen bis zum Tag von Laskas Tod? Am Anfang hatte sie sich auszumalen versucht, was sie mit dem Geld von ihm anfangen würde, aber ihr war nichts in den

Sinn gekommen außer dem ihr unwirklich vorkommenden Gedanken, dass sie damit tatsächlich würde machen können, was sie wollte.

Tagsüber las sie in der Bibliothek oder auf einem Liegestuhl am verwaisten Pool. Laska wusste nicht so recht, was er davon halten sollte.

«Du liest», stellte er fest.

«Nein», antwortete sie, ohne aufzuschauen, «sieht nur so aus. Ich schaue mir die Bildchen an.»

Manchmal sprach sie mit ihm über den Inhalt eines Buches, etwa über die Theorie, dass das Universum sich ausdehne, von jedem Ort aus, in alle Richtungen, dass es kein Zentrum gebe, genauso wenig wie für einen Käfer, der auf der Oberfläche eines Luftballons herumlaufe, und dass wir (die Käfer, die Galaxien), ohne es zu merken, uns immer weiter und – wie sich inzwischen herausgestellt habe – sogar immer schneller voneinander entfernten.

Ja, bestätigte Laska, das habe vielleicht wenig Tröstendes an sich, sei aber nicht zu ändern. Man kenne den Anfang nicht und nicht das Ende, «von unserem eigenen mal abgesehen».

«Bist du dir da sicher?»

«Da bin ich mir ziemlich sicher.»

«Du weißt also genau, wie du stirbst? Was, wenn du vorher von einem Auto überfahren wirst oder so was? Dann ist dein ganzer Sterbensplan für die Katze.»

«Weil hier ja so viele rumfahren, die mich überfahren könnten.»

«Wie meine Großmutter immer hat gesagt: Es muss nur der Richtige kommen. Wie fühlst du dich?»

«Gut.»

«Wirklich?»

«Ja.»

«Ich glaube dir nicht.»

Er stutzte. «Und? Soll ich jetzt vielleicht Gymnastik machen?»

«Ja. Zum Beispiel.»

Sie saßen beim Frühstück. Milchkaffee, der Duft der Pastéis de nata. Draußen ein Vogel, der ein Geräusch von sich gab, das Anna noch nie gehört hatte.

«Du willst, dass ich Gymnastik mache?»

«Wenn du willst, dass ich dir glaube.»

Er stand auf, trat neben den Tisch und machte Liegestütze. Dann setzte er sich wieder. Sein Atem ging etwas schneller, aber das war schon alles. «Siehst du? Glaubst du mir jetzt? Es geht mir gut.»

«Also, ich weiß jetzt nicht mehr, was ich glauben soll.» Sie nippte an ihrem Kaffee. «Vielleicht haben sich die Ärzte geirrt.»

«Nein, haben sie nicht.»

«Es geht dir gut. Du hast vor einem Mädchen aus Kiew Liegestütze gemacht. Was ziemlich komisch aussah. Aber Leute, die bald sterben, sind nicht komisch. Das heißt, du bist gar nicht krank.»

«Die Ärzte haben sich nicht geirrt. Das ist immer das Erste, was die Patienten denken. Sie denken, dass die Ärzte sich geirrt haben, weil vielleicht Untersuchungsergebnisse verwechselt wurden, und dann rennen sie zum nächsten und zum übernächsten, aber die Ergebnisse bleiben immer gleich.»

Sie zuckte mit den Achseln. «Du kannst immer noch vorher von einem Auto überfahren werden.»

«Unwahrscheinlich.»

Sie sah aus dem offenen Fenster. Dunst lag über den abfallenden Hügeln. In der Ferne verschwammen die See und der Himmel zu einem einzigen Hellblau. «Oder es gibt ein Erdbeben.»

«Hier hat die Erde seit dem achtzehnten Jahrhundert nicht mehr gebebt.»

«Na ja, eben.»

Sie hatte es eigentlich aufgegeben, im Haus nach Spuren von Laskas Vergangenheit zu suchen, bis ihr eines Nachmittags eine Tür auffiel: eine schmale, aber stabile Stahltür, die neben der Terrasse in die Außenwand des Hauses eingelassen war. Zwei Treppenstufen führten zu ihr hinab.

«Wo geht es da hin?», fragte sie Laska.

«Zum Keller.»

«Es gibt einen Keller?»

«Keinen richtigen», wich Laska aus. «Ich wollte eine Ölheizung einbauen, aber ich habe es dann gelassen.»

«Und was ist jetzt dadrin?»

Er blickte sie ruhig an. «Nichts.»

Abends konnte sie es kaum erwarten, dass es dunkel wurde und sie sich wieder im Observatorium ans Teleskop setzen konnte. Sie begann methodischer vorzugehen, indem sie den Himmel in Abschnitte aufteilte und sich noch vor der Dämmerung eine Liste machte, wonach sie in der Nacht suchen wollte. Sie fing ein Beobachtungstagebuch an und führte es mit einer solchen Akribie, dass sie ein wenig vor sich selbst erschrak.

Jede Nacht bot neue Entdeckungen – veränderliche

Sterne, Sternhaufen, weit entfernte, riesige Galaxien oder auch den Schatten eines vorbeiziehenden Mondes auf den Wolkenbändern des Jupiter. Mit dem Auge am Okular und vollkommen reglos (damit jede unnötige Vibration des Instruments vermieden wurde) auf dem Hocker zu sitzen bedeutete, unterwegs zu sein auf einer großen Reise. Es war, als wäre sie auf einen dahinrasenden Zug aufgesprungen, ohne zu wissen, wohin er fuhr. Als wäre sie unbemerkt in ein anderes Leben hineingeraten. Als hätte ein verborgener Teil in ihr die Kontrolle übernommen. Wo war die Anna, die in den Clubs bis zum Morgengrauen getanzt hatte? Aber so, wie man den Halt verlieren kann, dachte sie, kann man ihn vielleicht auch wiederfinden, und so, wie man war, ist man vielleicht nie gewesen.

Laska wurde Annas Eifer unheimlich. «Willst du nicht ins Bett gehen?», fragte er eines Nachts, «es ist schon halb drei.»

«Die beste Zeit», sagte sie.

«Es ist kühl geworden, frierst du nicht?» Er zog seine Windjacke aus, legte sie ihr über die Schultern.

Sie murmelte einen Dank und schlüpfte hinein. «Wir hätten zwei kaufen sollen», sagte sie.

«Konnte ja keiner vorhersehen», erwiderte er. Dann blieb er noch einen Moment an der Tür des Observatoriums stehen, bevor er ihr eine gute Nacht wünschte und ging.

Sie ahnte, dass jede Minute nur geliehen war. Dass die Reise zu einem Ende kommen würde, sie nur noch nicht wusste, welches es sein könnte. Während Laska die Zeit beharrlich zu ignorieren schien, wurde ihr mit jeder Nacht klarer, dass die Uhr tickte. Etwas würde passieren – oder war schon längst passiert, um sie wie der Blitz einer entfernten Supernova eines späteren Tages zu treffen.

Tagsüber half sie Laska bei der Auswertung seiner nächtlichen Aufnahmen. Er hatte ein Computerprogramm, das beim Auffinden möglicher Kometen-Kandidaten helfen sollte, aber er misstraute ihm offenbar. Deshalb betrachteten sie endlose Reihen von Digitalfotos, die seine Astrokamera vom ausgewählten Himmelsausschnitt in der Nacht gemacht hatte, und suchten darauf nach einem kleinen, seine Position verändernden Lichtpunkt. Sie fanden keinen. Das schien das Einzige zu sein, was Laska wirklich verdross.

«Dass du stirbst und keiner von diesen Eisbrocken hat deinen Namen? *Laska I*? Das ist alles, was dich kümmert?»

«Wir könnten ihn ja –», überlegte er, «*Tschertschenko-Laska I* nennen.»

«Oh, was für eine Ehre. Das wird wahrscheinlich einer sein, der auf die Erde stürzt.» Sie lachte. «Dann sterben wir gemeinsam.»

Das Wetter war mild und der Himmel klar, und in der ersten Dezemberwoche wurde es so warm, dass sie schwimmen gingen, auch wenn das Wasser noch eiskalt war. Nach dem Schwimmen schlenderten sie den Strand entlang, immer weiter, bis zu einer Stelle, wo der Sand in den rötlichen Fels der Steilklippe überging und sie bei Ebbe von Stein zu Stein sprang wie ein Kind, während Laska versuchte, einen Fisch zu angeln, aber nie einen fing.

Weiterhin suchte er einmal die Woche einen Arzt auf, zumindest behauptete er es, und das war das Einzige, was sie von seiner Krankheit mitbekam. Ab und zu fuhren sie den Hügel hinunter in den Ort, der jetzt überwiegend von den

Einheimischen und den verbliebenen Ganzjahresgästen, den sogenannten Residenten, bevölkert wurde: Alten und noch Älteren mit silbrigen, manchmal schlohweißen Haaren, die riesige Autos fuhren und, wenn sie ausgestiegen waren und aus dem Kofferraum ein Sportgerät hervorzogen, einen Golf- oder Tennisschläger und einmal sogar ein Surfbrett, in den Knien wie Wackelpuppen wippten.

Laska hatte seltsame Nachbarn, fand Anna. «Aber weil du selbst seltsam bist, ist dir das wahrscheinlich nie aufgefallen», sagte sie zu ihm.

Die vier Häuser am Ende der Straße lagen weit genug auseinander, dass man sich nicht füreinander interessieren musste, es sei denn, man wollte es unbedingt. In einem der Häuser wohnte ein betagtes britisches Ehepaar. Der Mann fuhr einen alten braunen Jaguar, der auf der Heckscheibe einen Aufkleber trug: HEAVEN CAN WAIT. Jeden Dienstag machten sie eine Fahrt damit. Dann öffnete er seiner elegant angezogenen Frau wie ein Chauffeur die Tür, bevor er selbst einstieg und ein aufwendiges, aber jedes Mal identisches Wendemanöver absolvierte: Erst fuhr er rückwärts die Auffahrt hinunter auf die Straße, wobei er mit dem Heck beinahe an eine kleine Mauer stieß, dann legte er den Vorwärtsgang ein und ließ den Wagen in schier unendlicher Langsamkeit einen Halbkreis fahren, bevor sie an Laskas Haus vorbeikamen und die Straße hinab verschwanden. Anna stellte sich anfangs vor, dass die beiden einen Ausflug machten und sich etwas Schönes anschauten, doch wenn sie am Nachmittag zurückkamen, der Mann das Auto auf die gleiche Weise (nur in umgekehrter Reihenfolge) zurück in die Einfahrt stellte, seiner Frau die Tür öffnete und aus dem Kofferraum mehrere prall gefüllte Supermarkttüten holte, musste sie einsehen, dass die beiden wohl nur einkaufen gewesen waren.

Neben dem betagten Ehepaar wohnte ein unglaublich dicker Brite Anfang fünfzig, den Anna nur selten zu Gesicht bekam. Angeblich hatte er sein Geld mit der Erschließung und dem Bau von Golfplätzen verdient und war dadurch sehr reich geworden. Eine ziemlich hohe Mauer umgab sein Anwesen, und auf den beiden Steinsäulen, die das schmiedeeiserne Eingangstor flankierten, waren zwei Überwachungskameras installiert. Der Mann lebte allein, seine jüngere Frau, glaubte Laska sich zu erinnern, hatte ihn vor einigen Jahren verlassen, jedenfalls sei sie eines Tages nicht mehr da gewesen. Einmal habe er sich mit ihr unterhalten, über die Erhöhung der Wasserpreise und die von der Gemeinde geplante Asphaltierung der Straße, aber danach nie wieder, und den dicken Mann, dessen Namen er aus dem Kopf gar nicht wusste, hatte er danach noch seltener gesehen.

Das Haus, das Laskas am nächsten lag, war meistens unbewohnt. Der Eigentümer, ein Holländer, der schon seit Jahren nicht mehr gekommen war, vermietete es zuweilen über eine Agentur.

Während der ersten zwei Wochen, die Anna in Laskas Haus verbrachte, wohnte eine deutsche Familie dort, eine Frau und ein Mann Ende dreißig mit zwei kleinen Kindern. Der Junge konnte gerade erst laufen, und das kleine Mädchen versuchte, sich im Kinderwagen auf den Bauch zu drehen und hochzustemmen, aber die Mutter wollte es jedes Mal wieder zurückdrehen. Irgendwann ließ sie es gewähren, doch nur so lange, bis ihr Mann erschien und eine Diskussion darüber begann, ob es gut sei, dass das Kind sich hochstemme und ins Hohlkreuz gerate, ja eventuell aus dem Kinderwagen falle oder auch nur Dinge sehen könne, die es, um seiner Zukunft willen, besser noch nicht sehen solle.

Die meiste Zeit aber bekamen sie von den Nachbarn nicht mehr mit als ein gelegentliches Rufen, ein Lachen oder manchmal am Abend die Titelmelodie einer Fernsehserie. Laska hatte, wie er gestand, sich ausgebeten, dass die Bewohner der umliegenden Häuser doch nachts in ihren Gärten möglichst wenig Licht scheinen ließen, und aus unterschiedlichen Gründen hielten sie sich auch daran. Das betagte britische Ehepaar ging früh zu Bett, das Haus des Holländers stand meistens leer, und der dicke Golfplatzkonstrukteur ließ bereits tagsüber die Jalousien herunter, sodass sich am Abend gar kein Licht zeigte, sah man einmal von seinen an der Gartenmauer postierten Halogenstrahlern ab, die immer dann aufschienen, wenn ein wildes Tier in den Bannkreis der Bewegungsmelder geriet.

«Ich habe versucht, ihm das auszureden», sagte Laska, «aber er hat gar nicht zugehört. Hat wohl Angst vor Einbrüchen.»

«Vielleicht verbirgt er etwas?»

«Ja, wahrscheinlich ein paar Golflöcher.»

«Kennst du die Geschichte von Miss Popo?»

«Miss wer?»

«Ukrainische Schönheitskönigin. Na ja, vom Hals abwärts.»

«Was ist mit der?»

«Das ist so eine Geschichte wie die von Krokodilen im Kanal. Miss Popo hat einen Mann in Portugal geheiratet und dann in seinem Keller in der Kühltruhe zerstückelte Frauen gefunden.»

Laska sah sie überrascht an. «Quatsch.»

«Doch, ich hab's von einem, der einen kennt, der einen kennt, der mal mit ihr rumgemacht hat, und der schwört, genau so sei's gewesen, aber man konnte dem Mann nichts nachweisen, weil er die Beweise hat verschwinden lassen.»

«Also, der Mann da drüben hat ein Problem, aber nicht so eines.»

«Woher willst du das wissen? Hast du die Frau noch mal gesehen?»

«Da sie ja anscheinend weggelaufen ist, habe ich sie natürlich nicht noch mal gesehen. Obwohl sie nicht weggelaufen ist, sondern ein Taxi genommen hat. *Das* habe ich gesehen.»

Für gewöhnlich stand er vor ihr auf. Wenn sie die Treppe hinunterkam, saß er bereits am Tisch, und es roch nach Kaffee, und er lächelte kurz, und sie lächelte zurück.

Das war früher auch so, dachte sie, früher, als sie noch in die Schule gegangen war und ihre Mutter vor dem Morgengrauen hatte aufstehen müssen, um ihr den Tee und das Butterbrot hinzustellen, und auch noch etwas später war es so, als sie beide bei ihren Großeltern gewohnt hatten, wo ihr Großvater, immer wenn ihre Mutter ungeduldig nach ihr rief und mahnte, es sei Zeit, höchste Zeit, sonst bleibe keine Viertelstunde mehr, vor der Schule etwas zu trinken und zu essen, hinter ihr die Treppe hinunterkam mit diesem Lachen, das den Tag, das eigentlich das ganze Leben retten konnte, von dem er in diesem Moment behauptete, es sei mehr als ein Butterbrot, «das Leben ist mehr als ein Butterbrot», sagte er, und dann sagte ihre Mutter: «Aber mit einem Butterbrot fängt der Tag an.» Ohne es zu wollen, musste sie plötzlich wieder an ihre Mutter denken, an die Wochen, in denen sie zu einem Schatten geworden war, der beinahe durchsichtig auf dem weißen Krankenbett gelegen hatte. Eine nie eingestandene Wut war in ihr aufgestiegen, weil ihre Mutter nach jedem Abend, wenn die Besuchszeit vorüber war und Anna sich im Stillen für immer von ihr verabschiedet hatte, am nächsten Tag immer noch da war, sodass sie damals Angst bekam, der unerträgliche Schmerz des Abschieds könnte niemals –

«Ist was?», fragte Laska. «Stimmt was nicht?»

Sie sah durch Laska hindurch. «Wo ist dein Sohn?»

«Woran hast du gerade gedacht?»

«An meine Mutter und an die Zeit morgens und daran, dass ich nicht bei ihr war, als sie starb.»

«Mein Sohn war bei seiner Mutter, als sie starb.»

Eines Nachts, in der Wolken wie eine Horde schwarzer Reiter oder eine Armada von Geisterschiffen vom ablandigen Wind vor den platinhellen Vollmond und weiter in die Dunkelheit getrieben wurden, lag sie wach und starrte minutenlang in die formlose, fremde Finsternis ihres Zimmers, bevor sie aufstand und leise, wie eine Diebin, hinaus in den Flur schlich. Bemüht, kein Geräusch zu verursachen, drückte sie die Klinke zu Laskas Tür, trat ein und stand dann eine Weile da, bevor sie sich neben sein Bett hockte. Laska schlief, oder er tat, als schliefe er, sie wusste es nicht. Sein Atem ging gleichmäßig, klang ruhig wie bei einem schlafenden Kind, als sie flüsterte: «Du bist gar nicht krank, du stirbst nicht, du bist ein Lügner. Aber das ist gut so. Es ist gut.»

Die Wochen vergingen, aber sie hatte das Bewusstsein für die einzelnen Wochentage verloren. Laska besaß auch hier, in Portugal, einen alten Röhrenfernseher, den er allerdings nie anmachte, und ein Transistorradio, das in der Küche stand und meistens schwieg. Selten führte er Gespräche mit seinem Handy, ein klobiges, bestimmt zehn Jahre altes Gerät aus dunkelblauem Plastik mit einer kurzen, dicken schwarzen Antenne, das er in einem albernen Ledertäschchen aufbewahrte. Wenn ihn jemand anrief, so viel hörte Anna heraus, dann waren das Amateurastronomen wie er, und es ging um technische Fragen, um Verbesserungen an der Teleskop-Montierung zum Beispiel. Den Computer nutzte er hauptsächlich für die Kometensuche.

Früher hätte Anna keinen Tag lang ausgehalten ohne Mobiltelefon, ohne SMS, ohne E-Mail, ohne Internet. In Kiew hatte sie manchmal Stunden im Internetcafé neben der Universität vertrödelt, und als sie in Wiktors Fänge geraten war, hatte sie im ersten Moment gar nicht gewusst, was schlimmer war: dass er ihr den Pass oder das Handy abgenommen hatte. Jetzt war ihr das alles egal. Im Gegenteil, auf eine eigenartige Weise fühlte sie sich frei.

Im Observatorium stand neben den Teleskopen, den Ablagen für Okulare, den Vorrichtungen für die Kamera und den Anschlüssen für den Computer auf einem Tisch auch ein grünes Schnurtelefon. Es war eingestaubt und sah nicht so aus, als ob es noch funktionieren würde. Sie fragte ihn, wozu es gut sei.

«Ich hatte mir eine Leitung vom Haus hierher gelegt. Damit ich das Telefon auch im Observatorium höre. Ist lange her.»

Sie hob den Hörer ab, das Freizeichen erklang.

«Du hast recht», sagte er, «ich sollte es demnächst mal abmelden. Ruft ja sowieso nie jemand an. Ja, das sollte ich wohl wirklich.»

Sie dachte, dass er noch einiges mehr abmelden müsste, fragte sich schon seit langem, was mit alldem hier geschehen würde, doch sie wagte nicht, die Sprache darauf zu bringen. Jede Antwort hätte sie mit eingeschlossen, und sie wollte nicht, dass es endete. Wenn sie in der Abenddämmerung über die Hügel zum Atlantik hinunterblickte, über dem der sichelförmige Mond hing, und die entfernten Lichter großer Passagierschiffe oder Tanker sah, spürte sie, dass dies alles ihr schon zu vertraut geworden war.

Eines Abends kam Laska mit mehr Tüten als üblich vom Einkaufen zurück. Er stellte sie auf dem großen Tisch ab, verstaute einen Teil des Tüteninhalts im Kühlschrank und ging dann in den Garten. Mit ein paar Pinienzweigen tauchte er wieder auf.

«Was ist los?», fragte sie.

«Weihnachten», antwortete er. «Ihr feiert das erst nach Neujahr, stimmt's? Tut mir leid – ich bin zu alt, um mich diesbezüglich noch mal umzustellen.»

Er stand den halben Abend in der Küche, dann war das Essen fertig. Sogar Kerzen hatte er gekauft.

«Revanchistenklopse?»

«Piri-Piri-Huhn. Das Rezept habe ich vom Friseur.»

«Du hast einen Friseur?»

Er strich sich durch das schüttere Haar. «Ja, wieso?»

«Und der hat dir ein Rezept verraten?»

«Nicht direkt. Er hat immer Magazine rumliegen. Auch so Frauenzeitschriften, und in einer habe ich es gefunden.»

Das Essen schmeckte gut, war ihm allerdings ziemlich

scharf geraten. Tränen liefen Anna die Wangen hinunter, als er hinter sich griff. Sie schloss die Augen: Bitte keine Kette, dachte sie, keine Uhr, keinen Ring.

«Fröhliche Weihnachten», sagte er und stellte einen Karton auf den Tisch.

Es war ein Fernglas.

«Du hast mir mal erzählt, du hättest die ersten Beobachtungen mit dem Feldstecher deines Großvaters gemacht. Da habe ich mir gedacht ... willst du es nicht rausnehmen?»

Sie nahm es in die Hände, der schwarze, schimmernde Körper fühlte sich kühl an.

«Ein ausgezeichnetes Glas.» Da war er wieder, der jungenhafte Stolz. «Lichtstark und – was ist, gefällt es dir nicht?»

Sie wischte sich mit dem Handrücken die Tränen aus den Augen. «Das Essen war so scharf.»

«Es ist immer noch leicht genug, dass man kein Stativ braucht. Am besten beobachtet man damit vom Liegestuhl aus.»

«Dann sollten wir das tun.»

Den Rest der Weihnacht verbrachten sie in Decken gehüllt auf der Terrasse und beobachteten die Milchstraße. Irgendwann begann sie müde zu werden, und nachdem sie ihm das Fernglas gereicht hatte, legte sie ihre Hand auf seinen Arm. «Ich habe kein Geschenk für dich.»

«Was soll ich denn jetzt noch mit Geschenken.»

Zum Jahreswechsel mieteten sich im Nachbarhaus sechs junge Deutsche ein – vier Männer und zwei Frauen. Irgendjemand hatte ihnen erzählt, dass sich hier, auf dem Hügel mit seinen vier einsamen Villen, der Treffpunkt aller Raver der Algarve befinde.

«Wisst ihr, wo hier was los ist?», fragte eine der Frauen Anna und Laska, als sie gerade von einem Ausflug ans Meer zurückgekommen waren.

Laska hantierte an der Heckklappe des Mercedes und drehte sich um. Die Frau war gar nicht mehr so jung, vielleicht Anfang dreißig. Sie hatte einen kurzen braunen Rock an und war für das windige Wetter zu leicht angezogen. Neben ihr stand ein schmächtiger Mann mit schwarzen Haaren, die an den Schläfen grau wurden. Er trug eine Sonnenbrille und dicke, geschlossene Kopfhörer, wackelte hin und her.

Als Laska nicht antwortete, wandte sich die Frau Anna zu. «Die haben uns beschissen, stimmt's?»

Anna deutete ein Nicken an.

«Hier ist nichts los», klagte die Frau, «ich hab's ja gleich gesagt.»

«Häh?», schrie der Mann mit den Kopfhörern.

Sie beugte sich zu ihm hinunter: «Nichts los! Tote Hose!»

«Tote Hosen?!»

«Die haben uns im Reisebüro beschissen, Rudi!»

Der Mann, der Rudi hieß, nickte verzagt, und dann wackelte er neben der Frau zurück zum Haus, um den anderen die traurige Nachricht zu überbringen.

Am Silvesterabend fuhren die sechs Deutschen in ihrem gemieteten Minivan um neun Uhr den Hügel hinunter, kamen aber kurz vor Mitternacht schon wieder zurück. Auch der Club, den sie schließlich ausgekundschaftet hatten, hatte sich offenbar als Flop erwiesen. Anna und Laska saßen auf der Terrasse und konnten sie durch die Hecke zum Nachbargrundstück sehen. Alle trugen Kopfhörer und tanzten zu einer unhörbaren Musik. Als über der Küste das

Feuerwerk losging, kam Rudi an die Hecke, stellte sich auf einen Stuhl, sodass man gerade seinen Kopf samt Kopfhörern sehen konnte, und rief: «Frohes neues Jahr! Glück! Ein langes Leben!»

Laska hob sein Glas, und Anna winkte, und dann stieg Rudi wieder vom Stuhl, und Laska drehte sich, immer noch das Glas erhoben, zu Anna und sagte förmlich wie ein Gardeoffizier: «Alles Gute fürs neue Jahr.»

Sie sagte nichts, sondern umarmte ihn und spürte dabei, wie er ganz steif wurde, als wollte er sich in ein Stück Holz verwandeln.

Es geschah an einem trüben Vormittag. Laska war beim Arzt, sie hatte gerade ein Buch über die Geschichte der Urknall-Theorie gelesen und spazierte durch den Garten. Im Haus nebenan hatte sich wieder eine deutsche Familie mit einem kleinen Kind eingemietet, einem vielleicht vierjährigen Jungen, der klettern und Purzelbäume schlagen konnte, aber von seinen Eltern ständig auf alle möglichen Gefahren, die der Garten bot, aufmerksam gemacht oder, selbst gegen seinen Willen, vor ihnen bewahrt wurde. Sie hatte den Ermahnungen (nicht von den Pflanzen essen, die Kappe auch bei bewölktem Himmel tragen) eine Zeitlang gelauscht, als sie plötzlich wieder vor der Stahltür zum Heizungskeller stand und sich ebenso plötzlich dazu entschloss, sie zu öffnen.

Es war reine Neugierde. Sie kannte jetzt jeden Winkel des Hauses, bis auf diesen letzten, der hinter der Stahltür lag. Sie war verschlossen, natürlich, aber Anna erinnerte sich an die Schublade eines Schrankes im Wohnzimmer, in der Laska Krimskrams aufbewahrte, eine Schublade, wie sie jeder irgendwo hat, mit alten Batterien, Einwegfeuerzeugen, stehengebliebenen Uhren, abgelaufenen Parkscheinen, Knöpfen, kaputten Kugelschreibern und eben Schlüsseln, Schlüsseln aller Form und Größe, für die es längst kein Schloss mehr gab oder deren Schlösser vergessen worden waren.

Fast eine halbe Stunde dauerte es, bis sie alle durchprobiert hatte, und sie wollte schon aufgeben, als sie einen Schlüssel fand, der perfekt in das Schloss zu passen schien. Zunächst bewegte er sich nicht, als wäre die Schließmechanik innen eingerostet. Aber dann, nach sanftem Ruckeln, machte es klack!, und die Tür war offen.

Ein süßlicher, abgestandener Geruch schlug ihr aus der Dunkelheit entgegen, als sie eintrat. Sie tastete nach einem Lichtschalter links und rechts neben der Tür, aber es brauchte eine ganze Weile, bis sie ihn fand – er war in Kopfhöhe angebracht worden. Als sie ihn betätigte, hörte sie ein Surren – der Starter der Leuchtstoffröhre, die jetzt über ihr zu flackern anfing. Erst nach einer halben Minute entschloss sich die alte Lampe anzugehen und füllte den Raum mit staubigem Neonlicht.

Rechts in dem engen Raum stand tatsächlich ein vorinstallierter Plastiköltank, aber dahinter war noch etwas anderes. Sie ging ein paar Schritte darauf zu.

10

Es gibt eine Theorie, nach der wir alle das Ergebnis unwahrscheinlicher Katastrophen sind. Oder einer seltenen Glückssträhne bei Gottes endloser Würfelei: Eine Supernova explodierte vor Jahrmilliarden in der Nähe der jungen Sonne und versorgte sie mit Material für den planetaren Nebel, eine andere Nova schubste sie vom unruhigen Zentrum der Milchstraße hinaus in einen der friedlichen Seitenarme, fernab des gefräßigen Schwarzen Lochs in der Mitte der Galaxie, wo sich um sie herum die Planeten und auf wenigstens einem davon Lebewesen entwickeln konnten.

Als wir wieder in Portugal im Heimatort meiner Eltern wohnten, kurz bevor ich begann, mich für Mädchen zu interessieren, hatte ich in der Schulbibliothek ein Buch gefunden, das «Die Urzeit» hieß und die Entstehung des Sonnensystems und der Erde und des Lebens in prächtig gezeichneten und mit dramatischen Texten unterlegten Bildern darstellte. Diese Bilder regten meine Phantasie mehr an als alles andere. Da war die noch glühende Erdkruste, da waren feuerspeiende Vulkane, dort die züngelnden Blitze über dem Urozean. Ich stellte mir vor, ein Trilobit, ein Urkrebs, zu sein, der über den Grund eines warmen Meeres glitt, träumte von Wanderungen durch prähistorische Dschungel, von Kämpfen mit der grausigen Tyrannenechse und wie sie zu bezwingen sei. Am meisten faszinierte mich das Aussterben der Dinosaurier. An dieser Stelle des Buches wurden die Bilder düster, der Text noch geheimnisvoller, als er es für mich sowieso schon war: Nur Vermutungen, hieß es, gebe es über die Ursache für das Verschwinden der Riesenechsen, die Millionen Jahre lang die Erde beherrscht hätten. Es gab Zeichnungen, auf denen ich Saurier ziellos durch eine Wüstenlandschaft irren sah, auf Trampelpfaden, die gesäumt waren mit den Gerippen ihrer Artgenossen, zu denen die vom Zeichner mit einem fast traurigen Ausdruck versehenen Tiere, zwei Seiten zuvor noch rücksichtslose Fressmonster, beinahe mitleidig hinabblickten. «Führten Klimaveränderungen zum allmählichen Austrocknen der Sümpfe», las ich, «und damit zum Verschwinden der Nahrungsgrundlage dieser Kolosse?»

Ein weiteres Bild zeigte rattenähnliche Nagetiere. «Unsere Vorfahren, die ersten Säugetiere, waren nicht sehr groß, aber flink und fähig, sich veränderten Bedingungen anzupassen.» Man sah, wie sich diese behaarten Opportunisten gierig über die Eier der Dinos hermachten. «Mit Sicherheit haben auch sie einen Anteil am Exodus jener Spezies, die über Jahrmillionen die unangefochtenen Herren der Erde waren.»

Weil sich meine Eltern keine Privatschule leisten konnten, ging ich auf eine katholische Schule. Unser Lehrer war auch unser Pater. Er hatte kein Problem mit der Urzeit. Für ihn war der Dauerregen, der in der wasserdampfgeschwängerten Atmosphäre der noch heißen Urerde ununterbrochen herniederprasselte, nur die detaillierter beschriebene Sintflut. Veränderung, Anpassung, Evolution, das Neue ersetzte das Alte … Ob der Mensch nun vom Affen abstammte oder nicht, war ihm egal. Vom ersten kriechenden Lurch des Devon bis hin zu mir, dem im Holozän in der ersten Bankreihe schwitzenden Yuri Fernao Gouveia, gab es einen lückenlosen, vernünftigen Plan – Gottes Plan.

Ich wüsste gerne, was er dachte, nachdem sie Jahre später diesen Riesenkrater im Meer vor Mexiko entdeckt hatten und darauf gekommen waren, dass der fünfzehn Kilometer große Meteor, der ihn verursacht haben musste, die Saurier wahrscheinlich innerhalb weniger Monate, innerhalb eines erdgeschichtlichen Wimpernschlags, ausgelöscht hatte. Kein langsames Austrocknen irgendwelcher Sümpfe, keine Eier fressenden Säuger. Einfach peng! und vorbei. Alles passiert irgendwann zum ersten Mal. Wenn dieser Brocken an unserem Planeten vorbeigeflogen wäre, gäbe es uns nicht. Das war nicht das Werk eines weisen, planvollen Gottes. Da hatte ein Spieler am Tisch gesessen und alles auf eine Zahl gesetzt.

Warum ich das alles erzähle? Der Psychologe hat gesagt, ich solle alles aufschreiben, was mir einfällt, und meine Erzählung an einen geliebten Menschen richten, es sei einfacher, wenn man ein Gegenüber habe, einen Zuhörer, einen Leser, dem man vertraue und für den die Geschichte bestimmt sei. Also erzähle ich sie dir, Valentina, auch wenn du das meiste davon nie erfahren wirst. Wo ich anfangen solle, habe ich den Psychologen gefragt, bei Adam und Eva?

«Fangen Sie dort an, wo Sie meinen, dass die Geschichte angefangen hat, fangen Sie bei Ihrer ersten Erinnerung an.»

«Und später – soll ich auch das aufschreiben, was da passiert ist?»

«Gerade das.»

«Obwohl das doch alles schon im offiziellen Bericht steht?»

«Beschreiben Sie es nicht, wie es im Bericht steht. Versuchen Sie, Ihre eigenen Worte dafür zu finden», sagte er.

Also gut.

Am Ende ging alles sehr schnell. Fokussierte sich auf Tage, wenige Stunden, einen Augenblick. Es ist merkwürdig, aber im Grunde genommen hatte ich jahrelang darauf gewartet, dass etwas passierte, hatte gehofft, dass etwas oder irgendjemand den Knoten meines Lebens durchschnitt. In knapp einem Monat sollte ich vierzig Jahre alt werden, ich hatte keine Frau, keine Kinder, war lediglich der Onkel der verzogenen Gören meiner beiden Schwestern. Ich war ein Gastarbeiterjunge in Deutschland gewesen und bin in Portugal Provinzpolizist geworden, und es sah ziemlich danach aus, als ob es das schon gewesen wäre. In dem Monat, bevor das alles geschah, hatte ich mit unserer neuen Kommandantin geschlafen, und als sie aufstand, sich ihre Uniform anzog und mich ansah, sagte sie zu mir, ich solle mich nicht in sie verlieben (was ich gar nicht vorhatte). Neben dem Bett lag ihr Hund, er hatte immer noch seine Schnauze auf seiner linken Vorderpfote liegen, und auch wenn er weder einen Mucks gemacht noch aufgeschaut hatte, während wir es im Bett über ihm trieben, hatte es mich schon irgendwie irritiert, dass er dort lag.

Sie steckte sich eine Zigarette an und ich mir auch eine, und ich fragte auf diese lässige Art, die mittelalte Erwachsene so an sich haben, nachdem sie miteinander im Bett gewesen sind, warum ich mich nicht in sie verlieben solle.

Sie antwortete:

«Du siehst gut aus, aber du bist ein Träumer. Du hast keine Zukunft, Gouveia.»

Am 11. März 2011, ich war gerade aufgestanden, putzte ich mir die Zähne und schaltete, die Zahnbürste noch im Mund, den Fernseher ein. Es hatte ein Erdbeben gegeben. In Japan.

Als 1755 das große Erdbeben Lissabon zerstört hatte, dauerte es Tage, ja Wochen, bis der Rest der Welt von der Katastrophe erfuhr. Am 1. November, dem Tag des Bebens, rollten meterhohe Flutwellen auf die europäischen Ufer zu, selbst vor der englischen Steilküste türmte sich das Wasser drei Meter hoch. Die Menschen ahnten, dass etwas Schreckliches passiert sein musste. Was genau, wussten sie nicht.

Das war jetzt anders: Über den Bildschirm huschten bereits die ersten wackeligen Filme, man sah Autos, die von tosenden braunen Wassermassen wie Spielzeug durch die Trümmer einer mir unbekannten Stadt gewirbelt wurden. Ich putzte mir an diesem Morgen sehr lange die Zähne, wahrscheinlich zum ersten Mal im Leben länger, als man es gesunder Zähne zuliebe machen soll.

Nach den Bildern aus Japan kamen, wie schon in der Woche zuvor, die aus der Wüste: Männer auf Pick-ups, die mit ihren Kalaschnikows in die Luft ballerten und dazu «Gott ist groß» riefen.

Wenn ich an etwas Derartiges glauben würde, Valentina, dann würde ich diesen 11. März wohl als einen Schicksalstag bezeichnen. Betrachtet man es nämlich genauer, folgt man der Geschichte nur etwas weiter in die Vergangenheit zurück, verdankst du diesem Tag dein Leben.

Aber es ist wie mit den Sauriern und dem Asteroiden –

alles passiert irgendwann zum ersten und alles zum letzten Mal.

Nach den Nachrichten ging ich wieder ins Bad, spülte mir endlich den Mund aus, stellte mich unter die Dusche und ließ das heiße Wasser über meinen Rücken laufen. Danach zog ich mich an, trank einen Kaffee und verließ die Wohnung. Ich fuhr, wie gewöhnlich, mit meinem Wagen zum Dienst.

Zwei leichte Verkehrsunfälle, ein Einbruch, eine Anzeige wegen unsittlichen Benehmens in der Öffentlichkeit, drei sturzbetrunkene, randalierende Finnen – es war ein ruhiger Freitag, zumindest für uns. In unserer Polizeistation hing immer noch das Fahndungsfoto von Abel Campos und seinem Komplizen Maurizio Sepa an der Wand, aber wie das so ist mit Fahndungsfotos, sie müssen nur lange genug hängen, und man beachtet sie nicht mehr.

Ich war bereits auf dem Heimweg, da kam der Anruf.

«Sie haben ihn», sagte Cabral.

«Wen?»

«Deinen Bademantel-Flitzer.»

«Wer hat ihn?»

«Er wird von einem Wachdienst festgehalten. Hat versucht, in einer Apotheke was zu klauen.»

«Was denn?»

«Keine Ahnung, wussten die auch nicht, vielleicht hatte er Kopfschmerzen und brauchte Tabletten. Die aus Luz fragen, ob wir das erledigen können. Du könntest ihn dann ja auch identifizieren.»

«Weil es so viele gibt, die in einem Trainingsanzug der belgischen Basketball-Nationalmannschaft herumrennen.»

«Ist gleich bei dir in der Nähe, liegt quasi auf dem Weg.»

Wir verabredeten, uns in der Apotheke zu treffen.

Ich kannte die Apotheke, war aber noch nie drin gewesen. Es war eine von der Sorte, die neben Medikamenten alles mögliche andere führt – Ayurveda-Öl, Entspannungsschaumbäder, Schlankheitskuren, Yoga-Matten, Kosmetika, Müsliriegel, so Zeug eben. Als ich durch die automatische Schiebetür hineinging, standen der Apotheker und zwei Angestellte hinter der Verkaufstheke. Eine Frau mit einem vielleicht dreijährigen schniefenden Mädchen auf dem Arm erkundigte sich nach Erkältungsmitteln. Ich sah den Apotheker an, einen mittelgroßen Mann mit goldgefasster Brille in weißem Kittel, und er sah mich an und machte eine Kopfbewegung in Richtung des anderen Endes des Ladens. Dort fand ich unter einer Überwachungskamera eine angelehnte Tür. Ich trat ein.

Den Wachmann erkannte ich gleich. Das heißt, ich wusste gleich, was es für eine Art Wachmann war: ein Nazi, ein Rassist und Waffennarr. Bei der Nationalgarde und der Polizei beworben und beide Male abgelehnt worden, zu Hause eine ansehnliche, aber illegale Sammlung an Schusswaffen und hier bei der Arbeit mit einem wahrscheinlich bleibeschwerten Schlagstock und dem obligatorischen Paar Handschellen. Die Handschellen trug jetzt der dunkelhäutige Mann im belgischen Trainingsanzug, der neben dem Tisch, an dem der Wachmann lässig lehnte, auf einem Stuhl saß.

«Der Neger wollte Kekse klauen», sagte der Wachmann.

«Kekse.»

«Astronautenriegel.» Der Wachmann hielt einen hoch,

ein längliches Ding, von dessen Verpackung mir ein satter russischer Kosmonaut entgegenlächelte.

«Damit kann man im All eine Woche überleben!», spottete der Wachmann.

«Nehmen Sie ihm die Dinger ab.»

«Was?»

«Das heißt: ‹Jawohl, Sargento, mache ich sofort›», entgegnete ich scharf.

Der Wachmann ging um den Tisch herum und nahm dem schwarzen Mann die Handschellen ab. Ich sah ihn an. Er war vielleicht so groß wie ich, aber viel hagerer. Seine Augen waren wach, obwohl er insgesamt müde wirkte.

«Ich bin Sargento Gouveia von der Guarda Nacional Republicana, verstehen Sie mich?»

Er nickte.

«Wie heißen Sie?»

«Santos.»

«Santos und weiter?»

«Nur Santos.»

«Na gut, Santos, wir haben da ein paar Fragen –»

«Wasser», unterbrach mich Santos.

Ich sah mich nach etwas zu trinken um. Der Wachmann regte sich nicht.

«Wasser», wiederholte Santos, «die haben uns Wasser in den Reservetank getan. Wer macht so was? Wir hatten doch für das Boot anständig bezahlt. Der Motor ging einfach aus. Mitten auf dem Meer. Dann kam der Sturm.» Er verstummte.

«Gleich ist ein Kollege hier», sagte ich, «und dann können wir alle gemeinsam friedlich zum Auto gehen und zu unserem Posten fahren, zwei Männer mit Fragen und ein dritter, der sie beantworten kann. Voraussetzung ist natürlich, Santos, dass Sie nicht wieder versuchen, den Weltrekord im Querfeldein-Rennen zu gewinnen, haben Sie mich verstanden?», sagte ich möglichst ruhig.

Das war eine Variante meiner üblichen Ansprache. Ich mochte es nicht, Männer in Handschellen durch Läden zu schleifen. Ich warf Santos einen aufmunternden Blick zu, ich wollte, dass er Vertrauen fasste und nicht irgendetwas versuchte. Er schwieg. Zuerst dachte ich, er sähe apathisch ins Leere. Aber das tat er gar nicht. Er sah an mir vorbei zu den Überwachungsmonitoren, die hinter mir an der Wand hingen. Ein Anflug von Furcht war in seinen Augen. Langsam hob er seine rechte Hand und deutete mit dem Zeigefinger auf einen der Bildschirme.

«Was hast du erwartet?», fragte Laska. «Eine Mumie? Eine Kühltruhe mit Leichenteilen?»

Sie hatte nicht gemerkt, dass er zurückgekommen war, die offene Tür entdeckt hatte und nun schon wer weiß wie lange hinter ihr stand. Andererseits erschrak sie auch nicht.

Vor ihr türmte sich Spielzeug: ein halb verrottetes Indianerzelt, ein Bobbycar und ein Tretroller, der hinter dem leeren Öltank an der Wand lehnte. Sie drückte die Klingel am Lenker, und ein knarziges, rasselndes Ringering erklang.

«Bitte nicht.»

«Gehört das deinem Sohn?»

Er schwieg. Stand einfach in der Tür und sah durch sie hindurch. Dann setzte er sich langsam, beinahe vorsichtig, als wären seine Knochen aus Porzellan, auf die Betonstufe. Ganz leise war seine Stimme, als er zu reden anfing.

«Wir waren glücklich, und irgendwann waren wir es nicht mehr. Wir haben uns getrennt, als er noch klein gewesen ist. Man kann auch sagen, dass ich sie sitzengelassen habe. Ja, das kann man wohl so sagen. Ich habe meine Frau mit unserem kleinen Sohn sitzengelassen. Ich brauchte meine Freiheit. Habe ich damals geglaubt. Vielleicht wollte ich auch nur allein sein. Manchmal ist es besser, wenn Menschen allein bleiben. Besser für sie selbst und für die anderen. Am Anfang habe ich ihn noch öfter gesehen, aber dann nicht mehr. Er verschwand einfach nach und nach aus meinem Leben. Ich habe es gar nicht richtig gemerkt. Irgendwann schickte ich ihm nur noch zweimal im Jahr Geld. Zum Geburtstag und zu Weihnachten. Kauf dir was Schönes, Junge. Als er gerade neunzehn war, hatte meine Frau den Unfall. Auf der Autobahn. Ein Betrunkener an einer Baustelle. Sie lebte noch drei Tage, lag im Koma. Mein Sohn war damals schon aus dem Haus. Er war nicht mit im Auto gewesen. Drei Tage lang saß er neben ihrem Bett. Sie ist nicht mehr aufgewacht.»

«Und wo warst du?»

«Nicht da.»

«Was hast du gemacht?»

«Turbinen verkauft.»

«Ich dachte, du bist Ingenieur?»

«Ich war damals hauptsächlich im Verkauf. Bei einer amerikanischen Firma. Wir haben Kraftwerksturbinen verkauft. In die ganze Welt. Asien, Afrika, Südamerika und eben … Portugal. Als sie starb, war ich in Indonesien. Wegen Halley, dem Kometen. Wenn man Glück hat, kann man ihn einmal im Leben sehen. Hatte ich extra so eingerichtet.»

«Und jetzt?»

«Da du mich immer noch für einen Serienkiller hältst, ist es vielleicht das Beste, wenn du das Weite suchst.»

Sie schüttelte den Kopf. Dann nahm sie das Kinderfahrrad und ging Richtung Tür.

«Was hast du damit vor?», fragte er.

«Die Frage ist – was hast *du* damit vor? Willst du, dass dein Sohn hier eines Tages reinkommt und das alles findet?»

Sie ging hinaus in den Garten, an die Koniferenhecke, hinter der der Sohn der Mieter des Nachbarhauses gerade seine Purzelbäume schlug. Seine Eltern saßen in den Liegestühlen am Pool, in dem sie allerdings nicht schwammen, weil das Wasser ihrer Ansicht nach kalt und übermäßig gechlort war.

«Nicht so wild!», rief der Vater.

«Und nichts von den Pflanzen essen!», rief die Mutter.

«Hey, psst!», flüsterte Anna.

Durch das Geäst der Koniferen sah sie, wie der Junge sich vorsichtig umblickte und dann an die Hecke kam.

«Wie heißt du?», fragte sie.

«Justus.» Er dachte nach. «Aber ich darf nicht mit Fremden sprechen.»

Anna schwieg.

«Wer bist du?»

«Ich bin die gute Fee.»

«Wirklich?»

«Ja.»

«Darf ich mir jetzt was wünschen?»

«Nein.»

«Aber …»

«Pssst! Kannst du Roller fahren?»

«Nee.»

Sie schob den Tretroller durch die Sträucher.

«Dann lern es.»

Zwei Tage später kam sie morgens die Treppe hinunter, und Laska war nicht da. Der große Tisch war noch genauso leer wie am Abend zuvor. Sie suchte nach ihm, rief nach ihm, warf einen Blick in die Garage: Das Auto stand noch da. Sie ging durch den Garten zum Observatorium, doch es war verschlossen. Von Laska fehlte jede Spur.

Sie fand ihn im Bad, das sich an sein Schlafzimmer anschloss. Zusammengekrümmt kniete er vor der Badewanne, stöhnte. In der Wanne schleimig erbrochenes Blut. Sie solle rausgehen, sagte er, es gehe gleich wieder, nur rausgehen solle sie, es sei gleich vorbei, endlich rausgehen solle sie, verdammt noch mal, raus endlich, und sie ging hinaus und hockte sich neben die Tür, hörte alles und wartete beinahe eine halbe Stunde, bis er aus dem Badezimmer trat, mit einem Gesicht wie aus Pergament, leicht schwankend.

Sie bestand darauf, dass sie gemeinsam zum Arzt fuhren.

Der Arzt hatte seine Praxis im Gebäudekomplex des Einkaufszentrums an der Kreuzung, im hinteren Teil zwischen zwei leerstehenden Ladengeschäften. Ein Schild wies den angeblichen Spezialisten als Allgemeinmediziner aus, und ein Aufsteller, wie er sonst vor Touristenrestaurants steht, warb neben dem Eingang damit, dass auch Holländisch, Englisch und Deutsch gesprochen werde.

«Du hast gelogen», sagte Anna, als sie im Wartezimmer saßen, in dem sie sich der großen Fenster wegen, die auf die Einkaufspassage hinausgingen, wie Ware in einer Auslage vorkam. «Der ist gar kein Spezialist. Für gar nichts.»

«Er spricht mehrere Sprachen», sagte Laska.

Der Arzt war ein großer, dunkelhaariger Mann Anfang fünfzig, der mit seiner rechten Augenbraue spektakuläre Auf-und-ab-Bewegungen vollführen konnte, die seine Patienten vielleicht vom Scharfsinn seiner Diagnosen überzeugen sollten. Ohne um Erlaubnis zu fragen, war Anna Laska ins Behandlungszimmer gefolgt, und nun saßen sie wie ein Ehepaar auf dem Amt vor dem Schreibtisch des Arztes. An der Wand hinter ihm hing eine Schnittzeichnung des menschlichen Körpers neben einem Fenster, durch das der Parkplatz des Einkaufszentrums zu sehen war, über dem sich blassblau und gleichgültig der Himmel wölbte.

Der Arzt kontrollierte Laskas Blutdruck und studierte frühere Untersuchungsergebnisse, und Anna fragte sich, ob er verstand, was er da las. Dann machte er sich Notizen, griff in die Schublade seines Schreibtisches, kramte darin herum, zog eine Visitenkarte hervor und schrieb etwas darauf. Obwohl Laska Portugiesisch sprach und mittlerweile auch Anna ein wenig verstand, sagte er in brüchigem Deutsch: «Sie gehen Spezialist.»

«Danke. Ich will zu keinem Spezialisten.»

«Keine Sorge, Ihre Kasse in Ordnung.»

«Ich brauche keinen Spezialisten. Sie sollen mir nur diese Medikamente verschreiben, so wie's da steht.»

«Ist deutsche Spezialist mit Praxis hier. Kasse zahlt, keine Sorge.»

«Sie reichen mir als Arzt.»

«Spezialist schreibt Rezept, Kasse zahlt.» Er lächelte und hielt Anna die Visitenkarte des Spezialisten hin. «Sie Tochter? Kasse zahlt alles, keine Sorge. Spezialist deutsch, anerkannt von Versicherung, zahlt auch, wenn kommt zu Papa, sehr nett.»

Anna nahm die Visitenkarte entgegen.

«Sie sagen, dass von mir, ja?», rief der Arzt ihnen hinterher, als sie die Praxis verließen. «Ich meinen Namen draufgeschrieben, Sie sagen Spezialist, dass von mir, wichtig, dass von mir kommen, ja?»

Der Spezialist erinnerte Anna an eine deutsche Krankenhausserie, die sie sich als Kind an grauen, planlos verbrachten Wintersonntagen zusammen mit ihrer Großmutter im Fernsehen angeschaut hatte. Wie so viele andere war auch diese nicht richtig synchronisiert gewesen – während man im Hintergrund die deutschen Stimmen hören konnte, wispernd, fremd, geheimnisvoll, sprach ein und derselbe Mann die russische Übersetzung darüber, in einem monotonen Singsang. So hatte Anna ihre ersten Sätze Deutsch gelernt: Ich muss Ihnen eine schlechte Nachricht überbringen – Sie kennen die Diagnose – Ich liebe dich – Sie müssen jetzt sehr stark sein – Ich werde dich nicht verlassen – Die Prognose ist ungünstig.

«Warum sagt der Doktor: ‹Sie müssen jetzt sehr stark sein›?»

«Weil er gleich eine schlechte Nachricht überbringen wird.»

«Hilft es denn, wenn man stark ist?»

«Ich weiß nicht, denke schon.»

«Was ist die schlechte Nachricht?»

«Hast du nicht zugehört?»

«Ich hab's nicht verstanden.»

«Dass die Prognose schlecht ist.»

«Was ist eine Prognose?»

«Ich möchte jetzt den Film sehen.»

«Was ist eine Prognose?»

«Ich verstehe nichts, wenn du dauernd dazwischenplapperst.»

«Aber was ist denn nun eine Prognose?»

«Das ist die Zukunft.»

«Und die ist schlecht?»

«Hat der Arzt gesagt.»

«Aber Starksein hilft?»

Der Spezialist kam in einem Sportwagen mit offenem Verdeck die Hügelstraße heraufgebraust. Vor Laskas Garagenauffahrt bremste er scharf, stieg aus und schaute auf die Uhr. Anna stand bereits in der Tür, als er die flachen Stufen hochstieg, er reichte ihr die Hand. Dr. Winther, so hieß er, hatte sehr weiße, gerade Zähne, einen braunen Teint und volles, in der Mitte gescheiteltes dunkelblondes Haar. Er roch nach einer Mischung aus Sonnenöl und Rasierwasser.

In der halben Stunde, während der er mit Laska sprach, saß sie tatenlos auf der Terrasse. Gelangweilt beobachtete sie, wie sich weit draußen über dem Meer eine Wolkenfront zusammenballte. Dann ging er. Sie fing ihn an seinem Auto ab und fragte: «Wie viel Zeit hat er noch?»

«Das kann niemand so genau sagen.» Sein Handy klingelte, er zog es aus der Tasche und meldete sich: «Ach, servus, du bist's!» Wieder sah sie die Doppelreihe weißer, gerader Zähne. Sein gescheiteltes Haar, dem Rhythmus des Lachens folgend, wippte leicht. Ob er Haarspray benutzt?, fragte sie sich. «Ja!», sagte er. «Drei Uhr passt su-uuper. Aber nur neun Loch!» Er beendete das Gespräch, ließ das Handy in die Tasche seiner Arzthosen gleiten und blickte Anna ernst an. «Sie müssen jetzt sehr stark sein», sagte er, stieg in sein Auto und fuhr davon.

«Und was nun?», fragte sie Laska.

«Er hat mir eine Therapie vorgeschlagen.»

«Therapie?»

«Chemo.»

Er saß an dem großen Esstisch, auf dem eine Flasche Mineralwasser und zwei Gläser standen. «Ein, zwei Monate mehr, vielleicht drei. Ich weiß nicht, ob es das wert ist. Die Haare werden mir ausfallen. Wozu?»

Sie ging vor ihm in die Hocke. «Für mich.»

Er sah sie traurig an.

«Ich meine, wenn du länger lebst, musst du mir mehr Geld geben.»

«Manchmal denke ich, es wäre besser, wenn einer dieser Ärzte mir einfach ein Datum nennen würde. Oder einen Stempel in den Pass, geboren am … wird sterben am …»

«Dann», sagte sie, «wärst du nichts weiter als ein Gespenst.»

Die Geschichte vom schrecklichen Colonel Spikes oder Wie die Gespenster von Spandau zu Gespenstern wurden

«Ihr werdet alle sterben, ihr Naziarschgeigen, ihr wisst nur noch nicht, wann, und wir wissen es auch nicht, und deswegen seid ihr hier. Ihr seid bereits tot, das steht schon mal fest, und je früher ihr das begreift, desto besser werden wir uns alle hier verstehen.»

Das war die kurze Ansprache, die Colonel Spikes an seinem ersten Tag als amerikanischer Gefängnisdirektor in Spandau hielt. Die sieben Gespenster dachten, sie hätten nicht recht gehört. Was war hier los?

Schon seit längerem gab es in Berlin ein tiefes Zerwürfnis zwischen den westalliierten Besatzungsmächten und ihren sowjetischen Kollegen. Man mochte sich nicht mehr. Man warf sich gegenseitig Knüppel zwischen die Beine, belauerte sich. Hinterrücks ließ man in ganz Europa riesige Armeen aufmarschieren, rüstete Langstreckenbomber mit Atombomben aus und fuhr nachts an den Grenzen Raketenabschussrampen hin und her. «Das war der Kalte Krieg», erklärte Konew.

«Was ist ein kalter Krieg?», fragte Anna.

«Das ist ein Krieg, der nie richtig anfängt, aber darum auch nie richtig aufhört. Es ist wie Regenwetter. Der Himmel ist ständig grau, es ist nass, man starrt aus dem Fenster, aber man kann nicht vor die Tür.»

Doch ab und zu riss die Wolkendecke auf. Dann bemühten sich beide Seiten um «gutes Wetter» und versuchten, dem anderen an einer Stelle entgegenzukommen, an der es einem selbst am wenigsten weh tat.

Das Kriegsverbrechergefängnis war eine solche Stelle. Lange schon hatten sich die Amerikaner, Briten und Franzosen über die ihrer Ansicht nach übertriebene Härte des sowjetischen Gefängnisdirektors beschwert. In den Monaten, in denen er das Kommando hatte, wurde jede Zelle doppelt so oft kontrolliert, das Licht früher ausgeschaltet, das Sprechverbot ohne Ausnahme durchgesetzt, die Essensration gekürzt. Unangemeldet pflegte er in der Küche aufzutauchen und das Essen der Gefangenen nachwiegen zu lassen. Dabei kam es einmal zu einem erbitterten Streit um Brokkoli. Der sowjetische Direktor war nämlich der Ansicht, dass auf den Tellern der Gefangenen zu viel Essen lag, und ordnete an, jede einzelne Ration erneut abzuwiegen.

«Zu viel, zu viel, zu viel», sagte er siebenmal. «Entfernen Sie den Brokkoli!»

«Bei allem Respekt», sagte der Koch, «aber in Brokkoli sind kaum Kalorien, vom Nährwert her macht es überhaupt keinen Unterschied, ob der dabei ist oder nicht, egal, was die Waage anzeigt.»

Der sowjetische Direktor wollte schon zu einer seiner gefürchteten antiimperialistischen Schimpftiraden ausholen, da runzelte er die Stirn. Er trat an die Waage, auf der der Teller von Nummer 5 stand, hob die neben den Kartoffeln und dem Brokkoli liegende Wurst an, lächelte und sagte zum Koch: «Sie haben völlig recht. Entfernen Sie die Wurst!»

Dieser Vorfall zog einen langwierigen und verschlungenen Schriftwechsel nach sich. Protestnoten wurden ausgetauscht, Sitzungen anberaumt, verschoben, abgesagt und wieder neu festgesetzt, und es verging beinahe ein ganzes Jahr, bis man sich endlich darauf geeinigt hatte, dass in Zukunft ausschließlich die in den Mahlzeiten enthaltenen Kalorien für die Größe der Rationen ausschlaggebend seien.

Die Gefangenen bekamen nun auch unter dem sowjetischen Direktor genug zu essen, allerdings einen Monat lang das Gleiche: Kartoffeln in «deutscher Tunke» nannten sie es.

Der sowjetische Stadtkommandant versuchte, seinen westalliierten Kollegen nach all den Klagen über unangemessene Härten auch in puncto Menschlichkeit ein klein wenig entgegenzukommen. Zwar wollte er seinen Gefängnisdirektor nicht einfach entlassen, aber er stellte ihm einen freundlichen, sympathischen Stellvertreter an die Seite, Leutnant Konew, das lachende Gesicht der Roten Armee in Berlin.

Und da auch die Amerikaner die ewigen Vorwürfe der sowjetischen Kommandantur leid waren, sie würden mit den Gefangenen zu lax umgehen, und während der langen, grauen Regenzeit des Kalten Krieges ebenfalls «schönes Wetter» machen wollten, sahen sie sich nach dem Ende der Dienstzeit ihres Direktors nach einem neuen um und schickten Colonel Spikes nach Spandau.

Spikes war im Krieg Kompaniechef einer Fallschirmspringereinheit gewesen. Ihm eilte der Ruf grausiger Effizienz voraus, es hieß, er habe nach der Invasion in der Normandie eigenhändig deutsche Gefangene erschossen, damit sich der Vormarsch seiner Truppe nicht verlangsamte, sei aber nie dafür belangt worden. Eine stattliche Reihe im blutigen Kampf erworbener Orden zierte seine Uniform.

Nach einem verregneten «sowjetischen» November hatten die Gefangenen alle Hoffnung auf den vorweihnachtlichen «amerikanischen» Dezember gerichtet, doch als Colonel Spikes sie bei leichtem Schneefall im Gefängnisgarten antreten ließ und als Naziarschgeigen begrüßte, ahnten sie, dass es aus war mit der Besinnlichkeit.

Spikes trug immer einen matt schimmernden, olivfarbenen Stahlhelm, den er so aufsetzte, dass seine Augen im Schatten der Helmkante lagen und Untergebene wie Gefangene nur seinen Mund sehen konnten, obwohl sie seinen Blick sehr wohl spürten. Und er trug ein Pistolenhalfter mit einem 45er Colt darin. Kein anderer Direktor trug eine scharfe Waffe. Natürlich konnten die sieben Gespenster davon ausgehen, dass er seine Waffe niemals gegen sie richten würde (er hasste Papierkram), das heißt …

«Colonel Spikes schikaniert die sieben nicht offensichtlich», meldete Konew seinen Vorgesetzten, «seine Methoden sind subtil.»

Was hatte Spikes bei der feierlichen Wachablösung zu seinem sowjetischen Amtskollegen gesagt? «Ich werde alles genau so machen wie Sie – nur besser!»

Gerade erst aus Korea zurückgekommen, ersetzte er das monotone Kartoffelessen mit deutscher Tunke durch die sogenannten «Asiatischen Wochen»: Es gab Reis mit Gemüse, morgens, mittags, abends. Lediglich Nummer 7, der verrückte Pilot, ein Vegetarier, der ständig annahm, man wolle ihn vergiften, konnte diesem Speiseplan etwas abgewinnen. «Kein Wunder», kabelte Konew, «der Reis ist praktisch nicht gewürzt.»

Als die Gefangenen murrten, baute sich Spikes im Garten vor ihnen auf und sagte: «Ihr habt ja keine Ahnung, ihr dummen Kartoffelfresser, wie viele Menschen auf der anderen Seite der Erde sich von der Hälfte dessen ernähren müssen, was ihr tagtäglich in euch reinstopft. Wenn ihr wüsstet, was die Leute dort essen, weil sie sonst nämlich nichts zu essen haben!»

Erst zu Weihnachten wurden die «Asiatischen Wochen» aufgehoben. Es gab Knödel mit Gulasch.

«Das war vorzüglich», bedankte sich der Architekt bei Spikes, «war das – Wild?»

Da verzogen sich die Lippen unter der Stahlhelmkante zu einem dünnen Lächeln. «Sagen Sie», fragte Spikes, «was ist eigentlich aus Hitlers Hund geworden?»

Als das Jahr sich dem Ende zuneigte, fanden sich die

Gefangenen im Garten einem sowjetischen Wärter gegenüber, den sie noch nie zuvor gesehen hatten. Das war ungewöhnlich, denn sonst bekamen sie es immer mit, wenn vom Wachpersonal jemand ausgetauscht wurde. Dass während des amerikanischen Monats ein Russe bei ihnen auftauchte, werteten zumindest einige von ihnen als Zeichen, dass sich draußen «etwas bewegte». Manche hatten Anträge auf vorzeitige Entlassung gestellt, aber nie Antwort erhalten. Also fragten sie den neuen Wärter, einen Jüngling mit bleicher, fast durchscheinender Haut: «Haben Sie was gehört? Wann kommen wir hier raus? Müssen wir die ganze Strafe absitzen?» Ihr Bewacher lächelte nur und schwieg.

Am Tag vor dem Jahreswechsel aber kam er am Abend, nachdem das Licht schon gelöscht worden war, noch einmal zu jedem in die Zelle. Alle nahmen sie an, dass noch eine der üblichen, unangekündigten Inspektionen stattfinden sollte. Doch er nannte jedem nur ein Datum und eine Uhrzeit und ging wieder.

Die sieben dachten zunächst, er habe ihnen gesagt, wann man sie entlassen werde. Doch das Merkwürdige an den verschiedenen Tagen, die er ihnen – leise flüsternd, während sie starr im Dunkeln auf ihren Betten lagen – genannt hatte, war: Bei einigen lagen sie vor dem Ende ihrer regulären Haft, bei anderen weit danach.

«Er wird sich einen dummen Scherz mit uns erlaubt haben», sagte Nummer 3, der alte Konsul.

Das war auch die Meinung der anderen.

Nach jener Nacht war der junge russische Wärter verschwunden und blieb es auch während der sowjetischen Monate darauf. «Hat es bestimmt zu doll getrieben», vermutete der alte Konsul.

Beinahe ein ganzes Jahr verging, ein Jahr, in dem sie den jungen Wärter vergaßen und von Colonel Spikes mit immer neuen Schimpfwörtern bedacht wurden. Dann erreichte sie die überraschende Nachricht, dass der alte Konsul wegen seines Alters vorzeitig aus dem Gefängnis entlassen werde – zwei Jahre vor dem Tag, den ihm der junge Wärter genannt hatte. «Seht ihr», rief er zum Abschied, «ich habe ja gesagt, es war ein dummer Scherz.»

Wieder verging ein Jahr, und man entließ vorzeitig Nummer 2, den Matrosen, der zu lebenslanger Haft verurteilt worden war. Er rief nichts, er sagte nichts, und er hatte, wie auch die anderen, die er in Spandau zurückließ, den jungen Russen längst vergessen.

Noch ein Jahr später, im amerikanischen Monat August, war er plötzlich wieder da. Der junge russische Wärter lehnte an der Gefängnismauer, als sie in den Garten kamen. Eine Ahnung drohenden Unheils beschlich sie. Beim Mittagessen hörten sie es: Der alte Konsul war gestorben. Das war nicht überraschend, denn er war bereits bei seiner Entlassung steinalt gewesen. Erschreckend war das Datum seines Todes: Es war der Tag, den der junge Wärter ihm einst genannt hatte.

Nach dem Essen, als sie wieder in den Garten gingen, sahen sie ihn immer noch an der Mauer stehen und fragten: «Woher hast du gewusst, wann er stirbt?»

Der Wärter war ganz still, und sosehr sie ihn auch bedrängten, er antwortete ihnen nicht.

Stattdessen hörten sie hinter sich eine vertraute Stimme, die Stimme von Colonel Spikes:

«He, ihr verdammten Sauerkrautfurzer! Mit wem quatscht ihr da eigentlich?»

Dr. Winther kam eine Woche später wieder. Er hatte eine kleine, korpulente Pflegerin im Schlepp, eine dunkelhaarige Person namens Gracia, Packesel für die Gerätschaften, die er im Fond seines Cabrios hergefahren hatte. Sie betraten Laskas Haus mit den ernsten, professionellen Mienen von Sanitärinstallateuren, die zu einem Wasserrohrbruch gerufen worden waren.

«Na dann wolln wir mal», sagte Winther munter.

«Vamos!», sagte Gracia.

Und sie marschierten Richtung Schlafzimmer.

«Ich möchte nicht, dass sie mit dabei ist», hörte Anna Laska sagen. Als sie sich trotzdem in der offenen Tür zeigte und ihn auf der Bettkante sitzen sah, bat er sie, draußen zu bleiben und unten zu warten. Bevor sie sich ins Erdgeschoss zurückzog, sah sie die Zwergin einen Ständer aufbauen, an den sie eine Infusionsflasche hängte.

«Sie hätten ja auch zu mir in die Klinik kommen können», hörte sie Winther sagen, als sie schon auf der Treppe war.

«Ich gehe in kein Krankenhaus mehr», antwortete Laska.

Nach zehn Minuten kam Winther die Treppe herunter.

«Was geben Sie ihm da?», fragte sie ihn.

«Gift. In der Hoffnung, dass es die Krankheit eher umbringt als die Krankheit ihn. Hätten Sie vielleicht mal ein Wasser oder so was?» Er ließ sich aufs Sofa plumpsen.

Anna holte ein Glas und eine halbvolle Flasche und stellte beides vor ihn auf den Couchtisch.

«Bedienen Sie sich!»

Winther grinste säuerlich, dann nahm er Glas und Mineralwasser und schenkte sich ein. Er trank, seufzte und strich sich nachdenklich mit dem Zeigefinger über die Lippen. «Wenn ich fragen darf: Wer sind Sie eigentlich? Sind Sie seine Frau? Seine Freundin? Oder seine Tochter?»

«Sie dürfen nicht.»

«Na ja, geht mich ja auch nichts an. Aber Sie sollten bestimmte Dinge wissen.» Er holte einen kleinen Block hervor und ließ einen Kugelschreiber klicken. «Gracia kommt dreimal die Woche für die Infusion. Das machen wir die nächsten zwei Wochen so, danach Tabletten, mal sehen, wie es anschlägt. Es könnte sein, dass er in dieser Zeit wieder Probleme bekommt, entweder wegen der Krankheit oder durch Nebenwirkungen des Medikaments, dann muss er noch andere Tabletten nehmen, natürlich auch, wenn er plötzlich große Schmerzen hat oder starke Stimmungsschwankungen auftreten – Depressionen, Unruhe, Wutanfälle. Darum sollten Sie das hier parat haben.» Er notierte die Namen der einzelnen Mittel auf den Zettel. «Ich habe die Rezepte dafür bereits ausgestellt, aber ich schreibe es Ihnen hier noch einmal genau auf, kann sein, dass Sie sich im Notfall darum kümmern müssen.»

«Was sind das für Nebenwirkungen, die auftreten können?»

«Die häufigsten sind Übelkeit, Müdigkeit, Schwindel, leichte Kopfschmerzen.»

«Und die nicht so häufigen?»

«Schweres Erbrechen, Desorientierung, Sehstörungen, starke Kopfschmerzen, Halluzinationen, Ohnmacht.»

«Und was mache ich dann?»

Winther verzog das Gesicht. «Wie gesagt: diese Tabletten geben, und wenn es wirklich schlimm kommt, können Sie mich auch anrufen.» Er betrachtete sie und seufzte wieder.

«Sie wollen wissen, ob es das alles wert ist und wie viel Zeit ihm das verschafft, stimmt's?»

«In Berlin haben die Ärzte gesagt, er hätte noch sechs Monate, davon sind vier jetzt um.»

«Ja, das war auch korrekt, das ist die mittlere Überlebensrate – statistisch gesehen. Wie ich bereits sagte: Niemand weiß, wie lange es noch geht. Wenn die Therapie anschlägt, hat er vielleicht noch drei, vier, fünf Monate mehr. Es kann auch sein, dass sich gar nichts bessert. Dann ist es in zwei Monaten vorbei. Apropos ...» Wieder ließ er den Kugelschreiber klicken. «Da er ja partout nicht ins Krankenhaus will, werden Sie früher oder später einen Pflegedienst brauchen.» Er kritzelte drei Namen und Telefonnummern auf den Block. Dann lehnte er sich zurück. «Es gibt viele Arten, wie Menschen mit so einer Diagnose umgehen. Manche fallen in hektische Betriebsamkeit, wollen auf einmal alles nachholen, was sie versäumt zu haben glauben, andere bemitleiden sich selbst, werden religiös, gleichgültig oder zynisch, wieder andere beschließen zu kämpfen und versuchen es mit jeder Therapie, die es gibt, auch wenn sie vom letzten Quacksalber stammt. Und dann gibt es noch den Typus Patient, und ich glaube, Ihr ... also, er gehört dazu, die wollen alles einfach ignorieren. Das sind diejenigen, die noch an ihrem letzten Tag sagen: ‹Mir geht es gut, mach dir keine Sorgen, ich bin nur etwas müde.› Lassen Sie sich nicht täuschen. Er wird nicht mehr gesund. Etwas mehr Zeit, das schon. Heilung? Nein. Wenn es irgendetwas Unausgesprochenes gibt, wenn es etwas gibt, das noch getan oder erlebt werden muss, dann warten Sie nicht zu lange damit.»

Die Zwergin kam herunter. «Alles gelaufen. Muss jetzt Ruhe», sagte sie zu Anna, «halbe Stund' liegen Bett.»

Winther stand auf. «Leben Sie wohl», sagte er und schüttelte Anna die Hand.

Die nächste halbe Stunde saß sie beinahe reglos auf dem Sofa und sah auf die weiß getünchte Wand. Viele Dinge gingen ihr durch den Kopf, Erinnerungen stürzten auf sie ein, Bilder, die sie lange vergessen hatte, aber nach einer Weile war ihr Geist wie leergefegt. Nur eine Frage stellte sie sich: ob es nicht besser wäre, jetzt einfach aufzustehen und zu gehen? Der Erklärungen des Arztes hätte es nicht bedurft. Sie hatte das alles schon einmal erlebt. Hatte zugeschaut, wochen-, monatelang. Sie erinnerte sich gar nicht mehr genau daran, was sie in dieser Zeit eigentlich getan hatte, außer am Bett ihrer Mutter zu sitzen, aber sie erinnerte sich an die Gefühle – die Verzweiflung, die Hoffnungslosigkeit, die Wut. Hatte es auch Momente des Glücks gegeben? In der Fernsehserie, in der allein das «Starksein» half, gab es solche Momente, sie waren unterlegt mit Geigenmusik, aber in ihrer Erinnerung gab es sie nicht. Das Einzige, was ihr immer wieder einfiel, war jener Abend vor der Nacht, in der ihre Mutter sterben sollte. Da hatte sie sich unter einem Vorwand vom Krankenbett weggestohlen, hatte gesagt, sie komme morgen wieder, hatte sich eingeredet, dass ihre Mutter auch morgen noch da sein werde – obwohl sie wusste, dass jede Nacht die letzte sein konnte und man begonnen hatte, in Stunden zu zählen und nicht mehr in Tagen. Und als sie dann vor dem Krankenhaus im Regen stand, hatte sie den Kopf in den Nacken gelegt und den Regen ihr Gesicht waschen lassen, und sie hatte einen unerhörten Moment der Freiheit erlebt.

Am nächsten Morgen war das Bett leer. Man brauche den Platz, hieß es. Frisch bezogen, weiß und leer stand es vor ihr, als hätte nie jemand darin gelegen.

Die folgenden Wochen vergingen nicht viel anders als die davor, mit dem Unterschied, dass Gracia dreimal wöchentlich erschien, um mit Laska im Schlafzimmer zu verschwinden. Nach fünf Minuten kam sie dann immer die Treppe herunter, setzte sich auf die Couch und sah im Fernsehen eine Reality-Show, in der anfangs zehn schöne Portugiesinnen um die Gunst eines Mannes buhlten. Der Mann war Notar, und das schien die Sache für Gracia besonders spannend zu machen. Nach genau einer halben Stunde endete die Show mit dem Rausschmiss einer der Schönen, während in Gracias Kitteltasche ein kleiner Küchenwecker piepte.

«Zeit ist abgelaufen», sagte sie dann, und es war nicht ganz klar, wen oder was sie damit meinte. «Ist abgelaufen», wiederholte sie und ging nach oben, bevor sie wenig später mit ihrer Tasche in der Hand das Haus verließ.

Laska behauptete, bis auf eine leichte Müdigkeit gehe es ihm gut, und suchte weiter nach Kometen.

«Warum?», fragte Anna.

Er dachte nach. «Ich war acht, und dann wurde ich zwölf, und in diesen Jahren wohnten wir in einer winzigen Wohnung unter dem Dach, wo es eine Luke gab, so ein kleines Dachfenster, und dort habe ich dann abends gehockt und Sterne angeschaut. Ich las Jules Vernes Roman ‹Die Reise durch die Sonnenwelt›, in dem die Helden auf einem Kometen durch das Sonnensystem fliegen, und ich stellte mir vor, nein, ich wünschte mir, dass so ein Komet auch zu mir käme und ich mit ihm verschwinden könnte.» Er zuckte mit den Achseln. «So fing das alles an.»

«Und wenn du keinen Kometen findest?», fragte sie.

«Dann ist das eben so.»

Von da an studierte sie die Fotos der Astrokamera noch genauer als sonst. Arbeitete sich in das Suchprogramm ein, das bestimmte Teile des Himmels nach fremden Objekten scannte. Wenn sie nicht Bücher über Kometen und die Kometenjagd las, saß sie vor dem Computerbildschirm. Aber es war wie schon in den Wochen zuvor – sie fanden nichts.

«Du hast keine Chance», sagte sie schließlich.

Er sah vom Bildschirm auf. Sein Kopf war kahl geworden, das Licht des Monitors schimmerte grünlich auf der nackten Kopfhaut.

«Wie meinst du das?»

«Du hast keine Chance gegen die anderen. Ihre Kameras sind größer, ihre Rechner schneller, ihre Programme besser. So wirst du nie irgendeinen Kometen vor ihnen entdecken.»

«Danke», entgegnete Laska, «sehr ermutigend. Ich mache trotzdem weiter.»

«Aber wenn wir wieder mit den Augen suchen, haben wir eine Chance.»

«Jede Kamera ist besser als unsere Augen. So ist das nun mal.»

«Außer am frühen Abend und frühmorgens. Dann ist der Himmel über dem Horizont zu hell für die Kameras und die Computerprogramme, die sie steuern. Dann beobachten sie nicht. Aber wir. Mit den Augen, mit dem großen Teleskop.»

«Das hat ein kleineres Gesichtsfeld.»

«Ja, aber es sammelt mehr Licht. Wir können auch ganz schwache Kometen sehen.»

«Seit zehn Jahren habe ich das nicht mehr gemacht.»

«Lass es uns probieren. Du kannst ja gleichzeitig die Kamera Fotos schießen lassen.»

So änderte sich ihr Rhythmus. Früh am Abend und sehr

früh morgens, kurz nach beziehungsweise vor der Dämmerung, beobachtete Anna bei gutem Wetter den Himmel über dem Horizont. Es war Februar geworden. Im Westen ging der Schwan unter, im Osten der Kleine Hund auf. Immer wenn sie ein schwach leuchtendes Objekt im Fokus hatte, schaute Laska kurz ins Okular und bestimmte daraufhin die Position, um sie mit Hilfe seiner Sternkarten und der Datenbank im Computer abzugleichen. Doch was Anna zumeist «entdeckte», waren bereits bekannte Galaxien, war der blasse Schimmer riesiger Ansammlungen weit entfernter Welten.

Schon am ersten Abend gab Laska ihr eine Augenklappe.

«Wozu?»

«So eine habe ich früher auch benutzt. Es ist zu anstrengend, immer ein Auge zuzukneifen.»

Sie zog sich die Augenklappe über und lachte. «Ich bin Seeräuber Anna, jo-ho. Wie sehe ich aus?»

«Verwegen.»

«Was ist mit dir? Immerhin bist du Kapitän.»

«Ich brauche das nicht mehr. Du bist jung. Deine Augen sind besser.»

Ihr war aufgefallen, dass er in letzter Zeit manchmal Mühe hatte, Dinge zu erkennen, dass er sich den Kopf hielt, benommen wirkte. Sie vermutete, dass es die Nebenwirkungen – die Sehstörungen, die Kopfschmerzen, der Schwindel – waren, von denen Dr. Winther gesprochen hatte.

Als am frühen Morgen des 10. März Wolken den Himmel bedeckten, sie aber trotzdem schon aufgestanden waren, fuhren sie mit dem Auto nach Lissabon. Sie setzten sich in ein Café in der Innenstadt und beobachteten das Gewimmel auf den Straßen der erwachenden Stadt.

«Lass uns einfach nur herumlaufen. Keine Sehenswürdigkeiten, keine Stadtrundfahrt, lass uns einfach nur spazieren gehen», sagte Anna, nachdem Laska gezahlt hatte.

Es kam ihr vor, als wäre es eine Ewigkeit her, dass sie das letzte Mal in einer großen Stadt gewesen war. Sie sog die Luft ein – die Abgase, die Gerüche aus den Geschäften und Restaurants, die Ausdünstungen der Straße. Sie war aufgeregt. Ihr war nach Tanzen zumute. Am liebsten hätte sie sich in einer der Bars betrunken.

Sie kamen an einem Geschäft für Elektronikartikel vorbei, im Schaufenster lief ein Fernseher. Laska fiel ein, dass er ein Zubehörteil für seinen Computer benötigte, und ging hinein. Anna wartete vor der Tür. Unweit des Geschäfts war eine U-Bahn-Haltestelle, Menschen kamen die Treppen hinauf, andere gingen sie eilig hinunter. Und da war sie einen Moment lang – einen ziemlich langen Moment lang – versucht, das Geld sausenzulassen, einfach diese Treppen hinabzusteigen, sich nicht umzudrehen, sondern aus Laskas noch verbleibendem Leben für immer zu verschwinden.

Sie atmete durch und drehte sich um, fragte sich, wo er blieb, als ihr Blick auf den Fernseher im Schaufenster fiel.

«Bogdana?», murmelte sie.

Laska kam zur Tür heraus. «Wie bitte?» Er verstand nicht.

«Die Frau da im Fernsehen.»

«Was ist mit der?»

«Ich kenne sie. Wir sind zusammen zur Schule gegangen.»

Der Fernseher zeigte Nachrichten. Bogdana, die gerade von einem Reporter befragt wurde, war eine ehemalige Krankenschwester Gaddafis. «Er hat mich immer gut behandelt. Er ist etwas exzentrisch, aber eigentlich ganz nett.»

«Da siehst du's», sagte Anna. «Ich hätte es auch schlimmer erwischen können.»

Am Nachmittag fuhren sie wieder zurück. Sie sah durch die Windschutzscheibe zum Himmel.

«Es klart auf», sagte sie. «Heute Abend können wir wieder auf die Jagd gehen.»

Laska holte Luft. «Du kannst gehen.»

«Wie meinst du das?»

«Ich meine damit, dass jetzt vielleicht ein guter Zeitpunkt ist, dass du gehst. Fortgehst. Natürlich bekommst du vorher das Geld.»

«Ich hab ja gar keinen Pass, ich kann nirgendwohin.»

«Einen Pass können wir beantragen.»

«Was soll das auf einmal?»

«Ich denke darüber schon eine ganze Weile nach. Vor allem denke ich darüber nach, wie ich dich da hineinziehen konnte. Das ist nicht dein Leben, du hast damit nichts zu tun.»

«Hör auf.»

«Ich habe dich heute in Lissabon gesehen, und mir ist klar geworden, dass es besser für dich ist, wenn du gehst, bevor ich ein sabberndes Wrack bin und diese Zwergin mir die Windeln wechseln muss.»

Lange sagte sie nichts. Der Himmel war blau, die schnurgerade Straße vor ihnen leer.

«Nein, ich gehe nicht. Noch nicht. Wer weiß, wie lange du noch lebst, und dann sehe ich von dem ganzen schönen Geld für die Extramonate nicht einen Cent.» Sie nahm ihre Sonnenbrille ab. «Außerdem: Wie willst du deinen Kometen finden? Mit deinen Augen? Ich kann also gar nicht gehen, bevor wir den Kometen gefunden haben.»

Am nächsten Morgen fand sie einen kleinen, kaum wahrnehmbaren Fleck im Sternbild Pegasus. Sie nannte Laska die Position und fragte ihn, was sich an dieser Stelle befinde, in der Annahme, dass es eine weitere weit entfernte Galaxie sei. Laska sah auf den Computer, dann sah er durch das Okular, ging zurück an seinen Computer, und sie sah wieder durch das Okular, beobachtete den schwach leuchtenden, winzigen Fleck.

«Siehst du ihn noch?», fragte er ruhig.

«Ja. Was sagen deine Karten? Was ist dort?», wollte sie wissen.

«Nichts.»

Sie drehte sich zu ihm, hob die Augenklappe an. «Heißt das ... ich meine, heißt das ...?»

Er ging noch einmal ans Teleskop, presste sein Auge an das Okular, sagte aber kein Wort.

«Du siehst ihn doch auch?»

Er schwieg immer noch. Schließlich sagte er: «Ja. Ich sehe ihn auch.»

Schon wurde es heller, die nahende Sonne begann den Horizont violett zu färben, und der kleine, schwache Lichtfleck war nicht mehr auszumachen.

«Musst du es nicht gleich melden? Jemanden anrufen?», fragte sie.

«Die schlafen noch. Ich schicke Ihnen eine E-Mail. Kann sein, dass jemand anderes ihn schon entdeckt hat.»

Den ganzen Tag über war sie unruhig. Konnte sich nicht konzentrieren, nicht lesen, lief hin und her.

«Hast du schon eine Antwort?», fragte sie.

«Noch nicht.»

«Wir sollten morgen früh versuchen, ein Foto zu machen.»

Laska nickte matt. «Ja, sollten wir.»

Sie konnte es kaum erwarten, dass der Tag vorüberging, doch wie es so ist, wenn man sich wünscht, dass die Zeit schnell vergeht, schien sie sich bis ins Unendliche zu dehnen. Am späten Nachmittag machte Anna, was sie lange nicht mehr gemacht hatte: Sie schaltete den Fernseher ein.

Sie verstand die portugiesische Kommentatorin nicht, aber ihr wurde klar, dass etwas Schreckliches geschehen war. Sie sah ein weinendes Mädchen, das, in eine Decke gehüllt, inmitten von Trümmern stand, einen Fischtrawler, der in einer zerstörten Stadt auf der Straße lag.

Laska kam die Treppe herunter. «Was Neues in der Welt?», fragte er.

«Es hat ein Erdbeben gegeben, in Japan, glaube ich.» Sie drehte sich um.

Sein Gesicht war aschgrau, er wankte.

«Alles klar?», fragte sie.

«Ja, ich bin nur etwas müde.»

«Stimmt was nicht?»

«Ich weiß nicht. Sind wohl die Nebenwirkungen.»

«Aber du hast doch Tabletten dagegen?»

«Ja», sagte er zögernd.

«Du hast keine Tabletten mehr.»

«Ich dachte, es geht ohne.» Er ließ sich aufs Sofa fallen, zitterte. «Ich fahre gleich los. Und hole die verdammten Pillen.»

«So kannst du nirgendwo hinfahren.»

«Doch, kann ich.»

«Ich fahre.»

«Die wollen den Ausweis sehen.»

«Dann fahren wir zusammen.»

«Hast du denn einen Führerschein?»

Sie seufzte. «So seid ihr Deutschen. Es geht um die Wurst, und ihr wollt die Papiere sehen.»

Sie war lange nicht mehr gefahren und hatte einige Mühe, den schweren Wagen aus der Garage auf die Straße zu manövrieren. Aber irgendwann lag der Mercedes in der Spur und rollte wie von selbst. Laska saß schweigend auf dem Beifahrersitz.

«Warum haben sie dir noch nicht geantwortet?», fragte sie unvermittelt.

«Sie wollen immer eine zweite Beobachtung. Oder ein Foto des Kometen.» Er beugte sich nach vorn. «Ist bewölkt. Morgen früh wird das nichts.»

«Wie schnell bewegt er sich?»

«Ein Vollmondradius pro Nacht, vielleicht zwei. Die Frage ist nicht, wie schnell, sondern in welche Richtung.»

«Wenn wir ihn heute oder morgen nicht noch mal sehen, finden wir ihn nie wieder.»

Laska erwiderte nichts.

«Du hast heute früh nichts gesehen, stimmt's?», fragte Anna.

«Deine Augen sind besser als meine.»

«Und du hast auch niemandem eine E-Mail geschickt. Glaubst du, dass ich dich angelogen habe? Dass ich dich absichtlich angelogen habe, damit –»

Anna bremste. Eine Katze überquerte vor ihnen die Straße, verharrte kurz vor dem Wagen, bevor sie schnell zur anderen Seite huschte und unter einem Oleanderstrauch verschwand.

«Kennst du Schiaparelli?», fragte Laska leise. «Ende des neunzehnten Jahrhunderts beobachtete er den Mars so lange, bis er glaubte, auf der Oberfläche linienartige Strukturen zu erkennen, die bislang niemand entdeckt hatte. Er behauptete, nur derjenige, der über ausreichende Beobachtungserfahrung verfüge, könne sie sehen. Nach einer Weile bestätigten andere Astronomen seine Entdeckung und spekulierten darüber, ob diese ‹Kanäle›, wie sie nun genannt wurden, künstlichen Ursprungs seien. In den Zeitungen erschienen lange Artikel über die Marszivilisation, Romane wurden geschrieben, die davon handelten, dass die Marsianer die Erde erobern, in den USA baute man eigens ein Observatorium, um die Kanäle zu erforschen. Das Problem war nur – es gab gar keine. Eine optische Täuschung, nichts weiter. Möglicherweise hatten Schiaparelli und seine Kollegen, nachdem sie so viele Nächte hinter ihren Teleskopen verbracht hatten, nur verwaschene Punkte wahrgenommen, die ihre müden Augen zu Linien verbanden. Mir ist das so ähnlich auch schon passiert. Es ist ganz normal.»

«Meine Augen sind besser als deine», erwiderte Anna und bog auf den Parkplatz des Einkaufszentrums ein. Er war nahezu leer. «Soll ich dir beim Aussteigen helfen?», fragte sie.

«Nein.» Er war verärgert. «Geht mir schon besser.»

Ein Glockenspiel erklang, als die automatische Tür vor ihnen aufging und sie die Apotheke betraten.

Es waren zwei. Auf dem Bildschirm, auf den Santos zeigte, war der Verkaufsraum der Apotheke zu sehen. Eine Angestellte bediente die Mutter mit dem Kind, eine zweite einen älteren Mann und eine junge Frau. Die junge Frau kam mir bekannt vor, aber ich hatte keine Zeit, darüber nachzudenken, wo ich sie schon einmal gesehen haben könnte. Der Apotheker stand neben der Kasse, als die beiden Männer hereinkamen. Sie trugen Sonnenbrillen und Armeehosen in Tarnfarben. Ich weiß nicht, warum alle Ganoven dieser Welt Armeehosen tragen müssen und glauben, dass eine Sonnenbrille sie unsichtbar macht. Sie hatten die Sache offenbar nicht großartig geplant. Wer sich gerade im Geschäft aufhielt, war ihnen egal. Sie versuchten sich in dem, was wir die «Brasilianische Methode» nennen: Einer der beiden, der kleinere, schirmte den anderen vor den Blicken der Kunden und Angestellten ab, während der dem Apotheker eine Pistole zeigte – einfach nur zeigte, gerade lange genug, dass der Apotheker die Waffe sehen konnte –, seinen Arm dann wieder sinken ließ, dem Apotheker eine Plastiktüte auf den Tresen legte und ihm zunickte.

Ich sehe, wie der Apotheker ein, zwei Sekunden lang nur auf die Tüte schaut. Nicht auf den Mann, nur auf die Tüte. Und dann die Kasse öffnet.

Die «Brasilianische Methode» hat den Vorteil, dass man sich ziemlich viele Möglichkeiten offenhält. Wenn der Verkäufer sich weigert, das Geld herauszugeben, oder nicht kapiert, was von ihm verlangt wird, kann man die Sache abblasen und unverrichteter Dinge wieder gehen. In vielen Fällen erstatten die Ladenbesitzer dann noch nicht einmal Anzeige. Ist der mit der Pistole verschwunden, geht das Leben doch so weiter wie zuvor, oder etwa nicht? War alles nur ein böser Traum. Wenn man freilich dringend Geld braucht, wenn das Ganze zu verlockend aussieht oder wenn einen der Verkäufer schief anschaut und man den Eindruck bekommt, man werde gerade kräftig verarscht, kann man auch zur herkömmlichen Methode übergehen: Her mit dem Geld, oder es knallt!

Während wir zuschauen, wie der Apotheker die Tüte füllt, gebe ich Santos und dem Wachmann ein Zeichen, sich ruhig zu verhalten. Santos versteht mich sofort, bei dem anderen bin ich mir nicht so sicher. Ich taste nach meinem Handy. Ich verfluche den Apotheker, weil er das Geld so langsam in die Tüte stopft. Ich bete zu Gott, an den ich nicht glaube, er möge Cabral, der an ihn glaubt, eine Reifenpanne haben lassen. Ich rufe Cabral an, aber es ist zu spät.

Alles geht sehr schnell. Ich sehe am Bildschirmrand, dass sich die automatische Tür öffnet, sehe nur Cabrals Silhouette, seine Beine. Er muss die Situation gleich erfasst haben, denn er weicht zurück, und ich sehe ihn nicht mehr. Der mit der Pistole macht zwei Schritte auf die Tür zu und schießt. In unserem Hinterzimmer hören wir die Schüsse. Ich kann nicht sehen, ob Cabral getroffen wurde oder nicht, hoffe aber, dass er unverletzt ist und irgendwo draußen Deckung gefunden hat.

Ich ziehe und entsichere meine Waffe. Der mit der Pistole wirbelt herum und brüllt, alle sollen sich auf den Boden legen. Dabei richtet er die Pistole mal auf den einen, mal auf den anderen. Der Kleinere zieht etwas aus seiner Jacke hervor. Ich kann nicht genau erkennen, was, vielleicht ist es ein Elektroschocker. Ich weiß nicht, was ich tun soll. Abwarten? Rausstürmen und mein Glück versuchen? Innerhalb von Sekunden ist aus dem Überfall eine Geiselnahme geworden. Ich überlege, wie lange das Spezialkommando braucht, um hier zu sein. Wahrscheinlich hat Cabral es schon gerufen. Ich schaue mich um. Der Wachmann ist kreidebleich. Er hat sich neben dem Tisch auf dem Boden zusammengekauert. Santos, in dessen Augen ich eben noch glaubte Furcht gesehen zu haben, sitzt ganz still da und hat die Miene eines Mannes, der weiß, dass er am Ende seiner Reise angekommen ist. Lautlos bewegen sich seine Lippen.

Die Tür vor mir bietet keinen großen Schutz. Zudem ist sie nur angelehnt. Ich blicke wieder auf den Bildschirm und sehe den mit der Pistole gestikulieren. Er deutet in unsere Richtung, dann brüllt er irgendwas, geht zum Apotheker und tritt ihm in die Rippen. Es ist nur eine Frage der Zeit, bis einer der beiden nach hinten kommt.

Ich hocke mich hin, öffne langsam die Tür. Vor mir sehe ich die Ladenregale. Ein letzter Blick auf den Bildschirm, dann lasse ich mich auf den Boden gleiten.

Ich robbe zwischen Regalen hindurch, die vollgestellt sind mit Herzdragees, Ginsengextrakt, Gesundheitstees, Muskelaufbaupulver, Erkältungssäften, Hustenbonbons, Kopfschmerztabletten. Ich höre, wie der Größere eine der Verkäuferinnen fragt, ob da noch mehr von ihnen seien, aber die Verkäuferin antwortet nicht, sondern fängt an zu heulen. Da sagt der Apotheker, es seien alle hier, da sei sonst niemand. «He!», ruft der mit der Pistole, «ich weiß, dass ihr euch da hinten versteckt. Kommt raus. Dann passiert euch nichts!» Ich muss an meine Mutter denken. Ich muss daran denken, wie sie mir, kurz nachdem ich zur Guarda gegangen war, prophezeite, ich würde eines Tages wie Onkel Marcelo enden. «Allmächtiger», rief sie, von nun an könne sie keine Nacht mehr friedlich schlafen.

Ich robbe in den nächsten Warengang hinein. Am Ende des Ganges liegt sie. Sie liegt auf dem Bauch, hat den Kopf zur Seite gedreht. Wir sehen uns an. Es ist komisch: Ich werde ganz ruhig und wünsche mir nichts mehr, als hier für immer zu liegen und sie anzusehen.

«Wenn ihr nicht rauskommt, kommen wir und holen euch!», ruft der mit der Pistole.

Ich höre das Kind weinen.

«Hör auf damit!», schreit er, «mach, dass es aufhört, verdammt!»

Dann höre ich die Stimme des älteren Mannes. Ich weiß, dass er es sein muss, denn die Stimme des Apothekers kenne ich. Außerdem hat er einen deutschen Akzent. Ich versuche, mir die Position jeder einzelnen Stimme genau einzuprägen.

«Lassen Sie uns gehen, bitte», sagt er gefasst.

«Halt die Fresse, Alter!»

«Lassen Sie wenigstens die Frauen und das Kind gehen», beharrt er.

«Halt die Fresse, oder du bist tot!»

Ich bin mir nicht ganz sicher, aber in dem Moment war mir, als würde ich den älteren Mann leise lachen hören. Oder wollte er noch etwas sagen? Oder rief der mit der Pistole: Hör auf zu grinsen, Alter?

Ich weiß es nicht mehr. Über das, was in den Sekunden darauf passiert ist, habe ich oft nachgedacht, habe es gegen meinen Willen in meinen Träumen wieder und wieder gesehen. Das Nächste, was ich höre, was wir alle hören, ist ein – Schuss.

Ich springe auf. Richte meine Pistole auf ihn. Rufe über das Warenregal hinweg so etwas wie «Waffe weg!» oder «Keine Bewegung!». Ich weiß es nicht mehr.

Im Bericht steht: «Waffe runter, Polizei!» Irgendetwas muss ja im Bericht stehen.

Er denkt gar nicht daran. Auf dem Video der Überwachungskamera ist es genau zu sehen: Ich stehe hinter ihm, und als er mich rufen hört, dreht er sich um und reißt die Waffe hoch. Ich muss ihm ins Gesicht gesehen haben, doch in meiner Erinnerung, in meinen Träumen hat er kein Gesicht.

Der Psychologe und Tritão warnten mich, Valentina. Sie sagten, ich solle nicht versuchen, ihm sein Gesicht zurückzugeben, das würde keineswegs helfen, im Gegenteil. Doch wenn ich nun schon eine Geschichte schreibe, die wahrscheinlich niemand lesen wird, dann sollte sie, denke ich, komplett sein.

Abel Campos wurde in Sintra geboren, sein Vater besaß dort eine Autowerkstatt und sein Großvater ein kleines Restaurant, in dem seine Mutter mitarbeitete. Die ersten Jahre seines Lebens müssen sorgenfrei gewesen sein, doch dann passierte etwas. Vielleicht konnte sein Vater den Kredit für die Autowerkstatt nicht zurückzahlen, vielleicht wurde jemand in der Familie krank. Auf jeden Fall wurde das Restaurant geschlossen, verlor sein Vater die Werkstatt, und die Familie zog in einen Vorort von Lissabon. So kam es, dass Abel in der Nähe des Flughafens aufwuchs, nur einige hundert Meter Luftlinie von der alten Wohnung meiner Mutter entfernt. Vielleicht hat sie ihn irgendwann einmal gesehen. Vielleicht stand sie irgendwann einmal neben ihm an der Ampel. Vielleicht stand *ich* irgendwann neben ihm an der Ampel.

Als Kind soll er viel Zeit damit verbracht haben, die Flugzeuge zu beobachten. Es heißt, er habe sich gewünscht, eines Tages Pilot zu werden. Dann, so hat er wohl gesagt, müsse er den Lärm nicht mehr hören und könne endlich schlafen.

Seine Mutter war nun Zimmermädchen in einem Touristenhotel im Zentrum von Lissabon, und sein Vater verdingte sich als Aushilfsmechaniker an einer Tankstelle. Als seine Mutter anfing zu trinken, ließ sie der Vater sitzen.

Seine Mutter trank weiter, verlor ihre Arbeit und hatte verschiedene Männer, deren größte Gemeinsamkeit es war, dass sie Abel regelmäßig verprügelten. Er begann zu klauen, ging nicht mehr in die Schule. Mit sechzehn erstach er einen Liebhaber seiner Mutter im Bett. Später behauptete er, der Mann, ein Rumäne, habe versucht, sie zu vergewaltigen. Da der Mann Rumäne war und seine Mutter sich an nichts erinnern konnte, kam Abel mit einer Bewährungsstrafe davon.

Mit knapp zwanzig Jahren begegnete er Maurizio Sepa, einem gleichaltrigen, vorbestraften Epileptiker, dem man im Gefängnis übel zugesetzt hatte. Abel kümmerte sich um ihn, und die beiden wurden Freunde. Eine Weile lang hatten sie ihren Spaß daran, betrunkene Touristen auszurauben. Sie lauerten ihnen in der Nähe von Bars oder Nachtclubs auf, schlugen sie zusammen, nahmen ihnen alles Wertvolle ab und urinierten zum Abschluss auf ihre zerschundenen Gesichter. Als sie einmal geschnappt wurden, sagte Abel aus, der Kerl, den sie bewusstlos geschlagen, getreten und bepisst hätten, habe Sex von ihnen verlangt. Da habe er ihn eben verprügelt, Maurizio hingegen sei nur daneben gestanden. «Zio wollte mich zurückhalten», sagte er dem Richter.

Als Abel aus dem Knast heraus war, begannen sie, in Supermärkten zu stehlen, das heißt, sie steckten alles, was in ihre bauchigen Jacken passte, mehr oder weniger unverhohlen ein. Wenn es einen Ladendetektiv gab, der Ärger wollte, bekam er eins mit dem Elektroschocker verpasst. Dann verlegten sie sich auf Tankstellenüberfälle. Abel hatte jetzt eine Pistole, und da war er wohl der Ansicht, dass man auch ein neues Betätigungsfeld brauche, und Maurizio wollte von nun an der Mann mit dem Elektroschocker sein, einem Zauberdings, das ihn schon immer fasziniert hatte. Von Lissabon aus arbeiteten sie sich langsam die Küste entlang, Richtung Süden.

Ich frage mich, ob es je etwas gegeben hat, das Abel sich wirklich wünschte. Ich meine einen Wunsch jenseits von Geld und Macht und Sex und Drogen und dem, wozu die Werbung uns verführen will. Hat er sich je gefragt, warum wir überhaupt da sind?

Der Psychologe sagte, ich solle das lassen, solche Grübeleien führten nirgendwohin. Aber das stimmt nicht, Valentina. Denn wie auch immer ich die Fäden durch das Labyrinth der Zeit zurückverfolge, zusammen laufen sie alle bei dir: der Finger, Santos, Abel, Laska. Ohne sie hätte ich deine Mutter wahrscheinlich nie kennengelernt, ohne sie gäbe es dich nicht.

Vielleicht muss ich auch noch den wilden Maurizio dazurechnen. Denn wer von beiden – Abel oder Maurizio – die Idee hatte, die Apotheke zu überfallen, ist nicht sicher.

Sicher ist nur, dass ich Abel Campos am 11. März 2011 in dieser Apotheke erschoss.

11

Die kurze Geschichte vom kleinen Hund

Immer noch spürte er diesen Schwindel, immer noch hatte er das Gefühl, in den Himmel, in die Nacht zu stürzen. Neben der Hütte des Hirten lag Konew rücklings auf dem heruntergedrückten, harthalmigen Steppengras, auf seiner Brust ruhte schwer der Armee-Feldstecher, den er tagsüber dazu verwendet hatte, die glühenden Raketentrümmer auszumachen, die nach jedem Start wie Meteore vom Himmel fielen.

Er hörte ein paar Schafe meckern, hörte die beiden Hunde, die hechelnd die Herde umkreisten, hörte dann den Hirten selbst, der in der Hütte, mehr ein Wind- und Regenschutz als eine dauerhafte Behausung, leise eine Melodie vor sich hin summte. Die Hütte bestand aus einem Teil der Außenhaut einer der Raketen. Eigentlich hatten Konews Soldaten die Aufgabe, nach einem Start die halb verglühten Überbleibsel der unteren Stufen wieder einzusammeln, damit sie nicht in falsche Hände gerieten, wie es hieß. Aber das war eine aufwendige Arbeit, manchmal mussten sie mit ihren Lastern hundert Kilometer weit fahren, und ohnehin konnte er sich nicht vorstellen, dass da draußen amerikanische Agenten mit Kameras herumirrten, um qualmende Aluminiumklumpen zu fotografieren. Die Amerikaner lieben doch den Komfort, dachte er, und in der Steppe nach zerschmolzenen Triebwerksdüsen zu suchen war nicht sehr komfortabel. Deswegen hatte er dem Hirten die Hütte gelassen, die er als Schutz gegen den Wind und die Kälte nutzte, am Ende der Nacht, wenn ihn die vom Tau klamme Jacke frösteln ließ.

Er sah auf seine Uhr. Es fiel ihm schwer, die schwachen Leuchtziffern zu erkennen. Schließlich wandte er sich wieder dem Himmel zu, dorthin, wo er den Sputnik erwartete. Er hatte sich die Bahn, die ihm der Techniker genannt hatte, genau eingeprägt.

Der Hirte kam heraus und hockte sich neben ihn, hielt ihm einen Aluminiumbecher mit Tee hin. Konew richtete sich auf, nahm den Becher und trank einen Schluck. Der Tee war heiß und süß.

«Kann man ihn schon sehen?», fragte der Hirte.

«Nein, es ist noch zu früh.»

«Aber dann werden wir ihn sehen können?»

«Sobald er vorbeifliegt. Hoch über uns. Hunderte von Kilometern. Aber wir müssen schnell sein. Siehst du die beiden hellen Sterne da?»

«Ja.»

«Altair und Deneb, dazwischen verläuft seine Bahn. Ich glaube, mit bloßem Auge wirst du ihn nicht sehen können. Dann musst du das Fernglas nehmen.»

«Ich habe gute Augen.»

«Ich weiß.»

«Wie oft werden wir ihn sehen können?»

«In dieser Nacht sechsmal, haben sie gesagt.»

«Und dann kommt er wieder zurück?»

«Das weiß ich nicht.»

«Das weißt du nicht?»

«Sie haben mir nicht gesagt, was es für eine Mission ist. Ich bin nur der Wachoffizier. Der Missionsverlauf ist geheim.»

«Das heißt, es kann auch sein, dass er nicht zurückkommt?»

«Ja.»

«Dass sein Raumschiff – oder wie nennst du es? – von der Luft glüht wie die Rakete, die jetzt meine Hütte ist?»

«Ja.»

«Tut dir das nicht leid? Du hast ihn aufgezogen, deine Tochter hat mit ihm gespielt, und bald ist er vielleicht nichts weiter als ein brennender Stern?»

«So ist das eben», sagte Konew. «Wenn ich ihn bei dir gelassen hätte, hättest du ihn getötet.»

«Ich brauchte keine drei Hunde. Drei Hunde sind schlecht. Das bedeutet immer zwei gegen einen, und ich hätte ihn auch nicht ernähren können. Hätte ich ihn verhungern lassen sollen hier draußen? Da ist es besser, wenn ich es gleich und kurz und schnell erledige, anstatt ein armes Tier leiden zu lassen. Ich hätte ihn noch einmal gestreichelt, und er hätte es gar nicht gemerkt. Aber jetzt ist er da oben in dieser Blechdose mit Mäusen und Käfern und hat Angst und wird trotzdem sterben.»

«Die Wissenschaftler lassen die Hunde fliegen, damit eines Tages wir Menschen ins All aufbrechen können.»

«Ja, das sind so Worte, Genosse Major, große Worte, aber der kleine Hund wird sterben, und er wird nicht wissen, warum, und es wird für ihn genauso wenig Sinn ergeben, wie wenn ich ihn zuvor getötet hätte.»

«Das Leben eines Hundes muss keinen Sinn ergeben.»

Der Hirte sah zu den Sternen auf, die über ihm waren, seitdem er sich erinnern konnte. Er zog den Rotz in seiner Nase hoch und gab dabei ein lautes, röhrendes Schnorchelgeräusch von sich, bevor er den so erschaffenen Schleimklumpen vor seine Stiefel spuckte. «Entweder alles hat einen Sinn oder gar nichts», sagte er.

Stimmen. Lichter. Die Blaulichter der Einsatzwagen. Rufe. Schreie. Kommandos. Plötzlich steht sie auf dem Parkplatz, ohne dass sie weiß, wie sie dorthin gekommen ist. Jemand tritt zu ihr, eine dicke Frau, eine Polizistin, und fragt sie etwas auf Portugiesisch, das sie nicht versteht.

«You're good?», fragt die Polizistin schließlich.

«Yes. I'm good.»

Dann rollt die Fahrtrage an ihr vorbei. Anna läuft neben den zwei Sanitätern her bis zum Rettungswagen, doch als sie mit einsteigen will, drängt einer der beiden sie zurück. Die dicke Polizistin ruft ihm etwas zu, und er packt Anna widerwillig unter dem Arm, zieht sie in die Ambulanz und schiebt sie auf einen Notsitz hinter dem Kopfende der Trage, zischt barsch einen Befehl.

Laska hat die Augen geschlossen. Eine Sauerstoffmaske liegt über seiner Nase und seinem Mund, ein blasebalgähnliches Tütchen schwillt an und sackt wieder in sich zusammen. Eine Infusion läuft in seinen rechten Arm, der andere der beiden Sanitäter stellt am Schlauch etwas ein. Die Schusswunde ist nicht zu sehen, ist verborgen unter Wundkompressen, Mull und der goldglänzenden Rettungsdecke, die sie, so gut es ging, über ihm ausgebreitet haben.

Der Sanitäter, der sie auf den Notsitz gedrückt hat, beugt

sich über sie, er riecht nach Schweiß und Desinfektionsmittel, klopft gegen die Verbindungsscheibe zur Fahrerkabine. Sie streckt eine Hand aus, sodass ihre Fingerspitzen ganz leicht Laskas Schulter berühren. Der Motor springt an, die Sirenen jaulen auf, und der Rettungswagen beginnt seine heulende Fahrt durch die Nacht.

Als sie das Krankenhaus erreichen, steigt Anna mit den Sanitätern aus und läuft wieder neben der Trage her, automatische Türen öffnen sich surrend, während sie durch Flure eilen, die sie wegen der zahllosen Zimmer und Abzweigungen und Nebengänge an einen neonbeleuchteten Irrgarten denken lassen. Wie bei einem Staffellauf nehmen auf etwa der Hälfte des Weges zwei Pfleger und eine Ärztin die Trage in Empfang, schieben sie weiter und immer weiter in das Innere des Gebäudes hinein, bis sie an eine Milchglastür kommen und einer der Pfleger etwas sagt, das sie wiederum nicht versteht. Die Ärztin nimmt sie am Arm und zeigt auf eine Reihe Plastikstühle. «You wait here», sagt sie, bevor sie eine Karte durch ein Lesegerät zieht, sodass die Tür sich summend öffnet.

Sie schieben Laska hindurch, und Anna bleibt vor der Tür stehen und sieht der Trage nach, bis die Tür sich wieder geschlossen hat.

Gouveia fand sie auf einem der Plastikstühle, sie hatte die Augen geschlossen und den Hinterkopf an die Wand gelehnt, aber er war sich nicht sicher, ob sie schlief. Sie war die Einzige, die dort saß, es schien eine ruhige Freitagnacht zu sein. Auf der gegenüberliegenden Seite öffnete sich der Flur zu einem Wartebereich, an einer Wand war ein großer Flachbildfernseher angebracht, er lief ohne Ton. Eines der

Reaktorgebäude von Fukushima kam ins Bild, aber Gouveia verstand den Sinn dieser Einblendung nicht. Er drehte sich um und ging vor Anna, die die Augen immer noch geschlossen hatte, in die Hocke und betrachtete sie. Gern hätte er ihre Hände genommen und gehalten. Die Milchglastür der Intensivstation öffnete sich mit einem leisen Knall, gefolgt vom typischen Surren der kleinen Elektromotoren. Sie schreckte auf und blickte zur Tür. Ein Angestellter des Krankenhauses schob einen Gitterwagen voller schmutziger Wäsche vor sich her.

Sie lehnte sich wieder zurück und sah Gouveia an.

«Geht es Ihnen gut?», fragte er auf Deutsch. «Sie verstehen mich doch, oder?»

«Ja.»

«Wir haben uns schon einmal gesehen. Im Supermarkt. Erinnern Sie sich?»

«Hocken Sie schon lange hier?»

«Ein paar Minuten. Sie haben geschlafen. Hat jemand von der Polizei mit Ihnen gesprochen?»

«Nein. Nur jemand vom Krankenhaus. Ich musste ein Formular ausfüllen. Wollen Sie mir jetzt Fragen stellen?»

«Nein, nicht jetzt. Später.»

«Gut. Später.»

«Wie geht es Ihrem –», er zögerte einen Moment, «Mann?»

Sie sah zur Tür. «Die sagen mir nichts. Ich darf nicht zu ihm hinein. Ich verstehe sie nicht.»

Gouveia stand auf. Neben der geschlossenen Tür befanden sich eine Klingel und eine Sprechanlage. «Wie heißt er?»

Sie nannte ihm den Namen.

Er klingelte, und eine abweisende Stimme meldete sich.

«Ja?»

«Es geht um einen Patienten namens Gerhard Laska.»

«Wir haben zu tun.»

«Hier ist Sargento Gouveia von der GNR, Sie schicken jetzt bitte jemanden heraus, verstanden?»

Fünf Minuten später kam ein breitschultriger Arzt im OP-Hemd durch die Tür, schob sich den Mundschutz unters Kinn und sagte: «Wir haben ihn operiert und das Projektil entfernt.» Er sah kurz zu Anna. «Versteht sie mich?»

Gouveia schüttelte den Kopf.

«Das Problem ist nicht die Verletzung der Schulter. Er hat viel Blut verloren. Sein Allgemeinzustand ist nicht der beste. Na ja, kein Wunder bei der Vorerkrankung. Eine Niere hat sich verabschiedet. Wir haben ihn in ein künstliches Koma versetzt.»

«Wie sind die Chancen?»

«Wenn Sie mich fragen, wird er die Nacht nicht überstehen.»

«Soll ich ihr das so sagen?»

«Ihr Problem.»

«Kann sie zu ihm?»

«Fünf Minuten.»

Laska lag in der Mitte eines Zimmers, das bis unter die Decke gekachelt war und gar nicht wie ein Krankenzimmer aussah. Sein Bett schien eine komplizierte Mechanik zu besitzen, überall Rädchen, Elektromotoren, Hydraulik. Schläuche führten zu dem Bett, in seinen Mund und Rachen, andere Schläuche führten aus seinem Körper heraus, an Ständern hingen Infusionen, deren Schläuche unter der Heizdecke, die über ihn gebreitet war, verschwanden. Monitore zeigten Zahlen und auf- oder absteigende Kurven, und überall war der Klang der Maschinen, das Pumpen und

Stampfen, das Ächzen, Blasen und Pfeifen und leise Piepen, das Laska am Leben erhielt.

Anna sagte die ganze Zeit über kein Wort, starrte nur auf das Bett, und obwohl Gouveia sie hätte allein lassen können, blieb er schweigend neben ihr stehen, so vertraut war ihm der Anblick des Bettes, wie etwas aus der Vergangenheit, das ihn nun endlich eingeholt hatte.

«Es ist Zeit, sich zu verabschieden», sagte der Arzt fünf Minuten später.

Anna berührte Laskas unverletzte Schulter, dann gingen sie.

«Was hat er gesagt?», fragte sie Gouveia, als sie wieder im Flur standen.

«Wenn er die Nacht übersteht, hat er eine Chance.»

«Gut.»

«Soll ich Sie nach Hause bringen?»

«Nein.»

Anna ging zum Wartebereich und setzte sich auf einen Stuhl. Das Fernsehen zeigte Bilder aus der verwüsteten Stadt Ofunato.

Ein Stockwerk höher lag Cabral in seinem Bett und hatte die Fernbedienung des Fernsehgerätes in der Hand.

«Glatter Durchschuss, Riesenglück», sagte er, als Gouveia hereinkam. «Zwei Zentimeter weiter links, und die Kugel hätte die Schlagader in meinem Oberschenkel erwischt. Und noch mal zwei Zentimeter weiter – will ich gar nicht drüber nachdenken. Mein Täubchen wäre nicht sehr erfreut gewesen.»

Gouveia fragte, ob Cabrals Frau und die Kinder schon da gewesen seien, was natürlich der Fall war. Sie unterhielten sich über dieses und jenes, aber keiner der beiden erwähnte die Apotheke und das, was sich dort ereignet hatte.

«Ich wollte jetzt eigentlich ein wenig fernsehen.»

«Lass dich nicht stören. Was kommt denn?»

«Das ist mir ganz egal. Ich liege hier noch mindestens eine Woche. Eine Woche, Yuri! Eine Woche lang keinen Dienst, kein Kindergeschrei, keine nörgelnde Ehefrau! Nur meine Fernbedienung und ich.»

Gouveia versuchte zu lächeln.

«Geht es dir gut?», fragte Cabral.

«Klar geht's mir gut.»

«Du siehst müde aus. Willst du nicht nach Hause fahren und dich hinlegen?»

«Campos war sofort tot, haben sie gesagt.»

«Ja, ich weiß.»

«Einer von denen aus Vila hat mir auf die Schulter geklopft und gesagt: ‹Gut, dass du den Schweinehund erledigt hast.›»

«Die haben keine Ahnung, die aus Vila.»

«Hast du eine Ahnung?»

Cabral sah ihn lange an. «Ich nicht, aber Tritão.»

«Tritão?»

«Hast du dich nie gefragt, warum er so ungern vor die Tür geht? Oder weshalb ihn seine Frau verlassen hat? Aber das ist alles lange her. Heute gibt's Psychologen für so etwas. Ein paar Wochen auf der Couch, und du bist wieder fit.»

«Es wird eine Untersuchung geben.»

«Natürlich wird es die geben. Was regst du dich auf? Ist doch alles auf Video aufgenommen worden. Du hast dir nichts vorzuwerfen.»

«Du hast recht», sagte Gouveia, «du hast recht.»

Er überließ Cabral einer Spielshow und suchte die Cafeteria, doch die war längst geschlossen, es war bereits nach Mitternacht. Er wusste nicht genau, warum er nicht nach Hause fuhr, er wusste nur, dass er nicht nach Hause wollte. Er fand einen Kaffee-Automaten und holte zwei Galão – zumindest stand das auf der Automatentaste.

Dann ging er wieder Richtung Intensivstation. Anna saß immer noch auf einem der Stühle. Der Fernseher lief weiterhin ohne Ton, auf dem Bildschirm war das Innere einer Turnhalle zu sehen, in der Hunderte Japaner, meist alte Leute, auf dem Boden schliefen.

Er setzte sich neben sie und hielt ihr den Kaffee hin. Sie sah ihn an, und zum ersten Mal zeigte sich der Anflug eines Lächelns auf ihrem Gesicht. Dann tranken sie beide, den Blick auf den Fernseher gerichtet, in kleinen Schlucken den Kaffee, und obwohl es Bilder des Schreckens waren, begann Gouveia sich etwas besser zu fühlen.

Er wusste nicht, wann er eingeschlafen war, aber als er aufwachte, zeigten sie im Fernsehen eine Dauerwerbesendung. Eine einst bekannte Telenovela-Darstellerin, die die Karriereleiter immer weiter hinabgerutscht war, legte sich billigen Schmuck um den Hals, eine Kette nach der anderen, immer mit dem gleichen puppenhaften Gesichtsausdruck. Da wusste er, dass es schon früh am Morgen sein musste.

Anna hatte den Kopf an seine Schulter gelehnt. Er bedauerte, aufgewacht zu sein, und schloss die Augen, um wieder einzuschlafen, aber es gelang ihm nicht. Damit er nicht auf andere Gedanken kam, verfolgte er die Sendung. Ein Mann, der wahrscheinlich auch einmal eine größere Rolle gespielt hatte, pries Armbanduhren an.

Wieder schreckte sie hoch, als sich die Automatiktür der

Intensivstation öffnete. Der Arzt, der sie einige Stunden zuvor zu Laska geführt hatte, kam heraus.

«Sie sind ja immer noch hier.» Er schien verwundert. «Sein Zustand hat sich stabilisiert. Hat mich überrascht. Er ist zäher, als ich dachte. Aber noch nicht über den Berg.» Er nickte Anna kurz zu, drehte sich um und ging den Flur hinunter.

«Was hat er gesagt?»

«Es geht Ihrem Mann besser.»

Im Fernsehen war eine Wetterkarte zu sehen.

«Morgen wird ein schöner Tag», sagte Gouveia und kam sich im selben Moment taktlos vor.

«Was haben Sie gesagt?»

«Entschuldigen Sie. Das war dumm von mir. Ich meinte das Wetter. Morgen scheint die Sonne. Keine Wolken.»

«Wie spät ist es?»

Er sah auf seine Armbanduhr. «Vier Uhr morgens.»

«Könnten Sie mich jetzt nach Hause fahren?»

Gouveia war erstaunt, als er feststellte, wie nah beieinander alles war. Die Straße, die von der Hauptstraße abzweigte und fünf Kilometer den Hügel hinauf vor Laskas Haus endete, führte an seinem Apartmentkomplex vorbei.

«Sie kommen nicht aus Deutschland», sagte er.

«Nein, aus Kiew.»

«Aha.»

«Es ist nicht so, wie Sie vielleicht denken. Ich meine, ich bin nicht seine Frau und auch nicht seine Geliebte oder so was.»

«Was sind Sie dann?»

«Ich weiß es nicht. Ich denke die ganze Zeit darüber nach, aber ich weiß es nicht.»

Er hielt vor der Auffahrt zu Laskas Haus, das dunkel und verlassen dalag. Sie stiegen aus, und er begleitete sie bis zur Tür.

«Jemand von der Polizei wird noch mal mit Ihnen reden wollen, morgen oder übermorgen. Wenn Sie bis dahin Hilfe brauchen –»

«Danke, dann wende ich mich an Sie.»

«Na dann – gute Nacht.»

«Gute Nacht.»

Gouveia drehte sich um, ging Richtung Tor.

«Haben Sie gute Augen?», rief sie ihm hinterher.

Im Observatorium sah es noch genau so aus, wie sie es zurückgelassen hatten. Die Aufzeichnungen lagen geordnet auf dem Tisch.

Sie öffnete das Dach, nahm die Taukappe vom Objektiv des Reflektors. «Jetzt müssen wir warten», sagte sie.

«Als Kind hatte ich auch ein Fernrohr», erzählte Gouveia. «Ein ganz kleines natürlich. Ich habe zwei Jahre drauf gespart.»

«Haben Sie es noch?»

«Nein. Ich habe es verkauft.»

«Warum?»

«Wir brauchten das Geld.»

Er sah ihr dabei zu, wie sie in einer Aluminiumkiste zielsicher die verschiedenen Okulare fand, aus ihren Schutzbehältern nahm und bereitlegte, wie sie mit geübten Handgriffen die Ausrichtung des Teleskops überprüfte. Zuletzt zog sie sich die Augenklappe über.

«Sie sehen verwegen aus.»

«Ich heiße Anna.»

«Ich weiß.»

«Und du?»

«Yuri.»

Sie lachte. «Wirklich?»

«Ja. Mein Vater war begeistert vom Weltall und von der Raumfahrt, obwohl er wenig davon verstand. Er glaubte, das ist die Zukunft.»

Kurz vor dem Morgengrauen, als der Himmel im Osten sich bereits aufzuhellen begann, nahm sie ihn am Arm und zog ihn neben sich, vor das Okular.

«Was siehst du?», fragte sie.

Er kniff ein Auge zu, und es dauerte einige Sekunden, bis sich sein anderes Auge an den Blick ins Dunkle gewöhnt hatte. «Einen ganz kleinen, milchigen Fleck.»

Das Bett war leer. Es stand noch wie in der Nacht zuvor mitten in dem weiß gekachelten Raum, aber die Maschinen daneben waren abgeschaltet, die Kabel hingen ungenutzt in ihren Halterungen.

«Wir brauchten den Platz», sagte der Arzt, «schließlich wissen wir nicht, was als Nächstes kommt. Deswegen haben wir ihn in ein anderes Zimmer verlegt.»

Das andere Zimmer war kleiner, und obwohl auch hier Maschinen neben dem Bett standen – kleinere Maschinen, die leisere Geräusche machten –, wirkte es schon eher wie ein Krankenzimmer. Schläuche führten weiterhin zu Laskas Mund und Nase, und auf einem Monitor zeigte eine gezackte Kurve seinen Herzschlag an. Eine dunkelhäutige Frau in blauer Arbeitskleidung wischte gerade den Fußboden, als sie eintraten.

«Sein Zustand ist immer noch kritisch, aber nicht mehr

lebensbedrohlich», erklärte der Arzt, der sie hineingeführt hatte. «Wir halten ihn noch einige Zeit im Koma, bis sich die Werte stabilisiert haben.» Er wandte sich Gouveia zu, senkte die Stimme: «Falls er aufwacht, kann es sein, dass er sich nicht daran erinnert, was passiert ist. Es ist sogar möglich, dass er sich an gar nichts erinnert, dass er niemanden erkennt. Das passiert oft. Nach ein paar Tagen, Wochen oder Monaten kommt das Gedächtnis meistens zurück. Aber bei ihm …»

«Was ist?», fragte Anna. «Was hat er gesagt?»

«Dass meine Kollegen so bald nicht mit ihm werden sprechen können. Keine Sorge. Er geht ihm schon viel besser.»

«Kann er mich hören?», fragte Anna.

Der Arzt zuckte mit den Achseln.

«Das weiß niemand», übersetzte Gouveia, «eher nicht.»

«Also, ich habe noch andere Patienten», sagte der Arzt und ging.

Anna trat an Laskas Bett. «Wir haben ihn wiedergefunden, hörst du? Er ist zwei Grad Richtung Sonne gewandert, aber wir haben ihn trotzdem wiedergefunden. Ich habe alles übermittelt, Beobachtungszeitpunkt, Position, Bewegung, Größenklasse. Ich habe ihnen sogar eine Zeichnung gemacht. Es wird alles gut.»

Laskas Brustkorb hob und senkte sich, folgte dem Rhythmus des Beatmungsgerätes. Die Herzfrequenz war unverändert.

«Er hat Sie verstanden», sagte die Putzfrau plötzlich. Sie hatte sich auf ihren Wischmopp gestützt, die blaue Haube etwas nach hinten geschoben. «Es stimmt nicht alles, was die Ärzte so erzählen. Ich arbeite hier schon lange, und ich bin mir sicher, dass sie uns hören. So wie die im Himmel uns auch hören tun. Wenn ich hier sauber mache, erzähle ich ihnen oft, was den Tag über so passiert ist, und manchmal auch Geschichten, die ich mir ausgedacht habe. Damit wir uns nicht so langweilen.»

Dem Bett gegenüber befand sich ein beleuchteter Rahmen, zum Betrachten von Röntgenbildern.

«Kann ich das hierhinhängen?», fragte Anna. Sie hielt die Kopie einer Sternkarte in der Hand, auf der sie die Position des Kometen eingezeichnet hatte. «Falls er aufwacht.»

«Mir soll's recht sein», sagte die Frau. «Was ist das?»

«Ein Komet», erklärte Gouveia.

«Sie haben eine wunderschöne Tochter, Senhor», sagte die Putzfrau am Abend, als sie mit Laska allein im Zimmer war. «Gratuliere. Und ihr Freund – ein Sargento der Guarda Nacional! Nicht dass ich mir aus Polizisten was machen täte, aber das ist was Solides. Gerade jetzt, wo die Zeiten schwer sind, alle sparen müssen und jeder Angst hat, dass er morgen auf der Straße steht. Glauben Sie mir, Sie sind ein echter Glückspilz, Senhor. Schaun Sie mal, hier: Sie haben sogar einen eigenen Stern.»

MIX
Papier aus verantwortungsvollen Quellen
FSC® C083411

Das für dieses Buch verwendete FSC®-zertifizierte Papier *Schleipen Werkdruck* liefert Cordier, Deutschland.